金魚缸

Fishbowl : A Novel

布萊德利・桑默 Bradley Somer／著
張思婷／譯

遠流出版公司

導讀

墜落的人生哲學

鄧鴻樹（台東大學英美系助理教授）

說到勵志小說，自然會想起學校推薦的課外讀物，例如，教我們用「心」看世界的《小王子》，要大家忠於自己的《天地一沙鷗》。學生時代不懂事，很難體認小王子的啟示與沙鷗高飛的意義。離開校園後，這些道理也就逐漸淡忘在繁忙的日子裡。

只有當我們再次面臨挫折時，以前老師「規定」的勵志小說，才會再次浮上心頭。人生到底是要接受命運，還是要力求翻盤呢？長大的我們終於發現，原來看清世界、做真正的自己，果真是永恆的難題。

循《小王子》與《天地一沙鷗》的腳步，《金魚缸》以當代視野為都會男女尋求人生難題的解答。雖然沒有寓意深遠的小行星，也沒有做大事的海鷗，這本奇特的小說有一棟如星系般多樣的公寓，和一隻會飛的金魚。

《金魚缸》以「盛裝人生萬物的箱子」比喻都會公寓，此意象源自《小王子》裡的一段關鍵情節。小王子要求迫降在沙漠裡的飛行員畫隻羊，飛行員怎麼也畫不出像樣的圖，索性畫個箱子，告訴小王子說，羊就藏在箱子裡，沒想到小王子很滿意這個答案。《金魚缸》跟《小王子》一樣，都要我們放下偏見，仔細找尋屬於自己的人生百寶箱。

本書描寫一位緊急生產的太太與一隻變成「金色流線型火箭」的飛天金魚，意外地將陌生的都會人生串聯起來：花心的研究生、被劈腿的純情女孩、孤獨的管理員、有天大秘密的建築工人、性情與職業皆很特殊的女士、能讓時光「反轉」的小男童。每個角色都面臨做自己的抉擇，引發意想不到的結果，情節發展令人噴飯，也叫人心酸。

古往今來，只有一隻沙鷗，小金魚卻比比皆是，這就是平凡的宿命。雖然並非所有人都能有沙鷗的壯志，每人心底卻都蘊藏著躍天的潛能。《金魚缸》透過眼花撩亂的人物，忠實記錄了共同改變的瞬間，「只要光陰還在，這些瞬間就會一再重演」。

《白鯨記》、《老人與海》、《大智若魚》等作品告訴我們，每人心中都有難馴的大魚。《金魚缸》則以輕鬆詼諧的筆調，寫下屬於當代的「小魚哲學」：抱著「砲彈的速度和決心」，「就是為了要跌落到別處」，在墜落中飛翔。

故事裡每個角色都有小魚的平凡、沙鷗的熱情、小王子的用心，「帶著實用主義的逆來順受」，而非「宿命論者的聽天由命」，讓人生充滿驚嘆號。若無法主宰生命，那就順其自然吧。此知命的墜落哲學，實是當代都會人生急需的一帖良方。

第一章

在本章中，將闡明人生萬物的本質

有個箱子，盛裝著人生的萬物。

這句話的意思不是比喻箱子裡裝滿了學問。箱裡盛裝的並不是裝訂成冊、墨跡滿滿、記載著人類弱點和矛盾的紙張，也並不炫耀古老智慧和腐朽紙張的霉味。箱子不是顯微鏡底下的A（腺嘌呤）、G（鳥糞嘌呤）、C（胞嘧啶）、T（胸腺嘧啶），既不住在細胞壁裡，也未帶有從時間存在之先到大爆炸星塵落定直至今日的陳跡；不能剪接，不能重組，不能用於醫療。箱子不是神蹟，不是達爾文進化論的產物，不是其他千千萬萬具體的、抽象的、用來填滿書頁的想法。

這箱子不是那千千萬萬之一，卻在那千千萬萬之上。

我們現在曉得了箱子「不是什麼」，接著就來談談箱子「是什麼」。箱子裡盛裝著生命的恆存，搬演著活生生的物事。只要存在得夠久，總有一天，箱子裡就會納入一切的事與物。這並非一蹴可幾，而是經年累月、無窮無盡積累的成果。

時光編纂著閱歷，一層一層堆疊上去。時刻本身是短暫的，但內心深處的記憶卻是永恆的。僅僅因為某個時刻成了過去，並不能抹去過去曾經存在的事實。

就這樣，箱子超越了生命，脫離塵世之外。心碎甜蜜的愛戀，揪心的仇恨，濕滑的情慾，失親的悲哀，寂寞的痛苦，轉過的每個念頭，說出口和沒說出口的每一個字，為人父母的喜悅，死亡的哀愁……這一切都將在箱子裡經歷。於是空氣裡瀰漫著期待。等一切結束，空氣裡濃得化不開的是過去的過去。

箱子是人手造的——如果你有信仰，進一步類推，也可以說是神的手造的。不論箱子的起源為何，用途則一，並且具體反映在結構上：箱子被隔成小間，小間裡存放著時光的閱歷，但存放的位置沒有規則可循，也不照先後順序。

小間一層一層往上疊，疊了二十七層，每層寬三間、縱深兩間，每一間都是雜亂無章。就算是圖書管理之父杜威，恐怕也要卻步吧——光是想到要把這一百六十二間小間的細節分類編目！小間裡的種種無法安排、架構、控制、分類。只能任其混亂。

兩部電梯將這些小間串在一起。電梯本身也是小箱子，每箱乘員十人，載重四千磅（一八一四公斤），以先超標者為準——電梯裡那面鏡子的牌子上是這麼說的，電梯超重警鈴大作時的惱人尖利聲響也是這麼說的。兩架電梯孜孜不倦，在陰暗的電梯井裡笨重地上上下下，勤勤懇懇地將文物及其保管人送往各個樓層，在樓層間日以繼夜地穿梭並不時返回大廳。樓梯也是有的，萬一遇上火災或是停電，保管人抓了最寶貝的文物，便能安然從箱子出逃。

所以箱子是一棟建築，對。說得更明確一點，是一棟公寓建築，就坐落在那裡，位在真實的城市裡，在一處真實的所在，有著讓陌生人找得到的地址，也有讓律師和城市調查員查得到的編號，此外更有許多歸類方式。就城市而言，公寓是分區地圖上畫著黑色交叉線的橙色矩形，傳說是「高密度多戶住宅大廈」。對大半房客來講，是「單房出租公寓，帶地下停車位，附投幣式自助洗衣機」。而在少數住戶眼裡，則曾經是：「兩房一衛公寓，面市景，視野佳，價格實惠，都市生活機能方便，周遭物價便宜，百聞不如一見」。如今公寓是這些住戶的家，也是某些人週間上班的地點，或是某些人週末訪友的地方。

公寓一九七六年完工，而後蹣跚走過了歲月。剛蓋好的時候，公寓是街上最高的建築。如今公寓老了，周遭多出三棟更高的大廈，不久還會出現第四棟。當年氣派優雅的公寓，如今卻顯得過時落伍，成了某個建築斷代史的產物，冠上了「某某風」的名號，這名號建造時還沒人知曉，事後卻都知情地這麼叫了。

公寓前陣子翻新，再不裝修實在不行。混凝土外牆漆上了油漆，蓋住底下斑斑駁駁的裂紋和層層疊疊的塗鴉。開向陽台的透風窗戶和關不緊的門扉換掉了，好把夜晚的寒意留在外頭、溫暖的空氣留在裡頭。熱水器去年也換新了，如今家家戶戶洗澡不愁水不夠熱。另外電路也翻新了，因為建築法規變更的緣故。從前公寓裡住滿了租戶，如今則多為自有戶，但還是有人選擇將套房出租，藉以「分散投資組合」，抵消其他投資風險。

公寓完成了諾亞方舟的使命，承載著上述的一切，搭載著生命的靈魂和混沌，載著這些軀殼橫渡洪水，在洪水退去後安抵彼岸。這公寓離你住的地方或許不遠。你在哪裡讀到這段文字，公寓大概就在幾步之外。如果你住在郊區，但工作在市區，也許曾經在下班回家時開車經過。又或者你就住在裡頭。

下次看到公寓，不妨佇足思索這是多麼奇妙的奧秘——它一直都會在，直到這本書讀完，直到我們逝去，直到這些文字不復記憶。時間的開始和結束就在那四面牆裡，就在那屋頂和車庫之間。它目前不過數十載，還是個初生的奇蹟，這本書只是它的青春小史。

大門上方的磚牆用螺栓固定著幾個生鏽泛黑的金屬大字，垂淚拼寫著公寓的名字：洛克希街塞維亞大廈。

第二章
主角伊恩的恐怖墜落

我們的故事並非始於金魚伊恩自二十七樓陽台上的魚缸險象環生墜落。在他的小腦袋裡，他認為自己正在陽台上欣賞市中心的天際。

在夕照長長的影子裡，城市的高樓是一排尖樁圍籬，有映照著火紅夕陽的灰濛濛玫瑰色玻璃帷幕，有砲銅藍的鏡面，有紅磚，有混凝土。辦公大樓驕傲地戴著商標冠冕穩居寶座，旅館和公寓大廈四面刺出鐵肋般的陽台。這些高樓大廈給胡亂插在地上，一畦一畦的，乍看相互牴觸，又彷彿有些秩序。

伊恩俯瞰危樓參天的巨石花園，小腦袋裡裝滿了驚奇。他是一尾鳥瞰世界的金魚，給高高擱在水泥台上，有著神的視角和無法理解眼前所見的小腦袋，使得盡收眼底的市景更加驚奇。

伊恩要到五十四章才會從陽台墜落。接二連三的災厄促成這墜落的機緣，最後以伊恩脫逃水底監獄告終。然而，故事之所以從伊恩說起有兩個理由。第一，他是串起所有人物的主線。

第二，在魚兒的小腦袋裡，時空無關緊要，因為魚兒總是在重新發現周遭的時空。無論是此刻墜落，一刻鐘前墜落，一刻鐘後墜落，都不要緊。反正魚兒不懂什麼是時序，也不懂什麼是時空。

伊恩的世界是事件的拼貼：沒有順序，沒有未來，沒有過去。

舉例來說，在初展開小魚兒跳傘生涯的當下，伊恩還記得他的水中家園仍位在二手店買來的折疊桌上，綠色的桌面油漆剝落，魚缸裡已然空空蕩蕩，只剩幾顆鵝卵石和一座粉紅色塑膠城堡。綠藻在玻璃上結霧，霧裡是室友水螺特洛伊。空氣迅速拉開魚缸和伊恩的距離。伊恩不在乎墜落是五十四章的事，他連自己怎麼墜落的都不記得了，再過不久他就會遺忘住了幾個月的魚缸，遺忘那可笑的粉紅色城堡。隨著時間推移，討人厭的特洛伊不僅會從記憶裡褪色，更會從伊恩的經歷中消失，彷彿從來不存在。

伊恩經過二十五樓的窗口，瞥見一位中年女子，身材豐腴，正從客廳那頭走向這頭。這一瞥（在沒有記憶的魚兒心中只是浮光掠影），便瞥見女子身穿美麗的禮服，一舉手，一投足，都如同身上那塊上等料子的垂墜與流動，高雅，優美。那禮服紅得好看。他會說那叫胭脂紅，如果他認得那顏色的名字。女子背對著伊恩，伊恩欣賞著禮服的剪裁，襯得女子凹凸有致，現出肩胛骨間的山谷。女子沿著咖啡桌打轉，一舉一動都流露著些許嬌羞和絲絲惶恐，雙腳略呈內八，雙膝微微靠攏，雙手兜在身側，一條手臂帶著歉意橫過肚皮，一條手臂貼著臀，十指編織成巢。

客廳中央有位渾圓的彪形大漢，朝女子伸長了手，粗壯的手臂上覆著濃密的手毛，幸福在他眼底蕩漾，平靜的面容跟女子的憂心恰成對比。一抹微笑上揚了男子的嘴角，神情溫柔宛如愛人的擁抱。

這一切稍縱即逝，在伊恩經過二十五樓奔往終端速度（Ｖｔ）的途中化為靜止的瞬間。伊恩的小腦袋無法理解等速度中存在著神性，倘若他明白，便會嘆服重力竟為這亂世帶來得以計量的美麗秩序，讚嘆等加速度和終端速度琴瑟和鳴。所有自由落體終將達到Ｖｔ，無一例外。只不知這條普世真理究竟是神性或是物理？倘若只是物理，算不算是神蹟？

伊恩對自身的墜落無能為力，在半空中翻著觔斗，瞥睹上方蒼白遼闊的碧空，上百張白紙在空中翻飛，優美地盤旋，高雅地振翅，接著倏然俯衝，如同海鳥追隨拖網漁船般圍繞在伊恩左右。這兩百三十二頁未竟的論文在風中打旋，一頁是標題頁，這頁首先落下，在底下搖搖晃晃乘著微風，上頭用粗體字印著《愛達荷州薩蒙河谷下游更新世暨全新世植物化石考察》，底下是幾個斜體字：「康納．萊德利著」。

比起金魚笨拙如軟木塞的垂直墜落，紙張的落下多麼纖巧。演化讓金魚從市中心高樓墜落得措手不及。老實說，演化並不打算讓金魚飛。上帝也沒這個打算（如果你信的是上帝）。不論是信演化還是信上帝，都無所謂，反正伊恩兩者都不懂，而且兩者都不信，就算懂、就算信，也撼動不了最後的結果。此刻原因無關緊要，只為結果無可挽回。

伊恩的世界下墜旋轉，眼前一閃而過的是路面，是地平線，是遼闊的天空，是打旋的紙張。可憐的伊恩並不懊悔自己不是螞蟻，據說螞蟻可以從一千隻螞蟻高的地方摔下來而六肢仍然健全。伊恩也不哀嘆自己生來不是鳥，儘管這很該感慨。伊恩從不反躬自省，也不曾憂傷悒鬱。思索和哀嘆並非他的天性。及時行樂、清靜無為、合掌行禮，這三者雜揉成伊恩單純性格的核心。

「少想，多做」正是金魚的人生哲學。

「計劃是邁向失敗的第一步，」倘若伊恩能開口，肯定會這麼說。

伊恩是個bon vivant，很懂得享受人生，倘若他會思考，便會發現bon vivant這說法真是太法式，在國語裡根本找不到相應的辭彙，只能向法文借。他向來當金魚當得很開心，還不明白除非發生意想不到的奇蹟，否則這趟橫越二十五層樓的旅程，最終將以高速撞上人行道收尾。

真要說的話，伊恩其實很幸運擁有不善分析的金魚腦袋，所有深思引發的煩惱，全讓生物本能和小於一秒鐘的記憶取代。伊恩的反應都只在當下，既不善算計也不善籌劃，發生什麼事都不會擺在心上。上一秒鐘發現自己慘了，下一秒鐘就忘了。倒也算是他福氣，所以才能夜夜好眠、無憂無慮，沒有腦筋停不下來這種事情。

換個角度想，從生理上來說，一而再、再而三領悟墜落的可怕何嘗不令人虛脫。腎上腺素迅速飆高，再三啟動戰逃反應，直教金色軀殼裡的魚形肉身喘不過氣。

「喲？我這是在幹嘛？噢！天啊，我不能呼吸了！媽的！我從樓上摔下來惹！喲……？我這是在幹嘛？噢！天啊……」

沒腦筋的真是有福了。

然而，如同上文所述，故事並非始於伊恩。在他從二十七樓陽台摔下來經過二十五樓之前，我們的故事已經開始。

第三章

凱蒂身負要務前往洛克希街塞維亞大廈

我們的故事從伊恩墜落前半個鐘頭開始。首先出場的是凱蒂。她是康納．萊德利的女朋友。喏，就是那位，正站在藥妝店門內，跟洛克希街塞維亞大廈相距兩條街，隔著門望著傍晚的夕陽，一手按著門把，門卻遲遲不開，一雙眼睛望著洛克希街。人行道上熙來攘往，行人摩肩擦踵。馬路上水泄不通，車頭接車尾，車尾接車頭，正是尖峰時候。

藥妝店旁有塊工地，工地前立著一塊看板，上頭寫著：「洛克希街班斯敦大廈，一百八十戶精品套房，豪華出售」。背景是一幅線畫，筆觸乾淨，勾勒出一幢玻璃大廈，兩旁夾著路樹，前方行人走動。路樹和行人只寥寥數筆，大廈倒繪得十分細密。看板一角潑墨似地黏著一張紙，上面寫著「四成完售」，紙張邊角捲起，字跡斑駁，凱蒂不禁好奇究竟貼了多久。她的視線受畫上的行人吸引，那些沒有名字的人們，身影因走動而模糊，只是填補空間的軀殼，哪裡是過日子的人們。

十分鐘前她走進藥妝店，工地上還是一片繁忙景象，戴著工地帽的工人盯著人瞧，空氣裡瀰漫著粉塵和柴油的味道。她只管讓他們瞪著，話聲從耳邊溜過，雖然只抓住零星片段，但聽那下流的內容也曉得自己成了他們的談資，難堪歸難堪，卻也沒必要叫那些色狼把嘴巴洗乾淨，再說她也沒那個勇氣。

眼前工地冷冷清清，機械都沒了聲息。掛鎖門前矗立著一個孤單的身影，身穿藍色制服，肩章上寫著「葛萊芬保全」，胸口繡著「艾邁德」，身旁擺了張椅子，椅面裂了個口，橘色海綿脫出翻在外頭。

凱蒂年輕漂亮，棕色短髮尖下巴，淡藍的眼珠，墨黑的眼線。與其說她若有所思望著洛克希街，不如說她在等工人領完便當下班回家。她推門走到街上，嬌小的身軀撞上一座山，這山渾圓綿軟，名叫加爾仕。

加爾仕一副邋遢樣，鬍子拉碴，頭戴工地帽，身穿沾著水泥的工人褲，渾身散發勞動的氣息，飄著血汗和粉塵的味道，肩上背著雙肩後背包，一手拎著鼓鼓的黑色塑膠袋，一手伸出去扶穩凱蒂，她被他撞得倒彈了一步。

「不好意思，」凱蒂咕噥，當下雖然有些尷尬，但心思卻在別處。她為心上的事情分神，看不見周遭的世界。

加爾仕微微一笑，對自己的噸位十分清楚，也曉得陌生人眼中的自己有多嚇人。努力降低他人的戒心是他的天性。

「沒關係。」加爾仕說完後是一陣尷尬的沉默，看看凱蒂還有沒有什麼話要說。看來是沒有。他朝她點點頭，繼續往前走。

凱蒂眼看著加爾仕闖紅燈過到對街，躲躲閃閃避開車流，匆匆沿著洛克希街拖著腳步往塞維亞大廈走。她在藥妝店嗡嗡作響的霓虹招牌前等著他走遠，以免別人誤會她在跟蹤他，倒也不問問自己為什麼要擔心這種事。她在藥妝店門口轉來轉去，葛萊芬保全的艾邁德起了疑心打量著她。她沒發現艾邁德在撥弄對講機，手已經摸到了萬用腰帶，正按著套著皮套的警犬牌240流明充電式防身手電筒。老實說，凱蒂不曉得手電筒可以用來防身，也不曉得手電筒要怎麼用來防身。

凱蒂在川流不息的車聲中想起了康納，想起他們在校園裡的邂逅。他是她那堂課的助教，她在課輔時間去請教他期中考的事。事後他們去喝了咖啡，除了課業之外什麼都聊。康納既迷人又帥氣，她很得意自己成為他注意的中心。他對她的心思似乎很感興趣。她對他立刻傾心，不禁訝異世上真的有一見鍾情。說來好笑，她一直以為那是小說和浪漫喜劇才有的情節。再過幾天這段關係就滿三個月了。凱蒂說愛他，他在雲雨後凌亂的棉被裡悶哼作為回答，似乎是睡著了。

現在回想起來，自從那次喝完咖啡後，他們一起做了兩頓晚飯，看了三場電影，去夜店喝過八輪，跳過八次舞。不同於其他男人，康納跳舞極為性感，彷彿在用身體回應她的感情。但除此之外，每次約會都是晚上到康納家炒飯。

凱蒂苦惱自己熱戀得太快、理由不夠充分。她也不是不曉得最後心碎的會是自己，但就是按捺不住那顆浪漫的心，因為浪漫讓她快樂。她回想起那串曾經上她家吃飯的男人。她帶他們回家給父母和姊姊認識，大家圍著桌邊談笑多麼溫馨。後來幾次家庭聚餐她都自己回去。有的因為一點小事吹了，有的說不是她的錯，是他不好。吃完飯，她壓著嗓子找媽媽和姊姊傾訴，夜深了，她們照料著她受傷的心，爸爸在客廳的椅子上睡了，母女三人在廚房裡竊竊私語，客廳的電視機傳來種種昭告，有的說「耶穌就是答案」，有的說「立刻來電，上百位單身佳麗等著你。」

凱蒂相信世界上有其他人像她一樣，擁有愛人的本領。在她眼裡，為愛所苦是好事。她不願讓失戀澆熄她的熱情。她不相信愛讓人軟弱。恰好相反。她認為愛是她的超能力。愛讓她堅毅。

今天，她一定要弄清楚——康納．萊德利究竟愛不愛她。

洛克希街上的喇叭聲把她從白日夢中拉回現實。她眨了眨眼，望了望街道，人行道上萬頭攢動，獨不見加爾仕笨重的身影。她決定等得夠久了，是時候攤牌了。若不是兩情相悅，她就立刻回家大嗑在藥妝店買的垃圾食物，把康納・萊德利逐出腦海，明天又是新的一天。凱蒂把心一橫，邁開步伐，穿過擁擠的人潮，在轉角等了一會兒紅綠燈，過了馬路。

葛萊芬保全的艾邁德解除緊繃——威脅終於走了。他有一點惆悵，沒能試試他在臥室鏡子前打著赤膊演練的招式。他把手從手電筒的皮套移開，指尖滑過對講機凹凹凸凸的塑膠按鈕。

塞維亞大廈快到了，凱蒂仰著脖子，從一樓看到二十七樓。

他在上面——她心想——就在最頂端的水泥箱子裡。

她看見陽台的底部和那扇小小的玻璃方窗，還沒回神，對講機的鍵盤已經在眼前。塞維亞大廈的大門為杜絕遊民而深鎖，玻璃大門反射著街景，門後就是深長的大廳，一排排昏暗的日光燈，淒涼又空虛。

凱蒂按了四個號碼，一邊等，對講機一邊響。幾秒後有人來應。先是顫抖的呼吸，接著是怯生生的聲音。

「哈囉？」

凱蒂一時分神——有個小男生撞上她的大腿。她看著小男生詫異的臉，有個男人追上來攫住小男生的胳肢窩。

「被我抓到了，小鬼！」小男生先是尖叫，接著衝著爸爸直笑，沿著人行道走遠了。

凱蒂回頭去看對講機，通話結束。按錯號碼了。她看一看號碼簿。不小心按到里斯通家了。他的名字排在康納底下，跟康納只差一個號碼。她用手指劃過號碼簿，再次確認康納的號碼，這才去戳那四個按鈕。對講機響了兩聲才有人應門。

「什麼事。」康納的聲音從對講機小小的喇叭孔爆出來。

「是我，」凱蒂說。

對講機爆出一陣雜音，接著是一片沉默。康納的聲音再次衝出來，這一次比前一次更響。「誰？」

「凱蒂。」

又是一陣雜音。聽起來像什麼東西從話筒上拖曳而過。

大門「叭」了一聲，「喀」地開了。

第四章

大反派康納・萊德利和騷貨斐兒登場

康納坐在陽台上，全身就只一條運動長褲。水泥地踩起來冰冰涼涼，他打著赤腳，腳底覆著一層塵土。光腳令他精神一振，調和了午後的暖和。他坐的那張塑膠草坪椅上頭全是汗，濕濕黏黏的。他把背從椅背上剝下來，上身前傾，手肘支著膝蓋。

一百二十頁的稿子擱在他腿上，原子筆含在他嘴裡。一百一十二頁的稿子擱在伊恩的金魚缸上，用半杯咖啡壓著，抵禦誤入歧途的微風。伊恩的魚缸擺在陽台一角的折疊桌上，桌邊抵著欄杆。頂樓陽台疊著折疊桌，折疊桌疊著魚缸，魚缸疊著稿子，稿子疊著咖啡杯，所有這些疊在一起，疊成一座安靜的神龕，紀念著他們緣起的所在。

康納待在陽台上，因為小套房的四堵牆扼殺了他的改稿能力。小小的公寓裝不下他的思緒。他正在依據指導教授的意見修改論文，這是第一校，他替自己訂了截稿期限，希望趕快校完趕快畢業。康納發現戶外陽台景色遼闊，令他文思泉湧，遂把陽台當作研究室用。他在這裡擺了一張草坪椅，是之前在車庫拍賣挖到的寶，一九七〇年代的老古董，鋁製椅框，褐棕、灰綠、焦杏相間的塑膠椅布，此外還擺了一張破爛的折疊桌，還有伊恩。噢，還有一個咖啡杯，上面寫著「古生物氣象學家泥來泥去」，是斐兒送的俏皮禮物……呃，還是黛碧買的？還是凱蒂？

康納瞪著眼前的稿子。

分開來看，每個印刷字母都是簡單的符號，本身並沒有意義。合在一起看，字母組成單字，但每個單字若沒有左鄰右舍，其實也沒多大意思。然而，一旦單字串在一起，意旨就浮現了——是一段用統計分析推演的研究假設。這段假設單看很有趣，指導教授在頁邊留下的潦草字跡也這麼認為，但若放在論文的脈絡中思考，意味又更加深遠。同樣的道理，康納的研究成果（古氣候變遷對愛達荷州遠古居民的影響）若抽離了史前時代，便失去原有的趣味。

但康納現在無心從宏觀的角度來思考，他正忙著學鑽牛角尖，努力拋開大局、抽離脈絡，只為搞懂指導教授斜批在算式上那串潦草的字跡。他皺起了額頭。看來教授寫的是：「很糟。寫好來！」他玩味著這含糊粗魯的評論。算式是數學。數學沒有糟不糟，只有對和錯，是要他怎麼寫好？康納咬著筆頭，眼神越過伊恩看著屋外的高樓。

伊恩從不玩味這些。他根本沒那個腦子，成天只在折疊桌上的魚缸裡俯瞰整座城市，這就是他的命。康納在寫論文時往往會患雙重躁鬱，一來埋頭修稿幾近病態，二來性慾高漲不怕破皮。康納不好意思在伊恩面前全裸，更不可能在伊恩一眨也不眨的瞪視下一展雄風。其實伊恩根本不感興趣，不管康納是穿衣還是裸體，是交配還是手淫。

無線話筒響了。康納聽到了。伊恩在水裡也感受到了。

他拿起魚缸旁的話筒，按下通話鍵，把話筒靠在耳邊。

「什麼事。」康納對著話筒說。

「是我，」空洞的聲音從話筒另一端傳來，聽這雜音，絕對是在公寓門口不會錯。

康納沒料到這時候會有人來。他認不得這個聲音。聽上去是個女的。就站在公寓門口。車聲從底下傳上來，摩托車嘟嘟駛過「叭」了兩聲，那嘟嘟叭叭的聲響也從話筒裡傳出來。

「誰？」他問。

「凱蒂。」

康納摀住話筒。「媽的。」

他按下「9」幫她開門，中斷通話。

康納把腿上那疊論文豎起來弄整齊，疊到魚缸的那疊論文上，再擺上咖啡杯當紙鎮。他不怕留下一圈咖啡漬，只怕任性的微風把論文踢到陽台的欄杆外。他起身拉一拉褲頭。

「坐下，」康納命令伊恩，彷彿當他是狗。

康納一直想再養一條狗。小時候住在郊區，生活孤單，鄰居大多是退休的爺爺奶奶，狗兒伊恩是他最好的朋友。他們一起度過無所事事的漫長夏天，不是在院子裡玩耍，就是去屋後綠地的暗渠裡玩水。伊恩總會去接康納放學。他似乎曉得什麼時候會打鐘。偶爾搞錯時間，康納從窗口看著他在腳踏車架旁坐上好幾個鐘頭。

一天早上，校車碾過了伊恩。康納傷心欲絕，嚇得爸媽不敢再買狗給他，只怕哪天狗兒死了，兒子也哭死了。童年最後幾個夏天，康納有時在院子裡看漫畫，有時自己去暗渠邊意興闌珊地玩水。

康納跟凱蒂提起這段往事，凱蒂報以同情的微笑，意思是「好可憐」和「好可愛」和「我明白」。為了沖淡他記憶中的創傷，她買了金魚伊恩跟他作伴。

「以後我不在，就有人可以陪你了，」她帶著美麗的笑容，把裝著伊恩的塑膠袋遞給他。

不知不覺中，康納的內心逐漸相信：金魚伊恩和狗兒伊恩靈魂相通，甚至認為金魚伊恩是狗兒伊恩轉世。

要不是塞維亞大廈禁止養狗養貓，不然凱蒂一定會買狗送他。公寓裡要養寵物必須徵得管理員同意。這人跟球一樣圓，名叫希梅內斯。希梅內斯不准住戶養寵物，唯一的例外是用小魚缸養小魚。他認為動物不該養在室內，所有寵物都不乾淨，大魚缸又有漏水之虞，會危及其他住戶，因此魚缸以四公升為上限。

康納抓起無線話筒，推開陽台拉門，走進公寓裡。外頭陽光強，他花了點時間才適應室內的陰暗。剛才汗濕椅背的背脊，此時卻一片冰涼。

等到眼睛適應了光線，他望著床上凌亂的枕頭和皺成一團的被單說：「妳該走了。快。我女朋友上來了。」

康納往公寓裡頭走，中途給啤酒罐絆了一下，趕緊穩住腳步，上前搖著床說：「東西收一收快走。我晚一點打給妳。」他等了一會兒，掀起被單扔到地上。

斐兒呻吟一聲，翻過身來。她躺在他的床上，一絲不掛也不知羞，袒胸露腹也不害臊，性感得不可思議。她對康納眨眨眼，午後陽光正明媚。

第五章
堅忍的希梅內斯想修電梯卻修不好

希梅內斯靠在椅子上嘆了口氣。他翹著椅子，前腳騰空、後腳搖晃，隨著重心移動咿咿呀呀。這間作辦公室用的小房間又熱又吵，給頭頂哼哼唧唧的老舊日光燈管照得死白，門口的塑膠牌子上浮凸著「維修中心」四個字，門雖然敞著，但依舊悶熱。

每隔十五分鐘，隔壁房的龐大鍋爐就會「吼」地冒火。在生鏽的鐵格網後，藍色的天然氣火焰為塞維亞大廈的住戶燒著整缸的水。點火時那聲「嘍」和「轟」，穿透上漆的空心磚牆傳到隔壁，迴盪在連接兩房的通風管裡。

希梅內斯在隔壁機械怪獸的吼聲中找到安慰，這麼多人都靠這上了發條的火龍燒水，真了不起。

鍋爐是公寓的心臟，把血液輸送到各家各戶，從不過問人家的事，人家也對它不聞不問，只有希梅內斯是特例。在這涼爽的秋夜，熱水流經暖氣散熱管，把暖氣送到家家戶戶。早晨住戶沖澡上班，晚上潔身就寢，熱水就從蓮蓬頭灑下來，此外還幫他們洗衣、洗碗，盛滿水桶讓他們週末拖地，陪他們招待朋友，入睡後就在水管裡待命，隨供差遣，多有教養的隱形家僕。

如同這鍋爐，塞維亞大廈多虧了希梅內斯的照料，否則早已老朽傾頹。如同這鍋爐，希梅內斯在這公寓裡不可或缺又常被忽略。少了希梅內斯，公寓立刻分崩離析，無法運作。鍋爐和希梅內斯住在地下室，守著令人心碎的寂寞。

希梅內斯一邊聽鍋爐燒水，一邊把肉乎乎的雙掌合十、毛茸茸的十指交扣，雙臂高舉過頭，散發出腋下的麝香，理所當然地嗅了一下。如果有人在這小辦公室裡目睹這一幕，他定會向他使眼色：「怎麼？聞腋下啊！這味道值得高興也值得難過。難過的是我很臭。高興的是我忙了一天，臭一點也是應該的。」

只剩下兩件事要處理了，每一件事是一張紙條，小小的，方方的，正插在金屬釘上，擱在舊式轉盤電話旁，捱在辦公桌的一角。希梅內斯一個鐘頭前就該下班了，但偏偏就是有事放不下。他熱愛把公寓打理得有條有理。就像那鍋爐，他的工作沒人在意也沒人感激，但公寓裡事事順利、家家方便，讓他頗為得意。

他把椅子的前腳放回地上，抽出最後兩張紙條。

第一張寫著：「廚房水槽漏水。２５０７室。」他把紙條塞進口袋，另一張揉一揉丟進垃圾桶，不用看也知道寫的是什麼。這件事他已經拖了一天，也該處理了。

他嘆了口氣，起身到門邊取工具腰帶，一面繫腰帶一面往走廊走，蒼白的牆壁，昏暗的燈光，他推開門走進樓梯間。

他吃力地爬著樓梯，腰帶上的工具鏘啷作響，心想自己為什麼不介意加班，經常在辦公室留到七晚八晚，工時遠比約定的時間還長。這工作的薪水還過的去，還補貼房租讓他住在公寓三樓。多年來，他賺到的不止是車庫門口上方的陽台、正對巷子的窗景，更有臥室窗戶正下方垃圾桶夏日飄上來的異味。

他知道答案。他努力是因為他寂寞。既然家裡沒人等門，幹嘛不乾脆待晚一點。在這裡，他覺得自己被需要。在這裡，他覺得自己很重要。雖然除非水龍頭漏水需要他修，或者馬桶堵塞溢出穢物需要他擦，否則根本沒有人會想到他。

我唯一被想起的時候，就是我不在的時候，希梅內斯心想。大家會說：「那個修理東西的跑哪裡去了？」或是「管理員咧？我家水槽回堵，屋裡全是餿奶的味道。」

希梅內斯爬到一樓的樓梯間，推開門，走進大廳。他停下腳步，視線穿過空氣盯著他的死對頭——那兩架電梯。其中一架幾個月前罷工，掛著「故障中」的牌子坐在那裡。另一架今天早上罷工，自個兒空落落地回到大廳，從此一動也不動。如果有人來按電梯，它會高高興興「叮」地打開，人走進去後自動闔上，按下樓層後卻毫無動靜，好險按了「開」還出得來。

希梅內斯受不了住戶一直打電話來，便拿維修單用馬克筆寫下公告。公告的內容是：「故障搶修中。請走樓梯。」

把公告貼好後，希梅內斯撥了電話給大廈經理。

「馬帝，我是希梅內斯。另一架電梯也壞了。」

「修啊，」馬帝說。聽上去像在吃洋芋片。

希梅內斯想了一下，他根本不曉得電梯怎麼運作。「如果修不好呢？」

「那我再打電話叫人來。反正你就先修修看，」馬帝說：「那些電梯技術員，哎，請一次貴死人。晚一點看怎樣你再跟我說。」

半個鐘頭前，希梅內斯在大廳裡澆花拖延時間，十五樓那個在家自學的小朋友正好從樓梯間走出來。在希梅內斯眼裡，這孩子挺乖的，從沒給他惹過麻煩，既不會破壞樓梯間，也不會在陽台上亂扔東西，但就是有點怪，好像少了點什麼。

希梅內斯繼續澆花，在家自學的小朋友拖著腳步走過大廳，按下電梯按鈕。門叮一聲打開。小朋友拖著腳步走進去。門關起來。希梅內斯又澆了幾盆花，忍不住好奇小男生在靜止不動的電梯裡幹什麼。他放下花灑等著。終於，門開了，小朋友走出來，四處張望一陣，說：「不好意思。我走錯樓了。我家呢？」

「走樓梯，孩子。電梯壞了。」

希梅內斯逃避修理電梯逃避一整天了。他故意先處理其他維修單，隨著時間過去，單子愈變愈薄：投幣式烘乾機的纖毛收集器清乾淨了，十七樓的逃生門打得開了，地下一樓停車場的尿騷味解決了……最後只剩兩張維修單。這一刻拖得夠久，不能再拖了。

逃生門在他身後「嘶」地讓液壓臂帶上，碰鎖「喀」了一聲，希梅內斯朝大廳緩緩踏出第一步，一邊打量電梯一邊前進。瓷磚地板閃閃發亮。通風孔的風扇呼呼運轉。深鎖的大門掩住了外頭的車聲。勾在腰帶環上的鐵鎚左搖右擺，沉甸甸地捶著希梅內斯的大腿。

修理電梯要用什麼工具？希梅內斯一邊想，一邊把沉重的腰帶往上拉。

究竟出了什麼毛病？希梅內斯納悶著，按下了電梯鈕。

門窸窸窣窣地打開，露出裡頭的鏡子。希梅內斯瞥了瞥自己的倒影，從鏡子裡看見門口站著住在二十五樓的那個大塊頭，他戴著工地帽，拎著大大的黑色購物袋。希梅內斯對著大塊頭的倒影點點頭，大塊頭也跟他點點頭。

修個電梯會難到哪裡去？希梅內斯一邊想一邊走進電梯，拿出螺絲起子把電梯面板的黃銅螺絲轉下來。

電梯門關上。

希梅內斯把機殼拆下來斜倚在牆邊，在面板上胡亂戳了幾下，看看這東東怎麼運作，究竟是哪裡出了毛病。

能出什麼差錯呢？他心想。反正壞都壞了，總不會再更壞吧？

第六章

佩妮·大利拉突然下體陣痛

距離預產期剩三個禮拜。羅斯醫生吩咐佩妮·大利拉避開粗活，嚴禁任何引發高血壓或導致情緒激動的活動。醫生說她已經高什麼了，不該拿自己和寶寶的健康開玩笑，所以鹽不能碰，只能吃醫生開的菜單，上頭的菜一半無趣、一半無味。菜單共兩張，一張綠，一張紅，羅斯醫生的嘴唇蠕動著，佩妮·大利拉瞥了一眼紅色的忌食菜單，一心只想吃該死的三明治冰淇淋，偏偏列在上頭，而且鈉含量高得嚇人。

佩妮·大利拉已經把公寓躺遍了。她躺過地板——每次左腿發麻，不知哪一條神經受到壓迫，她便仰天咒罵。她躺過沙發——身軀跟頻道一樣轉來轉去，看能不能轉到傳說中的「優質」日間節目。她躺過陽台上的躺椅——通常是在午後，那時太陽正熱，下班車潮還要一陣子才出現，噪音尚未滲透到大樓這一側，她還能享受室外的空氣。她現在很少躺在那裡，因為沒有東西支撐，很難起身。

眼前她躺在床上，背靠著一山枕頭，讀著有摺角的平裝書。那是一本頗有年代的科幻小說，書中的要角個個文質彬彬、談吐不俗。佩妮·大利拉喜歡在翻頁時用拇指和食指摩挲脆弱的書頁、聞一聞陳舊的背膠和泛黃的紙張，有一種觸摸過去的感覺。

佩妮·大利拉放下書本，疑惑地看著天花板——下體突然一陣刺痛。她知道下體在哪裡——就在下肢和軀幹連接的地方。那裡就是下體。但她已經一個月沒跟自己的下體打照面（照鏡子不算），因為肚皮鼓得太大，根本看不見。

又來了。她歪著頭，書本擱在肚皮上。又是那陣痛。

她往床緣移動一咪咪，雙腿一晃，雙腳落地，嗨咻一聲，費力起身，從臥室搖搖晃晃到浴室，腿兒細長，雙膝打開，彷彿蟋蟀。

羅斯醫生之所以命令她臥床安胎，起因於她在辦公桌前暈倒。當時她也沒做什麼粗活，不過就是一般的登記和文書工作，忽然眼前一黑，醒來人已經在醫院。空白的記憶宛如粗糙的跳接，心煩倒不至於，只是尷尬。

她暈倒的消息顯然火速傳遍她上班的殯儀館。在殯儀館看到沒反應的軀殼，想當然就是推斷這人死了。但佩妮·大利拉暈倒時，正好有對老夫婦來參加朋友的告別式，兩老跟死神交手了無數次，看也曉得這哪裡是死人，趕緊叫了救護車，守著她直到救護人員趕來為止。

老夫婦參加完告別式，也沒要緊的事，便到醫院探望她，還帶了鮮花，陪她聊了一個鐘頭。兩老文質彬彬，彷彿舊時代科幻小說裡的人物。

暈倒之後，她在殯儀館的主管立刻趕來探望，用他一貫單調可笑的口吻嚴肅地關切道：「明天開始別來上班了，佩妮．大利拉。這都是為了妳好。生個快樂的寶寶，等妳生完再聯絡。」

於是便展開了她在單人房公寓的囚禁生活。

佩妮．大利拉在狹小的浴室裡側過身，將睡衣的鈕釦解到腹部，利用藥箱的鏡子照著孕肚的側影：皮膚緊繃，鼓脹得變了顏色，此外毫無異狀，不因陣痛而有所改變。她微微一笑，摸一摸肚皮，將睡衣扣上。

男友丹尼替她的大肚子取了個暱稱：「吹氣球」。

她今天已經照了好幾次鏡子。下體陣痛讓她燃起分娩的希望，巴不得趕快終結孕期的不適，揮別比不適更令人心煩的不耐。

陣痛從一早就開始了。她痛醒過來後搖醒丹尼，希望這是分娩的前兆。他們並排躺在靜謐的晨光中，聆聽城市在窗外輕柔地呼吸，手拉著手默默期盼著。

什麼也沒發生。

丹尼出門上班，佩妮．大利拉躺在床上看書。

佩妮．大利拉不怕生小孩。她的助產士告訴她一個道理：千年萬年來，婦女都在沒有現代醫學的幫助下生產。還不都生下來了。憑良心講，佩妮．大利拉興高采烈想生個孩子，哪裡還有心思驚慌害怕。

「正向思考，心情平靜，生孩子很容易，」助產士晶咪說。「心理有時會改變生理。正念會釋放生化物質到血管，化痛苦為快樂，想法變成現實。」

佩妮．大利拉不怕宮縮時身旁沒有人陪。其實她很期待陣痛以及隨之而來的小天使。畢竟她在這單人房公寓躺了好幾個禮拜，多的是時間去細細編織那薄紗似的美夢，幻想自己烤餅乾、餵母奶、帶小孩，想像自己天天親吻下工回家的丹尼，丹尼回親她，又親了親寶寶的額頭。一家三口一起晚餐、一起歡笑，共享天倫。

就算真的陣痛吧，丹尼就在幾條街外的洛克希街班斯敦大廈工地灌漿，幾分鐘之內便能趕回來。佩妮．大利拉和丹尼剛辦了新手機，有需要隨時都能找到他。她瞥了一眼馬桶上的掛鐘，想來他也快下班了，但應該會跟同事去喝幾杯再回家。

佩妮．大利拉轉身背對鏡中的倒影，徐步走進廚房。她打開冰箱，盯著那箱三明治冰淇淋的外盒看了一會兒，打開盒蓋，用食指劃過一包接著一包的三明治，對著節奏流暢的顛簸起伏出了神。那幾包一袋裝三明治經過她逗弄，無不發出劈里啪啦的爆響。包裝冰著她的指尖，冰涼的塑膠包裝如絲一般光滑。

我的冰箱裡有六包該死的三明治冰淇淋，她心想。我卻一包也不能吃。

佩妮．大利拉把盒蓋封好，把冰箱門摔上，按下電熱水壺。

不能喝咖啡，不能喝含咖啡因的茶，只能喝修剪園籬時修剪下來的草，她心想。

她摸弄著裝著草本茶包的陶罐。又開始了。這是她經歷過最古怪的陣痛。她失手將陶罐砸了，摔碎的罐底、陶屑飛散到水槽邊的流理台上，陶罐哐啷哐啷滾到一邊又滾了回來，滾了一半才停下來。

佩妮．大利拉本能地護著肚子。她順著肚子往下摸，摸到濕溽的衣料，但用摸的不準，下體流出來的液體熱熱的，她分不清摸到的是衣料還是皮膚，但她確定衣服變沉了，剛才絕對沒有那麼重。她看著腳下亞麻地板上那攤鐵鏽色的水，納悶怎麼跟晶咪說的不一樣。

我的羊水破了，她心想。真的破了。寶寶要出生了。我得打給丹尼。他要當爸爸了。

佩妮．大利拉和丹尼回絕了羅斯醫生的好意，不照超音波，不接受羊膜穿刺，也不選日子剖腹。醫生說佩妮．大利拉骨盆窄，家族有難產史，因此建議她剖腹。但他們不要醫生告訴他們任何事。他們只想自然產，不打止痛藥，也不照子宮X光。

畢竟，就像助產士晶咪說的，千年萬年來，婦女都在沒有現代醫學的幫助下生產。

不是第一次，佩妮．大利拉好奇寶寶是男還是女。晶咪說看她「吹氣球」的樣子鐵定是男的。但不知為何，佩妮．大利拉確定是女的。反正就是一種感覺。她沒有告訴丹尼，也沒說她想幫寶寶取名叫克蘿伊、普希芬妮、薰衣草。這些以後再說。

她雙臂向前伸，雙腿彎成弓狀，走路的姿勢彷彿騎了一個禮拜的馬，剛剛才翻下馬背。佩妮．大利拉喝醉似地扶著牆走向臥房，臉上藏不住笑意，往床頭櫃上摸找手機。

下體又是一陣刺痛，佩妮．大利拉瑟縮了一下。難受歸難受，但不像孕婦教室說的那麼痛。她撥了快速鍵找丹尼，響了三聲，轉進語音信箱。「這是丹尼的手機，請留言。」

佩妮等待嗶聲響起，說：「丹尼，我要生了。你在哪裡？快回來。打給我。我要叫助產士了。」

丹尼指給他看的妙齡女子，穿著夏裙、畫著眼線、走在鐵絲網外。她從藥妝店走出來，正面擦撞上他的肋部。

「不好意思，」凱蒂咕噥，停下腳步。

「沒關係，」加爾仕面露微笑，突然渾身不自在：他的肚子，毛茸茸的手臂，毛茸茸的胸膛，毛茸茸的屁股，渾身的汗臭，出油的皮膚，汗濕的頭髮，猩猩般的身形，盪來盪去的陰莖，寬闊的肩膀，懾人的雄風——只願這時候可以收斂一點……

加爾仕尷尬地將自己從頭打量到腳，和她面對面站著，互相看著對方。加爾仕閉上眼睛，再次將她的身影烙印在眼皮後頭，繼續往塞維亞大廈的方向走。他把包裹抱在胸前。心砰砰跳得簡直要衝出胸口。

這將是一個神奇的夜晚。

這一次，他克制不住加快的腳步，不等紅燈轉綠，便從轉角穿過車陣。他等不及了。

第八章

宅在家的克萊爾有神秘訪客

克萊爾的公寓窗明几淨。暮光照進窗戶瀉入陽台，照得這間八樓公寓猶如一塵不染的空中燈塔。廚房中島上的不銹鋼咖啡機眩目耀眼，防濺磚牆上反射著點點日光，儼然又是另一顆太陽。在日光無情的鞭笞下，公寓裡不見一星灰塵、一根鬈髮，就算是屈尊俯就，也無法在沙發或茶几底下找到任何塵埃或者是毛髮。

克萊爾最恨看到有關繭居族的節目。那些人的報紙堆積如山，吃完的罐頭也不洗，就堆在骯髒的安樂椅後。每次她看到一半就看不下去，那蜿蜒在塑膠袋和老舊電腦零件之間的骯髒地板令她火冒三丈。不是所有宅在家的人都像他們那樣。

不對——克萊爾心想——不是宅在家，應該叫「廣場恐懼症」，但她更喜歡稱之為「積極內向人格」。

電視上那些人！克萊爾一邊想，一邊把拋棄式消毒塑膠杯外層的玻璃紙撕下來。那些人的流理台之所以疊滿濃湯罐頭，水槽之所以堆滿骯髒碗盤，全是因為他們心理變態。她把瓶裝水倒進塑膠杯裡喝掉，順手將杯子、瓶子扔進資源回收桶，撕開消毒紙巾擦拭手心，清理指縫，再指一指手背。

克萊爾並非向來這麼積極內向。小時候她會跟鄰居在郊區的街道上騎單車，從擦傷的膝蓋挑出砂礫，從家裡後院挖出小蟲。再大一點，她跟朋友一起走路上學，下課一起到操場玩耍。二十出頭，她在家裡附近念大學，在人山人海的階梯教室裡聽講，在一位難求的自修室裡用功。每逢禮拜五晚上，她跟朋友到汗淋淋、暈陶陶的酒吧用斑斑點點的老式酒杯喝伏特加調酒，偶爾帶男人回家過夜，氣氛對了就做愛。有一次點完了最後一輪酒，她在酒吧裡轉了一圈，看見吧台或桌上有酒瓶酒罐，就拿起來一飲而盡。那一夜，她喝得酩酊大醉，連路都走不穩。事後問她，她吞吞吐吐說沒這回事。倘若逼急了，她就說沒印象，看她那表情，倒似真的不記得。

接著，三十將近，朋友一個個結婚生子，在育兒和房貸的重擔下淡出她的人生。她開始覺得生活索然無味，回首兒時和青春歲月，心裡彷彿空了一大塊，本來讓友誼和義氣的溫暖填得好滿好滿。既然多年的友誼易謝，感情說斷就斷，乾脆不要也罷。

克萊爾不出門了。

她的公寓裡有兩支話機，其中一支的號碼只有她母親知道，另一支則是工作專用。她的生活用品全靠網購送到家門口，電視和電影都在電腦上看，想看書就上網下載，偶爾懷舊一下，買買唱片訂訂書，依舊寄到家門口來。待在牆裡的人生多麼輕鬆。她愛天花板勝過天空；比起大地，她更愛家裡的地板。

太陽升起，太陽落下，克萊爾好快樂。她活在泡泡裡，住在陽光明媚的公寓，俯瞰著熙來攘往的洛克希街，街上的人群離她這麼近，近到彷彿她也身在其中，但又那麼遠，遠到她不需投身其間。她打從心底感到快樂，印象裡這輩子從沒這麼快樂過。

儘管如此，帳單還是得繳，克萊爾還是得上班。她有一份很棒的工作，而且是她喜愛的職業，一來滿足她微乎其微的社交需求，二來可以在家辦公，雇主除了支付她薪水，甚至還補貼她房租。克萊爾租的是單人房公寓，電腦和電話裝設在廚房中島。

她站在窗邊，雙手叉腰，看了一會兒窗外的車流，這才走回中島，坐上高腳椅，瞥了一眼電腦，還有九分鐘下班。電話響了，克萊爾按下按鈕，啟動免持聽筒。

「哈囉？」克萊爾說：「請問你是？」

停頓。

「傑森？」克萊爾繼續說：「你叫什麼無所謂，傑森。我就叫你豬吧，因為你就是豬。好啦……告訴我你的肉棒有多硬……告訴我你想插在哪裡……」她自顧自地點點頭。克萊爾看了看時鐘。還有八分鐘。「閉嘴！豬！你這大肉棒，看我怎麼騎你。」

八分鐘。快是快，但還不是最快。之所以第一分鐘收費最貴，道理就在這裡。

我行的，克萊爾心想，等等下班就來……吃鹹派！

克萊爾慶幸自己不用值晚班。禮拜五晚上總是最忙。說也奇怪，照理講電話性愛應該天天都忙，但禮拜五晚上就是特別忙。也許是讓社會壓抑了整整一個禮拜，情慾就像暴雨後的水庫需要洩洪，又或許人天生就有這種紓壓的衝動，因此大家都打來喘息一下，被人羞辱也羞辱自己，隔天一早再跟父母吃早午餐，或去車庫拍賣買幾件二手童裝。

對許多人而言，禮拜五晚上是寂寞的，是放蕩的，是墮落的；但對克萊爾而言，禮拜五晚上是吃鹹派。她用的是家傳食譜，訣竅是揉麵團時加入氣泡礦泉水。不知為何，這樣烤出來的派皮就是比較鬆軟，入口也比較不油膩。克萊爾喜歡幻想這是小泡泡的功勞，但其實心裡明白這是化學反應的緣故。就算禮拜五要值晚班，她也照烤鹹派不誤。

克萊爾看了看時間，再過七分鐘下線。

「豬，你這臭嘴巴的騷貨，看我用小褲褲塞爆你的臭嘴，打得你屁股開花。還是要我肏爆你的菊花。嗯，喜歡嗎？我看我直接扯開你的——」

話機響了。

克萊爾眨了眨眼睛。

是另一支話機。不該響起的那支話機。

豬在她耳邊可笑地喘著大氣，喘得她差點幽閉恐懼症發作。他潮濕的呼氣直貫她腦門。她渾身一顫。

話機再次響起。

那支話機的號碼只有她母親曉得，而且只有禮拜天早上才會響。

克萊爾心跳加速。

「嗨，傑森，我有點事，先掛了，」克萊爾的嘴巴對著話筒，眼睛卻盯著私人話機，一來看它不會不再響，二來又怕它再響。「我不知道……你自己解決，」說完便掛斷電話。

克萊爾瑟縮了一下——話機又響了。

出事了。媽怎麼了嗎？除了媽還會有誰？

她伸出手臂拿起話筒側耳傾聽。街道的聲音從話筒裡傳出來，喇叭的聲響同時從窗外傳進她耳裡。有人站在公寓門口，距離她八層樓，等在對講機前，杵在蒼茫的暮色中。想來公寓的影子拖得很長了，深青色的陰影投在人行道上，籠罩著神秘的訪客，等著她應門。

「哈囉？」她的聲音忍不住顫抖。

只聽見一聲悶響，速度很快，緊接著是一陣咆哮：「被我抓到了，小鬼！」痛苦刺耳的尖叫從另一頭傳過來，然後是一陣雜音，聽上去像出拳時的拳風。

通話結束。

克萊爾動也不動。過了一會兒，耳畔的撥號聲轉為長嗶——走廊突然「砰」了一聲。克萊爾嚇了一跳，趕緊摔上話筒，急急忙忙跑去檢查門鎖了沒。鎖了。從來沒開過。她吸了一口氣從窺孔看出去。外頭什麼也沒有。只有魚眼效果下的寂寞走廊，如同隧道從她家門口延伸出去。

既然門鎖著，她開開心心跑到窗邊俯瞰街道，拚了命地想望到大門口，差一點就把頭碰在玻璃窗上。她後退一步，彷彿當玻璃窗是烈火。底下洛克希街人來人往，剛才按門鈴的或許就在其中。

她伸長了脖子想看大門口，但礙於角度，怎麼也望不到。要是能上陽台去就好了，從那裡把身子探出去，便知道是誰按了門鈴。

第九章

在家自學的的赫曼找回丟失的意識

有時候，其他小朋友會嘲笑赫曼。他知道這是因為自己的個子比大家都小，但頭腦比大家都好（過去三年他跳了兩級）。他知道這是因為自己戴眼鏡，下課都不跟同學玩紅綠燈，放學也不找大家踢足球，對體育活動興趣缺缺。

他也知道這是因為他跟同學說自己是時空旅人，還說真正的穿越時空跟電影裡演的不一樣，不需要天上閃電，不需要開時光車，不需要駕太空船。穿越時空靠的是腦袋，讓意識跳脫三維空間，離開清晰的當下，化為混亂的片段，偶爾他能看到未來，但更常瞥見過往。現在想想，跟同學說這些真是大錯特錯。

同學並非針對赫曼取笑（他經常這樣自我辯解），他們是對事不對人，受到奚落的不是真正的赫曼，而是他們眼中的赫曼。每次他說了什麼奇怪的話，或做了什麼奇怪的事，他們就會訕笑他說的話、嘲笑他做的事，但不是譏笑赫曼本人。赫曼自知這兩者差之毫釐，這番自我辯解不過是自我安慰。

進一步來說，同學之所以把赫曼推進置物櫃、一見到他就嘲笑，並不是真的跟他過不去。那只是對異樣一時的厭惡。這種厭惡並非針對赫曼，他們恐懼的是未知，對於異樣出於動物本能地痛惡。

沒有人喜歡時空旅人，赫曼推論。誰會喜歡時空旅人？時空旅人知道過去又到過未來，只會給大家帶來威脅。大家被困在三維空間，被時光銬上腳鐐，只能在此時此刻跌跌撞撞，自然嫉妒時空旅人能自在翱遊。

事實上，大家都以恆定的速率穿越時空，日復一日，年復一年。但對赫曼而言，時間的速率可以改變，方向可以翻轉。赫曼研究過了。如果別人跟他一樣能操縱偉大的四維空間，也會被視為對當下的威脅。

就像那次瞬間移動——赫曼心想——說出來只有爺爺相信。我本來人在操場，突然眼前一黑，醒來就在保健室了。大家要我拿出證據，證明我會瞬間移動。

「有本事就來啊！」同學說。「瞬間移動給我們看啊，怪咖。」

但瞬間移動不是這樣。

唉，赫曼心想，要是我想瞬間移動就能瞬間移動，那該有多好，我要到很遠的時空去，離現在遠遠的。

大家都害怕赫曼，卻又把恐懼和威脅混為一談，達林．葉斯柏森就是這樣，一年前他跟自己過不去，便一拳揍在赫曼的肋骨上。他們圍在學校的腳踏車架旁邊，放學的鐘聲剛剛打過。達林找來黨羽圍堵赫曼，一語不發，上來就是三拳，打斷他三根肋骨……呃……其實是兩根，一根粉碎性骨折。這一切全是出於恐懼。

達林恐懼異樣，而赫曼嚇壞他了。

赫曼一緊張就會昏倒。他知道這是早年演化出來的防衛機制。他研究過了。有些山羊也是一遇難就暈厥，有些狗和動物也是這樣，譬如負鼠。詐死能降低掠食動物獵殺的本能。那追逐赫曼的魅影——有時叫達林，有時叫查理，以前叫蓋爾——只要赫曼腿軟昏迷，掠食者就會放過他。他後腦勺沒長眼睛，看不見追逐的魅影，只知道那頭獸隨時會撲上來，他情急之下無法回頭，因此，有時身體自動關機就是最好的防衛機制。

沒有獵物，哪來掠食。

每每赫曼發病，眼前十之八九會閃過鮮明的景象，但醒來後完全不復記憶，因為昏倒後緊接著就是失憶。準確來說，發病前後的時間像一對消失的括號，短則幾分鐘，長則數小時，因此，痛苦的經歷便如記憶一同被遺忘。

有時，記憶會斷斷續續回來；有時，記憶會永遠失去。回來的記憶往往片片斷斷，視角異乎尋常——不是遠遠地望著事發種種，就是特寫其中枝枝節節，很少是隔著正常的安全距離在觀望。聲音不是消失就是失真，曲曲折折，層層疊疊，就算聽得見人聲，也聽不清楚說了什麼。

比方在腳踏車架旁邊那一次，達林的拳頭才剛落下，赫曼就暈了過去，接下來那兩拳根本沒感覺，他早已不省人事倒在碎石上，吃了一記拳頭就昏天黑地。達林揍一揍也膩了，這人肉沙包根本不痛不癢，他的獸心受到操場上的動靜吸引，拿腳就走，那群爪牙也就跟了過去。

「赫曼，」有個聲音從昏黑中傳來：「赫曼你還好嗎？」

是爺爺的聲音——在昏黑中離了形體，飄浮在赫曼頭部的左側。

爺爺剛才在對街等他，開車來載赫曼回家。他曉得赫曼的特質，知道他會穿越時空，知道他會瞬間移動，知道他會不得人緣。爺爺以前也是這樣。但他不曉得孫子被霸凌得有多慘，直到親眼目睹腳踏車架旁邊發生的一切。在赫曼意識中只有聲音的爺爺，事實上有血有肉的，他看見了整起事件的經過。

隔天爺爺到學校找校長理論，談得不愉快，便把赫曼接回家，索性在家自己教，把從前學過的傾囊相授，傳授赫曼歷久彌新的智慧和想法。就這樣，赫曼變成了在家自學的赫曼。

赫曼醒了過來，面朝下趴在陰涼的瓷磚地上。他喜歡剛回過神的瞬間，從以前就很喜歡，整個人輕飄飄的，黑暗漸漸四散，世界從遠方靜靜地漂回來，害他昏倒的苦難遲早也會想起來，但比起當下的手足無措，回憶總是從容不迫許多。在這靜謐的時光裡，赫曼享受著現實的回歸，此前種種都過去了，他不曉得自己怎麼會趴著，也不記得怎麼會在這裡（不管這裡是哪裡）。但他並不驚慌，因為這種經歷並非不尋常。

最初的朦朧緩緩褪去。赫曼嘆服這簡單的景深，眼前的水泥地格線在遠方匯成迷濛。慢慢地，聲音回來了。頭頂的日光燈哼著催眠的調子，他聽見空氣輕聲的嘆息，卻感覺不到拂過肌膚的風。

過了一會兒，赫曼跪起來，屁股坐在腳跟上。又隔了一會兒，他站了起來。

赫曼認得這間小房間，是他住處的電梯，四周的鏡子映照出他的身影，他在鏡中鏡裡愈縮愈小，在無限遠處聚焦成翠綠的點染。他想了一分鐘，本來打算數一數鏡中有幾個赫曼，但這任務太過艱鉅，而且毫無意義。

無限就是無限，他心想。量化無限不干我的事，接受就是了。

電梯一不動也不動。赫曼按下「開」，電梯門乖乖打開。

他一出電梯，就看到那個大個子管理員在澆花。管理員的保齡球衫上縫著名牌，上頭用草書繡著「希梅內斯」。

「我家呢？」赫曼問。他決定還是不要告訴管理員他澆的是假花。

「走樓梯，孩子。電梯壞了。」希梅內斯滿臉疑雲地說。

赫曼看看四周，原來自己在塞維亞大廈的一樓。他穿過大廳，往樓梯間走。

害他昏倒的片段回來了。沒有細節，沒有順序，但感覺不太對勁。他擠過逃生門，踏上第一級階梯，先是小步小步走，接著大步大步跨，最後全速跑了起來，記憶一層一層疊了上去。

第十章

回到金魚伊恩尚未開始的的恐怖墜落

像被推下凡間的天使，像劃過對流層的隕石，伊恩被我們留在幾百英呎高的空中，兩層樓之上是他居住過的魚缸，二十五層樓之下是陽光溫過的堅硬人行道，橫亙在洛克希街塞維亞大廈的前方。

「喲？我這是在幹嘛？噢！天啊，我不能呼吸了！媽的！我從樓上摔下來惹！喲……

……？我這是在幹嘛？」

打從有記憶以來，伊恩就嚮往自由。如前所述，伊恩擁有金魚的小腦袋，所謂「打從有記憶以來」的記憶比緞帶還窄、比一秒鐘還短。話雖如此，他卻一直嚮往自由，可見得這嚮往比記憶來得深沉，就鑲在他橘色的鱗片底下，嵌在他粉紅冰冷的魚肉裡面，構成了金魚的重要本質。如同狗追貓、貓追鳥，魚生來就是要墜落。這種天性深植在伊恩的族譜裡，所有金魚都有著相同的嚮往，由生生世世前的祖先種下。

這是真的，開疆遷徙的需求長久以來深植在水生動物的基因裡，人類記載了上百起牠們成功拓荒的事蹟，目睹了牠們如同肥大的雨點從天而降。諸如此類的事件還有上千起，只是沒讓人類瞧見而已。伊恩不曉得這段歷史，只曉得體內的騷動。歷史對伊恩而言是他離開的魚缸，是蓋在碎石上的粉紅色塑膠城堡，是那呆呆笨笨、有點煩人有點可愛的「缸友」水螺特洛伊。

先不論伊恩對時間的看法，早在文字出現以前，上至崖壁上的炭畫和赭畫，下至《聖經》中記載的十災，甚至一直到去年為止，都可見天降魚雨確實歷史悠久、各地頻傳，已經不能用巧合、命運、異象來解釋。不論是青蛙、蟾蜍、魚類，或是烏賊、章魚等有觸角的頭足類，水生物種天生就想墜落在遙遠的土地上，最後往往不是摔死就是缺水而死。牠們或各自（譬如伊恩）表達對自由的渴望，或成千成萬（譬如魚雨）抒發對自由的嚮往。

伊恩對自由的思慕絕非異常，不該投以異樣的眼光。

就算是一流的海洋生物學家，面對魚兒登陸的努力，唯一合理的推測就是魚兒有「桃樂絲情結」，或稱作「思鄉心切」。就研究者看來，魚兒顯然是被水龍捲捲入空中，以每小時幾百英里的速度吹到遠方，再活生生落到地上。

顯然就是這樣。

加爾各答。一八三九年九月。在《雨雲和暴雪：雨雪的性質、形成、特性、作用》一書中，作者查爾斯．湯姆林森記載了一場魚雨。當時大約是下午兩點，天上下了一陣雨，魚群跟著雨水落了下來，每條長約三吋。書上說那些落在堅硬路面上的死了，落在附近田裡的活了，而且活蹦亂跳。既然魚跟著雨水一起落下，推測是水龍捲把魚群捲到空中再下到加爾各答的村莊。倘若果真如此，為什麼書裡記載的魚都是同一種？

伊恩沒看過這本書，但他曉得答案。這種魚當時正在探勘。雨雲就像聯合號運載火箭，可以作為探勘工具，湯姆林森的書竟然漏了這一點，疏忽了這麼別出心裁的辦法，真是教人震驚。

顯然就是這樣。

有兩件事讓伊恩覺得水螺特洛伊特別惱人，一是他甘於自己的生態棲位，二是他甘願接受地域的限制。特洛伊高高興興吸食著藻類，白天吸，晚上也吸，除了填飽那深不見底的齒舌，此外再無其他遠大的想法，對於魚缸之外的大千世界視而不見。

新加坡。一八六一年二月二十二日。成千上萬的土虱從天而降，落在一座村子裡。村民說那聲響就像老太婆用棍棒敲打茅屋的屋頂。當地人豐豐盛盛吃了三天，直接從街上打魚來吃——溝渠有魚，水窪有魚，樹上有魚。他們像採收莓果那樣把籃子裝滿，狼吞虎嚥地吃下肚。

這些魚也是被水龍捲吸到天上嗎？水龍捲所到之處滿目瘡痍，卻奇蹟似地將魚兒完好如初運到內陸？其他海洋生物呢？記載裡沒發現水螺，連一片海草都沒寫到。

儘管他從未聽說新加坡下過魚雨，但伊恩曉得答案。這是個悲慘的結局——對於尋找新世界的先進偵查隊而言。這真是危險——魚兒們肩負的志業。

有一件事水螺特洛伊是對的：不冒險、不犯難，就能活得久久長長。但是，因為懼怕未知而抵死不離開四公升的魚缸，值得嗎？伊恩認為不值得。一輩子死守著魚缸，死時不過就是條沒冒過險的老魚罷了。

看看羅得島吧，這島上頗有看頭。

一九〇〇年五月，兩種魚群遠赴羅得島探勘。鱸魚和鮰魚分別隨著兩場雷雨從天而降。西北大西洋的水域蘊含了上千種物種，包括各式各樣的植物、魚類、甲殼類、無脊椎動物，但降在羅得島的物種卻只有兩種。難道這又是個挑剔但溫柔的水龍捲？又或是兩種聯手開疆闢土的魚種？

而後又過了數十個寒暑，一直到今年，印度、美國東南部、菲律賓、澳洲北部都曾傳出魚雨，而且這傳說還會繼續下去。雖然科學家假定暴風、水龍捲、極端氣候是魚雨的成因，但卻忘了大自然的奧秘。

顯然就是這樣。

就讓後人這麼傳述吧：魚兒之所以努力向上，高還要更高，就是為了要跌落到別處。魚兒是高尚的探險家，只是受限於水，因為水總是往低處流，所以魚兒渴望往低處走。魚兒是大無畏的冒險家，或給關在水族館，或給困在魚缸裡。魚兒是受壓迫的自由靈魂，想追逐未知，想浪跡天涯，為找尋新疆土不惜從高處摔下。

從二十四樓到二十一樓這間不容髮的時間，伊恩想通了。即使特洛伊和粉紅色塑膠城堡和金魚缸都逐漸從記憶中淡去，但他打從心底感受到信念。他之所以掛在空中，是因為他對探索的嚮往，是因為他存在的理由。

讓無趣歸於水螺！

就這樣，伊恩往人行道直直墜落。

第十一章

凱蒂要電梯按鈕給她一個說法

大門在凱蒂身後悄悄關上，小液壓臂一屈，街道的車聲讓鋼筋和玻璃擋在外頭。凱蒂穿過大廳，沒發現原先枯萎焦黃的盆栽已經換成蔥蘢的人造盆景，沒發現人造盆景給澆灌得蒼翠欲滴，沒發現瓷磚地板打蠟打得光可鑒人，連一條磨痕都看不見。不過，空氣中流連著醋、檸檬和漂白水的氣味，這是不可能錯過的。

凱蒂走到電梯前，按下按鈕，按鈕的箭頭原本指向天花板，如今卻失了準頭，因為隨著時間推移，原本垂直的箭頭傾斜了三十度，指著電梯門右上角的燈台，凱蒂一按就咯啦亂響。凱蒂靜靜等著，卻沒聽見電梯下來時遠方機械的哼響。她瞪著按鈕，戳了戳。等了等。又大力戳了幾下，戳得那按鈕彷彿放歌的蟋蟀，在靜謐的大廳裡唧唧叫著。

按第一下是要叫電梯，這電梯井高達二十七層樓，黑漫漫直上雲霄。按第二下是因為按了第一下按鈕不亮；這嬌生慣養的東西！按了兩下才從不透明的塑膠殼裡透出朦朧的光暈。最後戳的這幾下卻是出於灰心，力道之猛，戳得凱蒂的指尖都麻了。

凱蒂好不容易調整好心情，一心只想速戰速決。儘管猛戳按鈕也不見電梯下來得快一點，但至少讓她出了幾口怨氣。她巴不得立刻跟康納面對面，等不及要逼他攤牌，然後狠下心，各過各的去。這個下午過得好慢，一秒鐘一秒鐘拖著步子，拖拖沓沓磨蹭成一分鐘，一分鐘一分鐘滴滴溜溜，辛辛苦苦湊滿一個鐘頭。時間一分一秒累積，好不容易才捱到下班（凱蒂在一家生活用品店打工），值完班又一分一秒蹭到這裡來。將時間分開來看，每一秒都是沒用的定格，將這些定格串在一起，則成了連貫的劇情，但她才沒心思去驚嘆這種事。

她拿起手指猛戳。

第一節指關節往後拗，每戳一下，指甲底下的粉紅皮膚就泛白。戳按鈕能安撫人心，給人力挽狂瀾的錯覺，其效果就像客機以四萬呎高度飛過冰冷大西洋時，機上備用的救生浮水椅墊。如果客機以時速五百英里筆直入海，準備再多浮水椅墊也無濟於事；就算真的有奇蹟發生，墜海後竟然有人生還，椅墊還是派不上用場，因為失溫和凍死就等在眼前。儘管如此，知道機上備有救生椅墊總是安心，以防萬一嘛。眼前也是這樣，縱使凱蒂把按鈕假想成康納的胸膛，知道再怎麼戳也於事無補，但每說一個字就戳一下，倒也有平靜人心的效果。

「你——」戳，「都——」戳，「不——」戳，「顧——」戳，「我——」戳，「的

——」戳，「感——」戳，「受。」吸鼻子。「我要聽你說你愛我。」戳。

凱蒂幻想康納用平穩低沉的嗓音結結巴巴回話，他的俊臉多麼傻氣、多麼詫異，如同一頭困獸，方方的下巴掉了下來，情挑誘吻的雙唇張著，嗓音透露著猶豫，吞吞吐吐地說：「寶貝，嗯，妳懂我的，嗯，妳最棒了。」頓一下。「妳在我心中是最棒的，嗯。」

她一定要聽到他說那三個字才算數。她得跟他說清楚。

「我愛你。你現在有兩個選擇。」戳。「選一個說出來。別想跟我撒謊。」

凱蒂猜不到他會怎麼回，但她會觀察他的表情是否抽搐、眼神是否迴避，那就表示他在撒謊或在逃避問題。如果他也說出那三個字，而且是真心的，她立刻跟他炒飯。如果他在不該猶豫的地方猶豫，她心裡就有數了。如果他撒謊或是說不出口，她就把牙刷、心愛的咖啡杯和粉紅色睡衣全都帶走，使勁把門摔上，大步走出去，順便咒罵鄰居幾句。

電梯「叮」了一聲，把凱蒂的思緒拉回大廳。電梯門慢慢敞開，露出裡頭的希梅內斯。他杵在四面鏡子之間，簡直是世上最不吸引人的偷窺秀表演者，拳頭肉呼呼的，一手握著一根螺絲起子，一手捧著一根細小的金色螺絲。工具腰帶從他的腰間往下滑，連帶著把褲頭往下拉，肚皮從保齡球衫底下翻出來。凱蒂努力不去看那層肉，但實在很難抗拒這千載難逢的奇觀。

凱蒂不確定希梅內斯叫什麼名字。她不時會在塞維亞大廈撞見他，知道他姓希梅內斯。他似乎有一整櫃穿不完的保齡球衫，每件球衫的胸前口袋和橢圓形名牌上都繡著「希梅內斯」。每次碰面他們都會互相問候、點頭微笑。似乎是個不錯的人。

希梅內斯和凱蒂四目相接，希梅內斯揚起眉毛、皺起額頭，凱蒂的手指瞄準了按鈕，彷彿抵腰射擊的槍手。兩人似乎都被對方嚇了一跳。

「電梯壞了，小姐，」希梅內斯說。「喪不去也下不來。李還是走樓梯吧。」

樓梯！凱蒂心想。我得爬幾百道階梯上二十七樓。要是真的失戀，還得下幾百道階梯回到一樓，沿途還得聽我的哭聲在二十七層樓高的樓梯間迴盪。她一會兒自憐，一會兒生康納的氣，五味雜陳得頭暈腦脹，差點要站不穩。

凱蒂的胃絞了一下：足足要聽自己哭二十七層樓！

她真想當場嚎啕大哭，速戰速決！早點起頭，早點宣洩，哭完就好了，明天又是新的一天。但她沒有哭，兩眼乾乾的站在大樓管理員面前，臉上訕訕的，感覺自己被人看穿。她嘴唇打顫，奮力揚起嘴角，嘆了口氣，嘟起嘴，重新振作起來。

她要堅強。

她準備好了。

「抱歉，」希梅內斯說。

凱蒂曉得剛才一定很尷尬，只顧著自己想心事，一語不發地盯著希梅內斯發愣。

可憐的希梅內斯——她心想。我對他太壞了。他人這麼好。每次都跟我打招呼。

「不是你的錯，」凱蒂說著，努力擠出彷彿發自內心的笑容。「謝謝，我會走樓梯。」

我謝他幹嘛？凱蒂一邊想一邊穿過大廳走向樓梯間。他確實沒做錯事，但也沒做什麼好事，更沒有對我說什麼好話。

她聽見電梯門「叮」一聲關上，頭也不回推開逃生門，開始往上爬。

第十二章

騷貨斐兒告別大反派康納・萊德利

斐兒翻了個身。床墊在她底下呢喃。不是咿咿呀呀，不是呻吟。只是鋪在地上的床墊。被單的膚觸好極了，宛如羽毛般輕柔地擁著她，情挑她每一寸裸露的肌膚。腋下的汗珠呵著癢滾過她的奶子，她癢得打了個顫，顫抖抖吁了一口氣。她筋疲力盡，卻也美麗地充滿了活力。

這間小小的單人房公寓是塞維亞大廈的冠冕，熱得人透不過氣。房間裡的空氣陳腐潮濕，彷彿每一口氣都被呼吸過一百遍。黃昏的陽光從陽台門瀉進來，她把被單拉過頭頂遮陽，抬起眼皮往皺巴巴的棉被口瞄了一眼，看見康納・萊德利光著腳、打著赤膊，拱著一節一節的脊椎，膝上堆著一疊紙在用功。光是瞥這麼一眼，就足以勾動天雷地火，又想要騎在他那兒，毫不留情地騎得他精盡腿軟。

斐兒在被窩裡嘆了口氣，棉被散發著康納的體味和高潮的暈眩，散發著急促的呼吸和汗濕的肌膚，是兩塊有機布料滑溜的摩挲，是汗濕的頭髮給攫住的氣味——從握緊的拳頭裡抽出芽來，給人曳得歪了一邊——也是兩人四腿磨蹭的氣味，斐兒的肌膚沾染了那味道，在一呼一吸間品嚐他的肌膚。斐兒刻意不沖澡也不刷牙。她要睡整個下午，沉浸在與他共度的殘餘時光中。

那氣味並不特別好聞，絕對不會用來作空氣清新劑。那是刺鼻的獸味，而非芬芳的花香。那味道讓她回到他們四肢交纏的時刻，雖然抗拒歡愉來得太早，一邊拖延卻也一邊抽插，將彼此頂向歡愉的巔峰。儘管嘴裡的味道已經發酵，她卻想起這氣味的來源，合起來變成了生化春藥，她禁不住又濕了，雙膝一夾，身為女人的快樂排山倒海而來，她真真切切感到自己還活著。

陽台門咿呀亂叫，沿著門軌扭腰擺臀地開了。斐兒閉上眼睛，聽著人聲和車聲從遙遠的洛克希街傳上來。康納進來了。她聽見他在走動，就在被窩外頭。她想再戰第三回合，想感覺他結實的胴體纏繞著她，感受他炙熱的肌膚緊貼著他。和煦的微風吹進來清新的空氣，愛撫那裹著她的被單。陽台門開著，陳腐的空氣迅速消散在新鮮的氣息裡，外頭的喧囂給放進來了。

「妳該走了。快。」康納搖著床。「我女朋友上來了。」他的聲音很慌張。「東西收一收快走。我晚一點打給妳。」

斐兒躺在他床上，康納掀開被單，她呻吟了一聲，睜開眼睛，他的臉孔上下顛倒，從床頭俯瞰著她，先跟她四目相交，接著視線飄向她的胴體。她笑了笑，慵懶地伸了個懶腰，好讓他看個清楚。她伸手環住他的脖子，要他吻她，他照辦了，但感覺吻得很倉促，吻得很淺，很焦慮，很匆忙，彷彿在說：「好，我吻，但吻完妳快點滾！」

她的肉體對他下的魔咒被打破了，他匆匆地走了，消失在她的視線中。

斐兒在床墊上翻了個身，看了他一會兒，爬下床，穿上她疊好放在二手床頭櫃上的牛仔褲，東看看，西瞧瞧，想不起來讓康納蹂躪之前有沒有穿內褲。後來她想開了。管他內褲不內褲，她根本不在乎。

康納在房間裡走來走去，一手拿著塑膠袋，一手忙著把衛生紙團、色情雜誌、國外服裝雜誌往裡頭塞。他走進廚房，把披掛在餐具抽屜邊角的保險套剝下來，用拇指和食指捏著，宛如癱軟的魚屍……亮綠色，青蘋果口味，有著增進快感的螺紋，用加幣一塊錢從酒吧廁所販賣機買來的魚。

要是斐兒納悶自己跟康納到底是怎樣（她倒是從來沒有納悶過），只要看他一眼就夠了。很簡單。他是所有女孩夢寐以求的性愛機器。上帝設計他只有一個目的，就是讓她高潮。他大她幾歲，高她三十公分左右，身材結實，緊實的肌膚藏著一身的肌肉，英俊的臉龐，方方的下巴，尺寸正合她胃口，會晃，但不會太雄偉。只要她想要，他有力氣頂著她滿屋子甩，但又不會力氣大到讓她害怕。雖然有時很惹人厭，但她從沒懷疑過自己的慾火，也從未讓他覺得自己索求無度。

所以她覺得他們是天造地設的一對。她不想改變他。他也不想改變她。拿到什麼器具就做什麼事。

千萬不要拿湯匙切牛排，斐兒一邊想著，一邊望了望髒亂的四周。

「我找不到我的襯衫，」她說，「也找不到我的水壺。」

康納嘆了口氣，抓起流理台上的粉紅色睡衣。「喏，穿這個。」他從房間另一頭走到床邊。「還有這個，」他從茶几上抓起她那廣口運動水壺，咯啦咯啦遞給了她。斐兒把粉紅色睡衣套過頭上，用手指順了順頭髮，從口袋裡摸出一條橡皮筋，把散在臉上的亂髮後往梳，紮成了一束馬尾。

不過短短幾分鐘，他們已經站在公寓門口，康納依舊打著赤膊，下半身一條運動長褲。斐兒穿著粉紅色睡衣和牛仔褲。他光著腳，露出腳趾頭關節上的毛，她正要套上平底鞋，一手按著他的肩膀作支撐，再滑到他胸口保持平衡。摸到他硬挺的乳頭，她的心震了一下，儘管他英勇地抵抗，卻藏不住胯下的堅硬。

為了替這一刻畫下句點，他湊上前吻了她。「走樓梯下去，我女朋友會搭電梯上來。」他看她繃著一張臉，便拉長了聲音說：「拜——託——嘛。」

斐兒嫣然一笑，點點頭，朝逃生門走了兩步，又讓他叫住。她停下腳步，露出笑容，轉過腳跟面對著他。走廊的燈閃了一下，熄了，陽光從公寓門口穿出來照在她臉上，映出他稜角分明的剪影。

「斐兒寶貝。喏，」康納說。燈亮了。他把裝滿垃圾的塑膠袋遞給她。青蘋果口味的保險套給壓得扁扁的，濕濕黏黏地貼在塑膠袋上。

「走的時候幫我丟一下？」他問。

第十三章
希梅內斯膽敢剪斷藍線留下紅線

有個遙遠的喀啦喀啦聲，聽上去像某種慌張的沙漠昆蟲跑到電梯牆壁後面。希梅內斯對著露在黑色塑膠外的細銅線吹了口氣，側頭聽了聽，心想：下一個出現在維修單上的鬼畫符該不會就是蟲害吧？隔天一進辦公室就插在辦公桌的金屬釘上？他思量了一會兒，將細銅線的末端在螺絲起子的把手上繞出一個勾，再把那個勾捆到電梯面板的螺絲釘上，順著螺紋捆緊直到接合。

電流接通，齒輪轉了起來，電梯門打開。喀啦喀啦聲停了。希梅內斯的視線從面板移開，看到凱蒂站在那裡，指頭如手槍般瞄準電梯鈕，準備要戳那個往上的箭頭。

希梅內斯知道凱蒂，雖然稱不上是朋友，平常也不會聊天，但常在這裡看見她，心裡對她頗有好感，偶爾在大廳碰見時會對她說聲「嗨」，偶爾她被鎖在外面跑來找他，身上只有一件粉紅色睡衣，他會把視線移開，好留給她一點隱私，但要他不看呆實在太難了。他喜歡她，但不是那種喜歡，他想保護她不被這個世界傷害。她好漂亮，每次碰見他在大廳澆花都會跟他打招呼。

她怎麼會跟二十七樓那個玩咖搞在一起？他實在猜不透。是啦，那傢伙高高瘦瘦又帥氣，牙齒又白又整齊，但用膝蓋想也曉得他根本不愛她，再說，過去半年馬帝就派希梅內斯去催他房租催了兩次，希梅內斯還在大廳看到他帶其他女生，親眼看見他摟著那些女生的腰，手貼在人家的下背，底下是隆起的臀線。他的意圖太明顯，想冤枉他也難，他跟那些女生說話時湊得那麼近，還彎腰附在她們耳邊甜言蜜語，對著她們的肌膚呼出溫柔的熱氣，用話語搔得她們一身雞皮疙瘩，根本聽不真他說了什麼。或許他對所有人都說同一套話。或許他用同一套話欺騙了電梯前的可憐女孩。

希梅內斯心中浮現了寂寞，像他這樣的好人和電梯門前的女孩，心中似乎都住著寂寞。女孩遲早會看透她的玩咖男友，發現他跟其他女生在公寓頂樓亂搞。

希梅內斯不曉得凱蒂是不是真的寂寞，但如果她繼續跟二十七樓那種傢伙耗，寂寞也是遲早。「廝守」和「孤單」之間只隔著一片脆弱的薄板。

女孩來找男友——來找電梯帶她上去找她男友。

「電梯壞了，小姐，」希梅內斯說。他心想：如果自己年輕一點，帥一點，一定會約她出去喝咖啡，跟她面對面坐著，手伸過桌面握住她的手，把酥脆的甜點推到一邊，告訴她玩咖幹的好事，安慰她不要哭，然後再買一份甜點逗她開心。她的嘴角沾著餅屑，眼角噙著淚水，聽他說她的心其實很堅強，只是孤單時會痛、會消瘦，等她開始舔叉子上的糖霜，他會告訴她，總有一天，她會找到撩撥她心弦的好人。

但他沒開口約她。「喪不去也下不來。李還是走樓梯吧。」

有時他會咒罵自己的國語蹩腳，有時他會咒罵別人不懂西班牙語的好，只要他開口說西班牙語，要他羅曼蒂克也可以，雄辯滔滔也可以，但他只能勉強自己用國語講結巴的句子、說貧乏的單字，雖然講得還不差，但總覺得自己的思緒給困在國語的籠子裡，實用歸實用，但總不如自己的母語美麗。

「噢，」凱蒂說著，臉色一沉，希梅內斯的心也跟著沉了下去。看來他是在她的傷口上灑鹽，非但沒能保護她，反倒還落井下石。她傷心失望並不是因為電梯故障。他看得出來她本來就有心事，電梯故障只是雪上加霜。

「抱歉，」他只擠得出這兩個字。

「不是你的錯，」凱蒂說著，揮了揮手，把他的歉意揮走。「謝謝，我會走樓梯。」

他看著她走向逃生門，電梯門慢慢闔上，擋住了大廳的世界。希梅內斯站了一會兒，嘆了口氣，轉一轉肩膀，看著倒影在鏡子裡交錯反射成數不清的墨綠，想起自己孤孤單單在這永恆的深處，鏡子裡除了他再沒別人。他好奇鏡子裡這麼多個希梅內斯，有沒有哪一個能無條件地感到快樂？他瞥了消融在無限遠處的希梅內斯們最後一眼，將注意力拉回電梯面板上。

所以不是黑色的，希梅內斯一邊想，視線從面板一側移到另一側。這裡想必有五十條電線。沒有一條鬆脫，沒有一條跳電，沒有一條損壞。這些電線通力讓電梯運作，但只要其中一條故障，電梯就「吱」地停擺。希梅內斯搔了搔頭，只是一條電線出毛病，怎麼整架精密機器就都不動了。

但也不曉得問題是不是出在這個細銅線和漆包線編成的鳥巢就是了。

再來換藍線，希梅內斯心想。只要我一條一條試，總會試出來哪條是好的，哪條是壞的。等到全部試完，太陽也下山了，夜晚也過完了。但不修電梯又能幹嘛呢？上樓回我那只有一張單人床的寂寞公寓，拿出冷凍食品微波加熱，吃完後關燈，坐在四合的黑暗裡，看著太陽下山，城市的燈光一盞一盞亮起，照亮一扇一扇的窗子，可以看見窗子裡有人，也許在吃晚飯，也許在預備明晚的晚飯。

反正我也沒地方可以去，他心想。而這裡有五十條電線。

希梅內斯用螺絲起子把藍色電線從接頭轉下來。電梯一黑。他在漆黑裡站了一會兒，從工具腰帶裡抽出手電筒，按下開關，昏暗的琥珀色光束照亮了電梯，幾秒後也暗了下去。他搖搖手電筒，哐啷哐啷，幽微的光線一閃，一閃。沒電了。

希梅內斯胡亂戳了幾個面板上的按鈕，往他以為是開門鈕的地方按下去。毫無動靜。他依序戳著面板上的按鈕。毫無動靜。他往門上摸索，把手指塞進門縫，使勁撬開門，用力往兩邊掰。他卯足全力。門動了一下，一絲微弱的光線從大廳穿了進來。希梅內斯再次使出吃奶的力氣。手指一滑，門啪地闔上，緊緊關住，黑暗又回來了。

希梅內斯低聲咒罵，用手指緩緩滑過面板，摸索接合藍線的螺絲。忽然，指尖讓某個鋒利的金屬勾了一下，找到了，是那根接合的螺絲。他把藍線接上去，霎時爆出刺眼的亮光和觸電的霹啪聲響。希梅內斯踉蹌了一下，手臂一縮，扔掉電線。

黃色火光一閃，面板燒了起來。

第十四章

加爾仕在樓梯間發現寂寞的中心

加爾仕拿鑰匙開了門，進入塞維亞大廈的大廳，匆匆穿過閃閃發亮的瓷磚地板，走到電梯門前，門上貼著一張正方形的紙條，他湊近去看，上頭寫著：「故障搶修中。請走樓梯。」加爾仕環顧四周，想找人發發牢騷，一起搖個頭、翻個白眼，但大廳裡空空蕩蕩。門外有人走過，燈光在人縫裡一閃，各自奔忙去了。

加爾仕真希望自己租的不是二十五樓。那有多少階樓梯要爬啊。其實住一樓也不錯，尤其在電梯故障的時候。

話說回來，爬樓梯有益健康吶，加爾仕心想，努力說服自己爬樓梯很好，反正自己手邊也沒事，運動一下又不會死。

於是，他走向樓梯間，推開逃生門，進入燈光昏暗的樓梯井，開始往上爬。

加爾仕爬了一段，轉過身繼續，一路之字形向上，一肩背著背包，一手夾著包裹，他扶著欄杆往上爬，爬一下，停一下，看看樓梯間的標誌——那是一塊塑膠板，用螺栓栓在煤渣磚牆上，板子上有一盞泛黃的圓燈，用鐵絲籠罩著。燈一閃，熄了，樓梯間陷入黑暗。一陣指甲亂抓的聲響在樓梯間迴盪，聽起來驚慌失措，從底下一陣一陣傳上來。

燈「啪」地亮了。起初朦朦朧朧，黃疸似的，影子在期期艾艾的黃光中舞動。

牆上的標誌寫著「6」。還有十九層樓。加爾仕喘著大氣，將包裹換到另一隻手。爬樓梯太辛苦，沖淡了包裹裡的興奮。不對，加爾仕心想。爬樓梯讓他飢渴的手指更急切地摸弄膠帶，那膠帶讓它不見天日，他要慢慢地拆，一個角、一個角掀開。興奮有一半來自於期待，他這麼告訴自己。

於是加爾仕繼續往上爬。

樓下那陣吱吱啾啾的擦刮聲愈來愈響，加爾仕在樓梯中段停下腳步，看看到底是怎麼回事。有個小朋友衝了上來，一次跨兩階，兩條腿又彎又細，從加爾仕和牆壁之間的空隙急馳而過，差一點擦過牆壁撞上加爾仕。小朋友沒有慢下腳步也沒有回頭。沒有借過也沒有道歉。

「小心點，小朋友，」加爾仕提高了嗓子，小朋友愈跑愈遠，轉過彎不見了，只剩下呼哧的喘息和噠噠的腳步，偶爾穿插幾聲悶哼。他聽見門開了，閂上了，樓梯間再次歸於寂靜。加爾仕在寂靜中咀嚼了一會兒。

在小朋友爆竹般的現身後，寂靜帶著空虛和寂寞席捲加爾仕。在城市的中心，在繁華熱鬧的街上，在人滿為患的水泥建築裡，有個人在樓梯間爬著樓梯，自卑爬上他的心頭。他在八樓的樓梯間轉過身，四面八方都是人，連同整棟大樓，宛如禮物盒包裝著他。他們在他的頭上走，在他的腳下坐，在他的左手邊午睡，在他的右手邊沏茶。上下左右好幾百人，認識的一個也沒有。他不曉得他們過的是什麼樣的生活，也不曉得他們叫的是什麼名字。對他來說，他們全都是陌生人。在這禮物盒外頭是一城市的陌生人。在人海滿溢的城市裡，有成千上萬的陌生人。從公寓的窗戶，他望見一棟棟大樓和一盞盞燈光在夕陽裡延伸到天邊，小小的房子孤獨地疊在一起，疊成了整座城市。有太多人等他去認識，認識他的半個也沒有。

這個樓梯間（他心想）就是寂寞的中心，我在寂寞的寂寞裡。

這地方人山人海，我怎麼會連一個人也不認識？加爾仕納罕。我在世上活了三十七年，怎麼會沒半個人認識我？包裹在塑膠袋裡窸窸窣窣，加爾仕又換了一隻手。

那個小朋友（他心想）就這麼出現又消失，我只曉得他腿很細，穿著紅色的Cushe牌休閒鞋，然後就不見了。他是怎麼看我的？樓梯間擋路的大胖子？妨礙他飛奔回家打電動？或吃媽媽煮的晚飯？

然後就不見了。彷彿根本不存在。

加爾仕深吸一口氣，讓心跳慢下來，順手捏了捏夾在臂彎和身軀之間的包裹。包裹噗哧了一聲，聽得他格外安心，改用雙手捧著，又捏了一下。乍捏雖然柔軟，中間卻是硬挺。他捏了又捏，捏了又捏，決定要把剩下的樓梯跑完。他要盡快離開這可怕的地方。他要重拾被樓梯吸乾的興奮。

他跑了起來。

萬頭攢動的城市，數十億人的世界，而我就是我。這世上怎麼會只有一個我？如果我不是我，我又是誰？加爾仕一邊跑一邊想。是誰在這四面牆壁之間？是誰在這城市中遊走？既然沒有人認識加爾仕，誰又看得出另一個加爾仕的不同？

是幾秒鐘前從我身邊跑過的孩子嗎？那孩子才剛起步，才剛開始認識這世界。我也大可從頭來過，重新面對這世界的驚奇和單調，顫慄和恐懼。

是那個小姐——那個丹尼和我看見從工地外走過的小姐。她走進藥妝店買了……買了什麼？巧克力？時尚雜誌？或是其他年輕小姐買的東西？如果我是她，就會曉得被看是什麼感覺，聽見丹尼說話的片段又是什麼滋味。

比起被人視而不見，那會比較不寂寞嗎？即便如此，還是沒有半個人了解我，沒人像我那麼了解我。

加爾仕氣喘如牛，才爬了幾段樓梯，原本輕快的腳步就變得勉強而沉重，背上的襯衫（才爬了三層樓）全汗濕了。他呼咻呼咻大口喘氣。他這胖子。他對自己嗤之以鼻，不屑自己那一步一步往上爬的龐大身軀，鄙視那一步慢似一步的腳步，一下子就筋疲力盡了。

要我當別人也當不來，他心想。我想像不出別人的生活，我連自己都當不好。

爬到十一樓時，他的腳步已經沉得抬不動，一次只能跨一階。到了樓梯轉角，他又停下來喘氣，把包裹從臂彎抽出來拿在手上，黑色塑膠袋滑了下來，露出半截包裹，外層用牛皮紙包著，摺口貼著透明膠帶，側面被他腋下的汗水漬出巧克力色的污跡，形狀歪七扭八，但願收工後的狐臭味沒跟著滲進去。他用手掌拂了拂，撫平牛皮紙的摺痕。

加爾仕揚起嘴角，再次移動腳步，不管嘈嘈切切的心跳和難上加難的呼吸。他繼續往上爬，彎過「12」的標誌。到了十六樓，他又不得不休息。兩肋抽筋，一呼吸就刺痛。他的身軀龐大，生性又懶怠，實在沒辦法一直爬不休息。他背靠著牆，上半身前傾，雙手支著膝頭。

有那麼一瞬間，他心想：如果心臟就這麼停了會怎麼樣？大家會怎麼想他和他手裡的包裹？會怎麼看待他爬樓梯這件事？會怎麼理解他連死了也掩不住的興奮？他決定這些都與他無關，反正死都死了，更何況他又不是自戀的人，從不認為自己的身後事有什麼要緊。

加爾仕呼了一口氣，然後繼續，繼續往上爬。

第十五章

佩妮．大利拉體認到分娩不如想像中簡單，自己的持家本領也有待磨練

佩妮．大利拉出了一額頭的汗，全身緊繃，一時身不由己，腦袋歸腦袋，身體歸身體，各自忙各自的去。

別慌，丹尼很快就會回電。她瞥了瞥手錶。這時也該收工了，但或許還有事情要收尾。或許他只是沒聽見手機響，工地那麼吵，施工的聲音常常連她在陽台上也聽得到。等到他看到未接來電、聽完語音留言，就會衝回來救她。她想像他在洛克希街狂奔，一邊跑一邊撥電話，工地帽「噹啷」一聲掉到人行道上也不去撿，直說再一條街就到了，在大廳了，進電梯了，到門口了。

「寶貝，」他會說：「今天是我一生中最快樂的一天，這全是因為妳。我好愛好愛妳。」

她再次拿起手機，在鍵盤上搗著助產士晶咪的號碼，晶咪跟另一半住在幾條街外，離洛克

希街不遠。晶咪是她的救星。一切等晶咪來就好了。寶寶呱呱墜地。丹尼一衝進門就看見寶寶依偎在她胸前，而她終於吃到那該死的三明治冰淇淋。

電話響了五聲。就在她以為要轉進語音信箱時，電話另一頭響起一聲怯生生的「哈囉」。

不是晶咪接的。媽的！佩妮・大利拉心想：晶咪的另一半叫什麼名字？梅格？梅兒？還是梅什麼？

「叫晶咪接，」佩妮・大利拉呻吟道：「說我是佩佩，請她來一趟，我快生了。」

話筒「嗶」了三聲。

佩妮・大利拉把手機從耳邊拿開，眼睛死盯著瞧。螢幕是黑的。她戳了一個鈕，螢幕顯示電池用盡。她好幾天沒充電了。

剛剛那通電話對方到底聽到了多少？她一邊想一邊往床頭櫃翻找，發瘋似地非找到充電器不可，一邊咒罵自己竟然把電池用到沒電。說不定晶咪正在回電啊。她用鼻子哼了一聲，對自己的粗心大意無可奈何。

別慌，晶咪聽到口信就會趕來。就算電話打不通，梅格／梅兒也會告訴她事態緊急。晶咪聽了，肩背包一抓，扔進腳踏車籃，一路狂踩踏板，在塞維亞大廈門口拴了車，帶著專業助產士訓練有素的專注衝過大廳，搭上電梯，直奔到她家門口大喊：「冷靜。我來了。沒事了。」

佩妮．大利拉愣了一下，閉上眼睛，深吸一口氣，陣痛又開始了。吸氣吐氣吸氣吐氣，她在眼皮背後告訴自己。晶咪是怎麼說的。外頭「叭」了一聲，她把心思放到那上頭，不去想那一陣緊似一陣的陣痛。隨著痛處加劇，她開始懷疑選擇在家生產究竟明不明智。現在給她什麼止痛藥她都肯吞，而這只是剛開始而已。疼痛慢慢到頂，漸漸消散。她睜開眼睛。

其實還好嘛，她心想。好啦……充電器呢？佩妮．大利拉瞥了一眼丹尼的床頭櫃。沒有。她洗劫被單，失手把幾分鐘前讀的科幻小說摔到地上，夾在書頁間的書籤溜了出來。

「糟了，」佩妮．大利拉哀嘆，看著書籤泫然欲泣。她挺直腰桿，盯著書籤，手裡捏著皺巴巴的被單，不記得自己讀到哪一頁。

「糟了，」她又說了一遍，這次說得更響，有氣無力地把被單摔回床上，但被單畢竟是被單，摔在床上也只是悶哼一聲，一點也不痛快。她甚至記不得書裡寫些什麼，明明幾分鐘前才讀過。

陣痛又開始了。原本緊抓在左手的手機掉到地上，佩妮．大利拉痛得彎下了腰，雙膝跪地，身體自動尋找止痛的姿勢，直到四肢跪地才好些。她跪在床邊，一旁是失手摔了的手機和書本。這是禽獸的姿勢，很不雅觀，她心想，但挺止痛的。

看看那堆灰塵，佩妮．大利拉心想，她跪在地上，床底一覽無遺，幾個禮拜的垃圾都積在那裡，有糖果紙，有迴紋針，有未拆封的保險套，林林總總十來樣，全給另一側照進來的陽光打上剪影。早在她被診斷出高什麼而臥床安胎前，她就沒打掃過床底了。丹尼更是從來沒掃過。怎麼會有未拆封的保險套？上次清理床底是什麼時候？少說也是驗孕棒驗出藍線之前的事了。現在想想，丹尼根本沒有幫忙打掃過，那個混帳。

佩妮．大利拉咬緊牙關，陣痛愈來愈厲害。她心想，以後就不是這麼回事了。他再也別想賴。她用掌根在地上捶了兩下。痛到了極點。她發出憤怒的尖叫，「呀」地吐了一口氣。從今以後，他份內的家事他自己做。

她睜開眼睛，在那裡，就在床底下，是手機充電器！

佩妮．大利拉把手機和充電器抓在手裡，跪起上半身，手撐著床，掙扎著站了起來。她在原地杵了一會兒，遺憾地打量著小說，然後拖著蹣跚的腳步，走向通往廚房的長廊。只有這裡的插座不用彎腰也搆得到。或許她應該拿一個該死的三明治冰淇淋，一邊等電池充飽一邊吃。反正也沒差。寶寶都要出來了。

可是才走沒幾步，她就曉得不對勁了。雖然沒生過孩子，但佩妮．大利拉就是覺得怪怪的，也說不上來為什麼。儘管陣痛一陣一陣，但痛得太頻繁，而且悶悶的，很不規律，教人很不痛快，跟外傳的很不一樣。

是啊，她的下體應該要有壓迫感。但到目前為止都只是皮肉痛，下體倒沒什麼感覺。

經過浴室時，她倚著門框，按下開關。燈一閃一閃亮了，又一閃一閃滅了。她在黑暗裡站了一秒，燈亮了。鏡子裡的她睡衣濕了一片，打著褶子，垂在膝上。她雙膝外張，滿身大汗，手臂下那道陰影，是倚門而露的腋毛，要是早剃了多好，要是別這麼嚇人多好。助產士肯定要嫌她不乾不淨蓬頭垢面。但轉念一想，助產士就是晶咪啊，想必她也沒刮腋毛，私密處雜草叢生。

佩妮·大利拉自覺魅力盡失，儘管心裡很清楚這想法根本是異想天開。她是個孕婦，誰管她有沒有刮腋毛，床底有沒有掃。但她已經好久不覺得自己有魅力了，她好希望自己能漂亮起來，感受別人的眼光在自己身上停留，哪怕只是一分鐘也好，只要不注意她的子宮都好。她希望被當成女人看，而不只是長腳的孵蛋機。

陣痛再度來襲。她彎下腰，僵著手臂抓著洗手台，她放手讓手機和充電器「噹啷」滑進水槽，因為怕握在手裡會捏碎。電池從手機裡彈出來，在水槽裡咯噔咯噔亂轉。她的視線穿過髮瀑望著鏡子，看見頭皮因為使勁而發紅，兩條手臂扭成一團，爆出好幾條青筋，嘴角邊涎著口水，脖子上凸起一條青紫色的血管，另一條青筋歪七扭八爬過她的額頭。

隨著疼痛加劇，佩妮·大利拉搖晃著洗手台，洗手台咯噔咯噔碰撞著牆壁。等到疼痛退散，她將手伸向大腿，手指劃過肌膚，將睡衣一寸一寸撩起，直到下擺都攏在手裡。她看著鏡子，將睡衣掀到肚皮上，這動作她過去幾個禮拜做了好幾次，但這次不一樣，她對鏡子裡的景象毫不著迷，對肚子的形狀和內容不感興趣，對寶寶的到來冷了心腸。

光是這一瞥，她就曉得要用手機和充電器搬救兵太遲了。那手機少說也要充好幾分鐘才能撥，就算撥通了，天曉得救兵還要多久才會到。

在鏡子裡，佩妮·大利拉臉色蒼白，皮膚光潤，一副嚇壞的模樣，浮腫的雙眼圓睜，緊閉的嘴角下垂，上身前傾，一手扶著洗手台，一手抓著撩到腰部以上的睡衣。

在鏡子裡，在她那雙O形腿之上，在她凸起的肚臍之下，從她那私密的黑森林裡伸出一隻蒼白發青的小腳，整整齊齊長滿五根腳趾頭。

第十六章

宅在家的克萊爾緬懷食物的歷史

冰透的礦泉水。要冰到水面有細小冰晶。這是克萊爾的母親傳授的秘訣，能把鹹派的餅皮烤得香酥可口。無人能及。這是克萊爾家世代相傳的秘方，由母親傳給女兒，裡頭是畢生的試驗、再三斟酌的配方、幾經調整的火候，數十年的功夫成就了這無可挑剔的鹹派。

她感覺到她們跟她一起在廚房裡——那些做女兒的、做妻子的、做母親的，全都陪著她一起烤鹹派。寫著褪色鉛筆字的泛黃索引卡，從母親傳到女兒手裡。索引卡上的半透明污漬，是某年某月某日某滴油在陽光明媚的廚房迷路時留下的痕跡。她感覺到她們剛從塵土飛揚的法國鄉野收工回家，粗磨的麵粉灑了滿手，手不停歇地擀著麵皮。食譜從祖母手上傳到孫女手裡，一行一行齊頭寫在藍色橫紋紙上，再沿著筆記本的線圈撕下來。字跡暈開處，是祖母用潮濕的手撣去紙上的麵粉。克萊爾感覺到自己與她們同在，在煤灰的天空下，在一座又一座新世界的城市裡，一起經過一個月的航行，張開十指，用木頭擀麵棍擀著麵皮。她們的食譜傳承著食用的歷史。

克萊爾一邊料理一邊清理。她撕下一張長方形紙巾，把流理台上多餘的麵粉撢進水槽裡。她生平第一份工作是在速食店料理雞肉，當時她還是青少女，那家速食店跟她家只隔幾條街，她母親至今仍住在那兒。料理雞肉養成了她的潔癖，時間一久，「隨手清潔」四個字在她心中根深柢固。這份工作也養成了她的制服癖。離職後，克萊爾不打算也從未吃過雞肉，但男朋友倒是一個個制服筆挺。

她在那裡認識了麥特——她的初戀情人。麥特天天重訓，是高中橄欖球校隊，跟她上同一時段的班，穿起制服特別好看。商標順著他的胸肌微微起伏，用繡線繡的小服務生從麥特的腋下奔往V領的領口，手上端著盤子，盤子上端著臉大的漢堡，漢堡上繡著三條線，表示食物熱騰騰又新鮮。

她一邊料理雞肉，一邊看著麥特在廚房裡奔走，一看就是好幾個鐘頭。他的手臂結實，筋肉糾結，皮膚光滑，每次打開蒸箱拿漢堡，上臂就會鼓起。她看著他轉身把菜單擺在加熱燈下，腰一扭，混紡棉褲緊緊綳住他的臀部，看得她目不轉睛，彷彿豺狼虎豹緊盯著草原上的風吹草動。

克萊爾看著自己的手臂，零零星星的鹽和麵粉附著稀稀疏疏的金色手毛。她把材料拌進大碗裡，一邊攪拌一邊想著從麥特至今的時光，想著自己年華老去，初戀卻像是上禮拜的事。一陣憂鬱襲上她的胃。時光真的走了。一分一秒走了。麥特是不是胖了？禿了？白了？

麥特曬得多好看，給漢堡蒸箱旁的加熱燈一照，橙色的燈光將他的古銅肌襯得更加健美。克萊爾想著他，想著他的黝黑和衣服下的白皙恰成對比。他的鴨舌帽和上衣在她臥室的地板上皺成一團，混紡棉褲在床頭櫃一角散發著肉餅的味道，屁股上還有個油手印，每次他手髒就往那裡抹。他一手拎著四角褲，滿褲子加熱燈熱出的男人味，她只是看著他，要他站好，向左轉，向右轉，讓她藉著窗戶流瀉進來的光好好欣賞。光線順著他的曲線嬉戲，教人目眩神迷。

只要閉上眼睛，他就在那裡，穿著制服，將漢堡擱到架上，一手膚色比另一手黑，他開車時總把比較黑的那隻手掛在車窗外頭。

他們交往過。吃飯在一處，休息在一處，兩人擠在狹小的員工室，在靠近後門的地方，就著霍霍作響的散熱器聊天。某個夏夜，他們開了後門，讓停車場的風吹涼廚房的燠熱，麥特跨坐在塑膠箱上正對著她，用蠟筆在兒童餐餐墊上著色。那是一幅世界地圖，描邊很粗。他拿著橘色蠟筆往某個非洲國家塗。

「那是哪裡？」克萊爾問。

「不曉得。」麥特一邊塗著，一邊頭也不抬地問：「跟我一起去？」

克萊爾說好。因為年輕，很容易就認真。他去哪裡她也要跟。下班後，他開車送她回家。他們在她家門口擁吻，隔著制服感受彼此的體溫，兩人身上的速食氣味，是油炸鍋裡的芥花油香。

芥花油，克萊爾心想。這又是另一項秘訣。餅皮絕對不能放芥花油。要用四分之一杯的橄欖油。芥花油精緻歸精緻，味道卻像空白的畫布，橄欖油雖然稠，口味又粗，卻帶著芥花油所沒有的滋味。但橄欖油再濃郁，也勾不起稀淡金色芥花油特有的回憶。

聞到橄欖油，她不會想起那一串無法滿足她的制服男，也不會驚覺多少時光已經流逝……她有多久不曾像對麥特那樣動心。麥特迷得她暈頭轉向、不由自主，她擔心自己春心已灰、已枯，在風中化成塵土。

烤箱響起，預熱完畢。電源燈閃爍，爐燈熄滅，進入長眠。剛乍死，就還生，「哼哼」醒過來「噹」了一聲，電子鐘現出一排8，克萊爾戳了戳按鈕，重新設定了一陣。

她和麥特都還年輕。他邀她一起去的地方叫作加彭。她事後查的。他們沒去。事後也沒再提起。他們去了不同的地方，上了不同的大學，從此漸行漸遠。地理對他們而言都是困難的考驗。

然後是一連串的制服男。個個都很好，但都不是麥特，既不如他年輕，也不如他迷人。日子一天一天過去，要找回對麥特的癡情愈來愈難。克萊爾知道自己變了。在愛情裡，她愈來愈拘謹，愈來愈小心，不像以前，人家隨口問問，她就願意到加彭去。

是叫彼得吧，那個冰淇淋店的傢伙，制服是歡樂的紅白條紋，手一向是涼的，眼神是亮的，像個孩子一樣。還有那個叫明的，是個郵差，一身貴氣的海軍藍制服，天還沒亮就出門，中午就回來，一雙驚人的小腿，簡直比岩石還硬，說起話來像唱歌，聽上幾個鐘頭都不膩。查克是醫院的門警，筆挺的白色直排扣襯衫，下搭亞麻長褲。克萊爾喜歡他的體香。他的皮膚像杏仁，像淋浴完那樣清新。

還有艾邁德，那個保全，深藍色制服，光滑的布料，合身的剪裁。艾邁德讓她緊張，但她很愛，只是愛得很短。他老是在鏡子前過招，袒胸裸腹，把手電筒當警棍揮，棒打隱形的兇手。艾邁德從未對克萊爾動粗，但她愈來愈不放心家裡有顆不定時炸彈。他很激動，當她離開的時候。

克萊爾把艾邁德甩出腦海，看了話筒一眼，想起了那個陌生的訪客，努力壓抑心頭的悸動。

「被我抓到了，小鬼！」然後是一陣狂暴的雜音。想必是按錯號碼了。話雖如此，但畢竟就發生在大門口，離家門那麼近。她不禁揣想是不是哪一戶人家有了麻煩。真不安，想到這事就在附近。但又能怎麼辦？

烤箱響了，已經預熱到華氏四百度，準備要烤鹹派。

第十七章

在家自學的的赫曼發現驚人的事實

赫曼的心臟擂著胸口，用兩個拳頭捶打著肋骨，腳跟一轉，球鞋便像受驚的鳥兒咿呀亂啼。釘在煤渣磚牆上的塑膠板寫著「6樓」。燈一閃，滅了。樓梯間陷入黑暗，連標誌也看不見。赫曼在樓梯上絆了一下，突然閃過一個念頭：是瞬間移動嗎？我還在這裡嗎？他摸找著欄杆，發現欄杆還在，小腿在水泥樓梯上擦破了皮。

不會吧，他心想，我還在。會痛就表示我還在。他從齒間吸氣，小腿的傷口痛得他想哀嚎。

燈一閃，亮了，在忽明忽暗間，有個男人像山一樣橫在眼前，領先他大半段樓梯。大塊頭停下腳步，斜倚著欄杆，回頭望著他。這樓梯爬得他上氣不接下氣，手臂下方流成兩條護城河，肩胛骨間濕成了英文字母V。赫曼看大塊頭和牆壁之間還有空隙，當下腳步不停，從人肉和水泥牆中間鑽了過去。赫曼的視線雖然因奔跑而跳動，心卻如自動駕駛般平靜，感覺像在飄浮一樣，什麼也不用想，身體就自己會動。

「小心點，小朋友，」大塊頭說。

話音落在赫曼身後繚繞著餘音。他一轉身，攻上另一段階梯。

赫曼自知不該跑這麼快，他的身體沒辦法這樣跑。他的心思一向花在學習上，因此賠上了健康，弄得身體單薄又虛弱。他始終視身體為盲腸，社會成熟後用不到，被文明棄如敝屣，以利大腦發展。現在他知道自己推論錯了。

我怎麼會這麼盲目？每堂體育課都只坐在旁邊看？跳個「社交舞」真的那麼費勁？現在他曉得了：沒人料得到何時會需要一雙強而有力的腿。

十層樓，每層樓兩段樓梯，總共二十段，赫曼一邊想，一邊躍上另一段。儘管距離不遠，但就是嫌自己不夠快。他雙腿灼痛，肺部掙扎著供應氧氣給肌肉。他曉得家裡出事了。

不要是真的吧，他的思緒乞求著。眼淚從他的眼角滾下來，滾過臉頰上閃閃發亮的淚痕。

他想不起來上次那麼恐懼、那麼焦慮是什麼時候。他用意志力撐住身體，用意志力集中心神，他大罵自己的腦袋沒用，現在正是最需要它的時候。

一如既往，他的腦袋開始播放扭曲的畫面，替他昏倒前的時空補白。殘缺的記憶一點一滴篩回來，一片一片，像拼圖一樣，必須自己拼湊。赫曼想起自己在樓上。在家裡。爺爺也在。

正在客廳裡看報紙。茶几上擺著一杯茶，向著黃昏的太陽冒著纖纖白煙。

赫曼在解爺爺出的三角函數。計算紙上的數字閃過心頭，他想起自己在計算角度和邊長。他想起了書桌，想起了書桌上的書，想起計算紙上潦草的算式，有些槓掉了，有些圈了起來。鉛筆的筆觸被放大，看得一清二楚，甚至連凹坑也看得明明白白，粗粗的石墨劃過紙張的纖維。放得這麼大，鉛筆頭看起來像蠟做的月球岩石。

一片死寂。客廳裡滴答滴答的鐘，街上溜進來的市聲，廚房裡呼呼作響的冰箱，這些平時被大腦忽略的聲響，全在赫曼的記憶裡缺席。外界無聲無息。唯一的聲音來自赫曼的身體。他在呼吸。血液隨著脈搏奔流。他吸了一口氣，椅子往後一推，在書桌前起身。他大口喘氣，攻上一段又一段的樓梯。他的喘息在狹窄的樓梯間被放大，在牆壁之間迴盪，噗通噗通的脈搏震耳欲聾。

樓梯間有聲音。從上面傳來的還是從下面傳來的，他不曉得，那聲音說了些什麼，他聽不見。回音讓聲音失了真。聲音在四壁之間迴盪不止，模模糊糊，嗡嗡鬧鬧，他用記性把那聲音從喧囂裡拉出來聽個清楚。是他自己的聲音，在死寂的家裡，在他腦袋裡悶悶的響著，在沉思片刻之後喊了出來。

「爺爺，」那聲音是這樣說的。赫曼站了起來，等待那沒有回應的回應。

屋子裡靜得教人不安。世上的聲音都關掉了。公寓的聲音，時鐘，隔壁太太的奔忙，暖氣的滴答，全消失了。赫曼曉得出事了。他的身體也曉得。昏黑總在死寂後。

「爺爺？你在嗎？」他的聲音好小。

過了一會兒。

還是沒有回應。

赫曼的鉛筆掉到桌上，滾過眼花撩亂的算式，從桌邊往下掉。就只是掉，沒有落地時那聲「啪噠」。赫曼聽見自己的呼吸聲，感覺胸腔在摩擦、氣管在收縮。

†

牆上的標誌寫著「15樓」。赫曼按住逃生門的門閂，打開門鎖，用肩膀把門頂開，飛奔進走廊。走廊上燈光昏暗，地毯的顏色很沉，他用眼神核對家家戶戶的黃銅門牌號碼，一邊跑過走廊，一邊抓起脖子上的鞋帶，把家裡鑰匙從襯衫裡拉出來。鑰匙帶著剛剛才讓胸口溫過的體溫。

赫曼納悶自己怎麼會在電梯裡？電梯又怎麼會跑到大廳去？最重要的是，他為什麼要搭電梯到大廳去？這是他記憶中重要的空白。他分明昏倒了，怎麼能搭電梯？搭電梯去哪裡？雖然一時記不起來，但他想答案就在家門後。

電梯。

他記得他按了電梯鈕，卻等不到電梯來。他想搭電梯到大廳，但電梯靜悄悄，任憑他怎麼按，電梯門後的電梯井聽不見機械運作，聽不見齒輪轉動，聽不見鋼纜吱嘎。但他卻在大廳的電梯裡醒過來。

赫曼伸手去扳把手，突然想起門沒鎖。對，他沒鎖門就出去了。他用開門，跑過玄關櫃，跑過廚房，跑進客廳。

爺爺的閱讀燈亮著。茶几上的茶杯不冒煙了。就在這瞬間，片段的記憶和現實拼湊在一起。他曾經到過這個時空。現在，他又回到發現的那一刻。

爺爺坐在躺椅上，報紙擱在膝頭，手臂搭著扶手。乍看之下，任誰都會以為老人在心愛的躺椅上看著報紙睡著了。但這個場景赫曼來過。閱讀燈照著爺爺的鬍渣和張開的嘴巴，照著那張爬滿皺紋的死亡面具。

「爺爺死了。」赫曼想起來了。「都是我的錯。」

赫曼眼前一黑，砰然倒地，失去了意識。

第十八章
伊恩得知肉體的最終背叛

我們讓伊恩小小的金色軀殼險象環生地釘在半空中，懸吊在虛空的虛空，一旁是塞維亞大廈的二十樓。我們讓伊恩（以魚族電光石火的方式）尋思魚族對自由的嚮往和對領土的追尋，讓伊恩緬懷早年那幾場魚雨，那是魚族開疆闢土的輝煌年代。我們讓伊恩堅定志向：身為一條金魚，從陽台跳下來合情合理。

身為傾盆魚雨中的一滴雨，伊恩持續往下墜。起初只是悠閒地在空中翻滾，如今卻突然恐怖萬狀。穿過康納・萊德利的層層論文後，再無紙張四處飄揚這樣心曠神怡的美景。伊恩瞥了瞥上空的紙張，在夕陽西沉的無風暮色中搖曳飄蕩，多麼祥和的景象，而自己卻得和狂風搏鬥，感覺勁風從側線——魚身兩側的感覺上皮細胞——呼嘯而過。

側線最初是演化來適應水中生活，感覺水流的轉變，協助魚群共游。但無獨有偶——科學界尚不知情——側線也能判斷空速。風拂過側線的感覺並不討厭，彷彿游在一大群魚之間，友愛的溫暖流過伊恩的心田，若有笑肌，他會上揚嘴角，雖然不能做複雜的思考，但本能的反應他還是有的，友誼和親情他也懂的。

伊恩扭過身子，魚身和地面平行。依照他天生的生理構造，這迫使他一隻眼睛盯著遼闊的天空（紙張飄呀飄、陽台飛呀飛），另一隻眼睛盯著目的地——堅硬的地表。兩隻眼睛在他的小腦袋裡打架。他該在萬里無雲的碧空中沉澱心情嗎？如果是這樣，伊恩巴不得能生出兩片眼皮，好讓他能對著落日餘暉瞇起眼睛。他該對迅速逼近的人行道心生恐懼嗎？如果是這樣，伊恩巴不得能生出兩片眼皮，好讓他能對迫近的厄運閉上眼睛。伊恩不知該聽哪一邊才好，索性不上不下，一邊驚慌失措，一邊超然淡定。

伊恩這一躍已經躍了七層樓，下墜的速度相當快，從金魚缸到人行道，他已經飛了四分之一的距離。如果將毫秒四捨五入，他已經下墜了整整一秒鐘。在這短短的距離內，他的空速來到每小時二十二英里，四周開始產生逆風，伊恩漸漸感到不適，這風太乾燥。他既沒有眼皮也沒有淚腺，真是吃了大虧。

下墜讓伊恩的視線瘋狂震盪，朝著地面的那隻眼睛發現街上有個有趣的玩意，樂得他分散心思，暫不去管那五味雜陳的感覺。在大樓的影子裡，伊恩看見紅色的燈在底下的街上明滅閃爍。

是什麼時候出現的？他納悶。一直都在那裡嗎？還是剛剛才到？紅燈裝在一個小盒子上，盒頂寫著大大的黑色數字。救護車停在洛克希街路邊，正對著塞維亞大廈的門口。車流放慢了速度，圍堵在救護車旁，繞過去才又暢通。這美學抓住了伊恩的心，俯瞰的視角令他著迷。從高處往下望，就連象徵噩耗的救護車都教人安心，應證了即便是災難，遠遠望著倒也寧靜。

底下忙亂漸歇，因為救護車的出現而平靜，七彩的車陣川流不息，不知是哪裡出了什麼事？還是誰受了什麼傷？從高處往下望，底下一片祥和，旋轉的紅色光束照得四周的鋼筋水泥玻璃乍明乍滅。大家說救援到了。車輛減速慢行，斑斑點點的行人在人行道上徘徊，圍成一圈一圈，好奇發生了什麼事。

伊恩看見了那人叢，真想教水螺特洛伊也來瞧瞧。儘管特洛伊笨得令人生氣，但伊恩想他一定也愛湊這個熱鬧。

底下的事伊恩看不見了，他墜過十八樓，發現了肉體的最終背叛。骨子裡對自由的嚮往，至今已帶給他許多啟發。才飛不到一秒鐘，他學到的已比連月來待在魚缸裡多出許多。他發現自己出了水就無法呼吸，發現眼皮是有用的工具，發現自己還沒做好飛行的準備，如今更發現魚身的氣動特性雖然讓他在水中游刃有餘，但只要風切對了，他就會變成機頭朝下的金色流線型火箭，魚尾朝天，魚頭朝地，亂流迫使魚身像游過湍流般左右擺動。他不再翻滾；他的墜落更加險惡，筆直劃過尖嘯的大氣。

他再也看不見明媚的藍天，看不見底下徘徊的人群。鋼筋水泥玻璃建築在兩旁呼嘯，他什麼也看不見，只有陽台和窗戶噠噠飛逝留下的殘影。他帶著砲彈的速度和決心，重重摔過十七樓，摔進失憶與拾憶週而復始的恐怖循環中。

伊恩心想：喲？我這是在幹嘛？

他會再次發現自己從樓上摔下來，而且頃刻之內，就會摔在大樓門口的人行道上。

第十九章

女主角凱蒂在樓梯底下的清潔用品間發現愛情的魔力

生命和生命之聲在樓梯間被扭曲捂蓋。水泥牆把噪音囚禁在內，把生命隔絕在外。凱蒂想起自己的心也是這樣。除了愛情和痛苦，其他一概攔阻。她不曾走出情傷，每次失戀，傷口總又裂開一點，永遠沒有癒合的一天。她開始學會與情傷共處。

她和康納約了課輔時間。康納和同事共用一間辦公室，在人類學系館的樓梯間底下。人類學系館是棟百年建築，滿室生塵，年久失修，傾頹的蜂蜜色磚牆拼湊著波紋玻璃窗，配上現代空調和節能照明顯得很不搭調。

康納的辦公室被塞在系館一樓的角落，裡頭有兩張辦公桌，一張擠在樓梯底下，上方是傾斜的天花板，另一張夾在兩根直立的水管中間，一根老是發燙，另一根只要樓上男廁有人沖水或扭開水龍頭，便會汩汩淙淙。

一落一落的書堆滿了桌面和地板。影印紙拔地而起，咖啡杯星散各處。窒塞的空氣飄著灰塵和古書的霉味。光線暈黃昏暗，光源來自頭頂的燈泡和辦公桌上的檯燈。辦公室的門上沒標數字也沒掛名牌，只模糊不清地印著五個字：「清潔用品室」。

儘管門敞著，凱蒂依舊敲了門。

康納坐在位置上轉過來面對她。「歡迎。」他兩隻眼睛一看到她就亮了起來。「請進。」

「你的辦公室好難找，」凱蒂向前一步，進入狹窄的辦公室。康納笑著站起來，上身略略弓著，因為站直會撞到天花板。凱蒂伸手自我介紹，他握住她的手說：「我知道妳是誰。」這話真中聽。他班上學生超過三百人，沒想到他竟然認得她，以後聽課就不會那麼寂寞了。因為辦公室很窄，他們站得比一般陌生人還要近，近到她感覺得到他呼在她肌膚上的氣息，聞起來像綠薄荷，也像薄荷口香糖，凱蒂心想。

「確實不好找，擠在樓梯底下。兩個不起眼的研究生做著不起眼的研究共用不起眼的辦公室，」說著他又笑了起來，雙唇弧線完美，牙齒端正潔白。「他們不曉得要把我擺在哪裡，所以就把我跟朗尼藏到這裡來了。」

他用下巴比了比坐在樓梯底下的男生。凱蒂根本沒發現那裡有人，正一聲不吭地對著發光的筆電螢幕在工作。她兩隻眼睛都在康納身上。康納依然握著她的手。

朗尼看起來已經不知道在電腦前坐了幾天，似乎連起身沖個澡都沒有。他彷彿把凱蒂和康納當成空氣，竟然在這窄室裡放了個屁。那絕對是朗尼放的。凱蒂從康納的反應就曉得不是他。朗尼敲鍵盤如舊，一副沒事的模樣。

康納對撲鼻的惡臭扮了個鬼臉，說：「妳想不想去別的地方？我請妳喝杯咖啡？」因為這段話，凱蒂展開了新的愛情冒險。

凱蒂回過神，塞維亞大廈的樓梯間漆黑一片，整根空心水泥柱黑得伸手不見五指。在黑暗中，她不願把康納想成下一個分手對象，不願這段感情就這樣劃下句點。她不想回家坐在深夜裡啜泣，口裡含含糊糊地問著「怎麼會？」和「為什麼？」，明明曉得這些問題沒有答案。

沒事的，康納很有可能也會回「我愛你」啊。說不定他一直在壓抑自己，這也不是說不過去。有些人愛得太深，深到沒辦法表達，怕說出來會嚇跑心上人。有些人天生靦腆不善表白，怕示愛會滅了自己的威風。或許康納就是這樣，臉皮很薄又很害羞。

樓梯間的燈亮了。

凱蒂對著面前的牌子嘆了口氣。「8樓」。她轉向下一段階梯，一次跨兩階，藥妝店的塑膠袋在手裡搖晃。樓梯間傳來雜音，有人走在她前頭。她倚著欄杆往上覷，欄杆迴旋向上，延伸到遙遠模糊的樓頂。

他們去校外的咖啡廳。凱蒂把所有關於考試的問題都問遍了，咖啡廳還沒走到。康納聚精會神費心解惑，彷彿幫助她比什麼都還重要。等到他們面對面坐下，中間擺上熱騰騰的咖啡，太陽已經西沉，店裡熙熙攘攘，全是吃晚餐的人潮。

「我好愛那條狗，」康納說。他提高嗓門，蓋過鼎沸的人聲。「後來被公車撞死，我哭得超慘，他媽的，少說也哭了一個禮拜。」

凱蒂同情地嘤了幾聲，臉上卻掛著笑意，手伸過桌面搭著他的手。

康納看著凱蒂，輕輕笑道：「妳還笑？真的很慘耶。」

「哪有笑，才沒有，」話雖如此，她卻抹不去臉上的笑意。「不是你想的那樣。真可憐。被校車撞死。我想小康納一定很傷心、很孤獨。真的好可憐。」

「那是我這輩子最寂寞的暑假。附近沒有跟我同年紀的小孩。大多都是老人家。我爸媽很晚才生下我。我是個驚喜。我媽是這麼說的。驚喜比『意外』要來得好聽。」

「可憐的孩子，」凱蒂記得當時是這麼說的：「你爸媽後來沒再買一條給你吧。」

「沒有，」康納說。「他們看我沒了伊恩難過成那樣，大概怕我承受不了另一隻寵物過世吧。他們想的也沒錯。」

那天晚上，她和康納回到公寓。翻雲覆雨後，他沉沉睡去。她躺在床上，手放在他頭頂，看著他柔軟的頭髮從指間冒出來，心想自己可能會愛上他。她確實愛上了他。她怎麼可能不愛他？他似乎無可挑剔，相貌英俊，心地善良，雖然有點潦倒，但願意付出所有來取悅她。雖然一切看似完美，但隨著時間過去，她更渴望感情能得到回應。

康納擁有的雖然不多，但總是竭盡所能，明明沒得付出卻還是心甘情願付出所有，這更顯得他的付出難能可貴。就說昨天晚上吧，她帶了一瓶紅酒，他們喝了個通宵，一直聊到深夜。他放了些輕音樂，把床墊拖過地板，擺在陽台正門口。

「我想跟妳在星光間做愛，」他告訴她：「這裡雖然離星空還很遠，但至少是在半空中。」

多浪漫，看他羞赧的，彷彿覺得自己做得還不夠，但她已經心滿意足了。他們讓塞維亞大廈高舉向天，在半空中做愛。她發現城市的燈光太亮，連一顆星星也看不到。但這不重要。他們躺在彼此的懷裡，看著城市裡閃動的燈火。

「我愛你。」她的心翻著觔斗，心頭七上八下。她好想聽他回應她。他們分享了那麼多，他沒道理說不出口。

康納只迷迷糊糊發出一個心滿意足的聲音。看來，他上一秒還醒著，這一秒卻睡了。

第二十章

大反派康納・萊德利看見了徵兆，徵兆無所不在

康納看著斐兒晃過走廊，步履蹣跚，彷彿心不在焉、如夢如醉。他愛她的翹臀繃著牛仔褲，隨著歪斜的步伐款款擺動。他尤其愛她臀部下方牛仔布的皺褶。他嘆了口氣，倒退兩步回到公寓，關上門。

康納深吸了一口氣，轉身面對亂糟糟的公寓，拾起蜿蜒在地、有摺角的色情雜誌，撿起誤入歧途的衣物和五花八門的垃圾，一路從大門收拾到陽台門口。他站在陽台前，手臂上搭著一圈未開封的保險套，腰肘間夾著一坨衣物，手裡捧著一束衛生紙。

他頓了一下，看著陽台上的景象。

伊恩在魚缸裡游來游去，慵懶地這裡轉一轉，一時高興了，又到那裡轉一轉。水螺是魚缸玻璃上的棕色圓點。伊恩停下來啄了啄，又自顧自地游走。那城堡令人想起艱苦的中古時代，當然不是因為當時的城堡是粉紅色，或是塑膠製，或是沉在海底。

康納出了一會兒神，望著那可笑的城堡，迷你弓箭手守著城牆，不知那小小的箭要如何拿下一旁泅泳的大金魚。

堆在魚缸上的論文在風中盪漾，上頭用咖啡杯壓著，抵抗微風的拉扯。

康納嗅了嗅，屋內瀰漫著汗水、雲雨和精液的臭味。他決定不關陽台門。反正室內跟室外一樣熱。他一手搭著門把，看著外頭的陽台，不知是哪裡不對勁，看得他腳底生了根，百思不得其解。

是什麼呢？他暗暗納罕。真的很不對勁，但又說不上來。

清新的空氣沖過他流進公寓，試圖洗刷他搬來後的點點滴滴，猶如無形的愛撫拂過裸露的肌膚。康納深吸了一口氣，閉上眼睛，清一清腦中的景象，漱一漱味蕾的殘留，好讓他用清澈的雙眼認清問題。他深深吐了一口氣，睜開眼睛，再次檢查陽台。

眼前的景象再單純不過，根本不用他操心，尤其後頭的公寓亂成一團，但他不知為何就是動彈不得。

咖啡杯上寫著：「古生物氣象學家泥來泥去。」

他滿心自責，真想逃離公寓，永遠不再回來。無論這陽台是哪裡不對勁，他就是想逃，想逃到電梯門前按「下」到大廳，把鑰匙往管理員的信箱一丟，用肩膀把門一頂。走走走走走。

走過街，走過鄰區，走出城市，走過整塊大陸，離開他的所有和他的曾經。走過卡車休息站，走過賭場廣告看板，走過小鎮的轉角小店，走過漫天塵土的加油站停車場。走到海濱小鎮，走過砂礫點點的木棧道，走過窄窄的沙灘。走走走走走。走進海裡，直到腳底踩不到沙，開始游泳。海水從淡藍轉為靛青，海岸線愈離愈遠，他栽進充滿未知怪獸的深淵，每隻怪獸眼前都用燈絲吊著螢光燈泡。他在無底的虛空裡成為打旋的小黑點，一舉一動都變得微不足道，無論再怎麼使勁拍打，也激不起一絲漣漪。等到他打水打得精疲力盡，便漸漸消失在海裡，彷彿一切都沒發生過。

康納想通了：他想逃離的不是公寓，而是比公寓更難逃離的——自己。就在他想通的當下，他明白了原來是咖啡杯在作祟。那俗氣的客製咖啡杯，杯緣有乾掉的唇印。

是凱蒂送的禮物。不是其他女人。她在紀念品店訂製，就是那種可以印T恤、釦子、貼紙的店。伊恩也是凱蒂送的。她買金魚送他，因為他告訴她從前養狗的事，說他童年很孤單，左鄰右舍都是退休人士。

她上樓來找他了。搭著顫顫巍巍的電梯來到他門前。她想見他一面。想更了解他。她在乎他。她搭著電梯上來，斐兒走樓梯下去。他的不忠是安全的秘密。

康納轉身背對陽台，看到流理台上的空酒瓶。是凱蒂帶來的。他們一起喝了，把床墊拖到陽台門口，眺望城市的萬家燈火在黑夜裡閃爍。康納告訴她，他想跟她在星空下做愛，但城市的燈光太亮，一顆星星也看不到。

當然他還是在陽台的玻璃門前打砲了。他想跟她在窗邊做，因為他看見隔壁夫妻家裡有望遠鏡，認為他們一定會偷看。對街的夫妻果然看了。看了兩次。但他跟凱蒂高潮後就只顧聊天，一直聊到深夜，他在她如音樂般柔柔的話音裡睡去。

茶包坐在水槽邊上。

她一早泡了茶，出門上班去了。

她留下來的紀念品坐在鹽灘上，一旁是伯爵茶流成的護城河。

她一直都在。她的一切勾起康納對她的思念。

她是浴室垃圾桶裡掏過耳朵的棉花棒，是淋浴間地磚上的頭髮，是攤在沙發邊緣的時尚雜誌。他們一起做了「你會不會太挑？」的心理測驗。凱蒂——會。康納——不會。

康納胃裡一緊，懊悔不已。他怎麼那麼晚才明白？他就是那粉紅色城堡裡的弓箭手，看著大金魚在塔樓旁邊游來游去。這太明顯了。海底的大陸棚，深不見底的漆黑，浩瀚無垠裡微不足道的小黑點，是他。跟她在一起，他可以更好。有了她，他不會離開。有了她，他可以安心漂浮在幽深的黑暗裡。

所有她留在他屋裡的一切時時提醒著他：她一直都在。這片汪洋因為她少了一點孤單。看著這一切，他驚覺自己竟然不介意。她闖進他生命的時間雖然短，意義卻重大。她是他交往過最美的，也是最好的，他怎麼現在才明白？

為什麼我的人生裡還有斐兒？

為什麼還有黛碧？

他看著自己一手拿著色情雜誌，一手抓著衛生紙。覺得自己委屈了她。他認清了自己的無恥。他想為了凱蒂成為更好的人。這一切讓他明白：他想跟她定下來。

我是哪根筋不對？有了凱蒂還不夠？

斐兒，床上功夫很好，不可否認。

黛碧，床上功夫超好，絕無僅有。

兩個淫娃。就這樣。不過就是砲友。差就差在一個是金髮、一個是紅髮。黛碧和斐兒，誰來都一樣，就看誰有空。

凱蒂床上功夫也了得，長得又美，一見她笑他就融化。而且不只如此。康納想起他們把床墊拖到窗前，兩人望著城市的夜景聊天，完全不愁沒有話題，根本不需要擠話來說。等他會意過來，已經凌晨三點。

這意味著什麼吧？

他環顧公寓，看見更多凱蒂的蹤跡。他喜歡。這還是第一次。

到底我的人生為什麼還會有斐兒和黛碧？

他對凱蒂來訪的反應說出了他究竟在乎什麼，道出了他的心聲。他跟斐兒的事不能被發現，因為怕會傷到凱蒂。這表示凱蒂更重要。他以前才不在乎這些。從來沒有在乎過。

難道這就是愛？康納心想。這會不會是個徵兆？就像看見霓虹燈閃爍著「這就是愛」四個大字？

還是愛是漸進的？要慢慢培養的？

這是徵兆嗎？我需要徵兆。

屋裡突然鴉雀無聲。床頭燈熄滅。冰箱壓縮機停止運轉。靜默降臨整棟大樓。先感覺到的是皮膚，而不是耳朵。嗡嗡嚶嚶的電器安靜下來，平常還不覺得，一沒聲音了倒顯得吵鬧。

康納聽著底下大街上的車流。

康納曉得不對勁。

康納曉得自己要改，但才剛醒悟究竟要改什麼。

房間角落的落地燈亮了，冰箱「咔噠」一聲，呼呼運轉起來。烤箱的電子鐘閃現一排綠色的8。

我愛凱蒂，康納心想。我從來不曾對一件事那麼確定。

第二十一章

邪惡的騷貨斐兒丟掉愛的殘餘，開始往下，往下，往下……

斐兒打開垃圾間的門，鉸鏈嘎嘎怪叫，門把又黏又髒。門板在她身後闔上，她往粉紅色睡衣上抹了抹，米白的牆面斑駁陸離，沾染著色污漬，愈靠裡頭就愈髒，裡頭的牆上有扇活板門，掀開是垃圾槽。斐兒拎著睡衣的縫邊充當手套拉開活板門，立刻被黑暗中衝上來的臭氣熏得連連作嘔，溫溫熱熱的腐臭猶如腐水拍上她的臉頰。

她把垃圾袋扔進垃圾槽，看著那青蘋果保險套濕濕黏黏貼著塑膠袋消失進垃圾槽的腐屍裡，她真想洗個手。垃圾袋的輕響在牆壁間迴盪，散去了。斐兒手一鬆，活板門「砰」地闔上，在窄室裡顯得格外響亮。斐兒又用睡衣的縫邊拉開垃圾間的門，步入走廊，深吸一口氣，從鼻孔呼出來，恨不得將鼻腔裡那黏膩的腥臭趕走。

斐兒跟著指標來到樓梯間。她在塞維亞大廈從來沒走過樓梯。這也難怪。康納住在頂樓。她每次都搭電梯，但這次得走樓梯，這是康納吩咐的，免得撞見他女友。

斐兒心想：我就算遇見其他美眉，也不曉得哪個是他女友。

斐兒曉得這麼一個人，也知道她的名字，因為聽康納提過，但從來沒見過。在她心裡，凱蒂就是個普通的女孩，有手有腳有眼睛有胸部有頭髮。其他就不曉得了。

斐兒知道康納還有其他女人，不只自己和這個女朋友。這不打緊，反正他們只是砲友。斐兒私底下也有別人，還在康納面前大聊特聊，故意讓他侷促不安。果然。

斐兒認為每個人存在都有各自的理由，在她人生中扮演不同的角色，沒有人可以滿足她所有的需求。有些適合聊天，有些適合上床。有些生來就該幫她提重物，有些就該陪她看電影。她覺得自己太複雜，男人太簡單，沒有一個能打動她、占有她。

要下二十七層樓的樓梯到達大廳，斐兒一邊想，一邊往樓梯間挪動腳步。她納悶自己為什麼會答應要走樓梯。看看康納到時候要怎麼補償她。要她走樓梯，又要她倒垃圾，她對他的愛到此為止。

不對——她心想——不是愛，是慾望。她對他的慾望到此為止。「愛」意味著他們除了肉體關係之外還有別的，不是只有定期打砲而已。

她對著樓梯間逸出一聲嘆息，樓梯間也還她一聲嘆息。她右手邊是半截階梯，上去就是通往屋頂的活板門，門上有個門閂，門閂上掛著掛鎖。左手邊是下樓的階梯，毫無遮蔽，一路迴旋向下。她倚著欄杆俯瞰那一段段樓梯繞出的樓梯井，眼見那阿基米德螺旋線愈繞愈小，愈小愈深，忽然，她在底下的欄杆上瞥見一隻手，一眨眼，又不見了。她不禁納悶那裡剛才是否真有一隻手？還是她被自己騙了？

媽的！二十七層樓！斐兒一邊想，一邊踏下第一步。她本來想一階一階數，看總共有幾階，回頭好找康納算帳。但想一想便作罷，她連一段都數不完。數一下就不耐煩了。超不值得的。她用不著數也可以跟康納討到補償。

「走樓梯下去，」他是這樣說的。

吃屎！她本來想這樣回，但很難得地克制住了，印象中她很少吃這種悶虧。

換做別人，斐兒早就破口大罵，但康納太帥，看他那乞憐樣，身材又高挑又性感，汗淋淋的，好像八月剛輪完班的單車快遞猛男，身上塗著炒飯炒出的大汗。瞧他那身肌肉，運動褲吊在臀部上，上半身一絲不掛，拼命懇求她。太噴火了。他好性感，胴體好驚人，褲襠更是蓄勢待發。

她下樓時雙膝摩擦，沙沙沙沙，為的是感覺他——感覺他留在她大腿內側的重量。

她身旁總共三個情人，康納是其中之一，另外是圖書館那個大學生，斐兒不確定他的名字，但他總是坐在心理學書區角落的隔間書桌，一旁是布面隔板，將他和書區隔開。他戴著圓框眼鏡，蓄著精心修整的鬍子，突顯出他的尖下巴。他永遠在念書，散發著宅男的性感。他們沒講過話，只在隔板後悄悄地打砲。畢竟是圖書館。

再來就是游泳池的珍妮。斐兒從來沒有爽過美眉，但卻跟珍妮爽了。珍妮很文雅，除了嘿咻時會咿咿喔喔，像狒狒那樣。她的胴體也很驚人，每天在游泳池來回好幾英里游出來的。斐兒有時會去學校泳池看珍妮在不在。她通常都在。斐兒在看台上看珍妮重複流暢的切水，有時也跟她一起游，兩人不交談，只從重複的動作中尋求宣洩，聽水聲噗嚕噗嚕在耳畔私語。這讓她平靜。跟珍妮在一起是休息，斐兒開始覺得男人很累。

再來就是康納，實在是處處累死人，有時累得好，有時累得壞，有時既好也壞。

斐兒想著他，不經意呻吟了一聲，牆上的塑膠牌子寫著「21樓」。她擰開水壺蓋喝了一大口。樓梯間還有其他人聲，有低語聲，有腳步聲，有金屬首飾磕碰欄杆的悶響，還有斐兒將水壺蓋擰上的擦刮聲。她用手背擦了擦嘴。

她聽不出聲音是從上方還是底下傳來的，太多回音在牆壁間彈來彈去，她在這聲音之上又加了一聲滿足的嘆息。她笑了。聽也曉得，那是高潮後心滿意足的嘆息，斐兒要大家知道，她剛剛幹了最持久、最銷魂、最傳奇的——

斐兒在樓梯上絆了一下。腎上腺素突上心頭，唬得她伸手抓住欄杆，水壺從手裡摔了出去，咚、咚、咚、咚滾下樓梯。她穩住腳步，笑自己心不在焉。

咚咚聲嘎然而止。

「妳沒事吧？」有個聲音從底下樓梯間傳上來。

斐兒往下望，看到一個大塊頭站在那，一手把包裹抱在胸前，一手抓著她的水壺，雙腳微微內八，一副緊張兮兮的模樣，看上去很孩子氣，偏偏又生得人高馬大，鬍子邋遢，手臂粗壯。

「沒事，」斐兒回他。「只是一時腳步不穩。踩空了一步。」

「我懂妳的意思，」那人說。「一步就夠受了。」

第二十二章

希梅內斯在黑暗中目睹了自然發生的創造

火焰最初是藍色的電光，只有針頭那麼大，是顆迷你的完美新星，周圍一圈光環，光芒四射，發出劈里啪啦的爆響，希梅內斯想起奶奶那台老式的電晶體收音機。奶奶經常在晚飯後扭開收音機聽新聞，那收音機也是劈里啪啦地響。想想這響聲在這電梯裡引發的後果，便覺得那響聲實在太客氣了。

火花在黑暗的電梯中飄浮盤旋，在鏡中生出繁星萬點，化為一片蔚藍的星宿海，在無垠的黑暗裡無限延伸，無數的燦爛星斗為漆黑闢出深度。這是黑暗中自然發生的創造。倘若不曉得這一切的緣由，必然要對這美景嘖嘖稱奇。

但希梅內斯曉得他為何跟這星火共處一室。他很害怕。

一旦事物存在的原因明朗，神秘的面紗就揭去了。這一揭既可喜又可恨。喜在能管窺宇宙了解其深奧，恨在宇宙的神奇又減了一分。

伴隨電光而來的電擊讓希梅內斯的手臂一陣痙攣。電流從指尖通過肌肉流到肩膀，再沿著半邊身體通到地板，讓他瞬間動彈不得又痛苦萬狀。在觸電的剎那，希梅內斯扔掉電線，手臂一能使喚，便往身體兩側猛甩，彷彿在甩掉殘餘的電流，重申這條手臂是他的，甩到最後只剩手臂深層肌肉的衰竭和灼痛。但希梅內斯沒時間多想。

短短幾秒鐘的時間，火星已經盛開，針頭大的電光綻放成火柴大的火焰。電梯裡不再是一片漆黑。火焰照亮了電梯，強光跟濃影形成刺眼的對比，霸凌著希梅內斯的視覺，迫使他瞇起眼睛，看著那璀璨抽芽生長，冒出了手指，伸出了舌頭，變成活生生的火獸四處舔舐，愈舔愈餓。火獸沿著牆爬了一小段，吞吃啖噬，劈里啪啦火星四迸，在身後留下焦痕。

希梅內斯從後口袋抽出工作手套撲打火焰，每次撲，那火獸每次閃，守得嚴嚴的，搶過手套來團團圍住，但卻總是抓不牢，頑強地忽明忽滅，散了一地的點點火光，希梅內斯抬腳去踩，手裡拿著手套不住地拍。

這下希梅內斯看得一清二楚了。火光及鏡中的火影取代了黑暗。狹小的電梯迅速升溫，希梅內斯的額頭冒出豆大的汗珠，在重重火光中揮戈進攻，一而再、再而三撲打那火焰。那火焰給搧得閃閃爍爍咆哮不住，對著那攻擊明滅狂嗥，希梅內斯的袖子霎時著火，但旋即又給大力甩滅。

空氣在火光的閃動中漸漸渾濁，一朵嗆鼻的濃煙冉冉上升到天花板，初時輕煙裊裊，再則纖纖繚繞，頃刻徐卷一吋濃，片刻瀰漫一呎深。希梅內斯咳嗽連連，舉起胳膊擋著臉，手肘護住口鼻，隔著衣料呼吸，另一手仍襲擊不停。那化工毒煙滾著濃濃的燒塑膠味齧咬他的喉嚨，每次吸氣都噎得他要作嘔，咳得他喘不過氣，只得跪了下去。那棉花般的濃煙頂到天花板，轉而向下盤繞。不出片刻，他不得不蹲伏在地上，才不至於整張臉墮入五里煙中。

他自知再過幾秒便難逃窒息。撐不久的，希梅內斯心想，電梯裡那麼小，空氣又這麼毒。等他們發現我，他心想，找到的是一雙發黑的工作手套和一隻焦黑的袖子，我的眼睛給煙薰得又紅又腫，屍體或許全焦或許半焦，端看這場火有多饑餓。他們會說：「他打了場漂亮的仗，可惜了。」接著又問：「有誰認得這燒焦的屍首嗎？」大家都聳肩。

他們清點我的遺物，發現我生活孤獨：沒有家人，沒有愛人，沒有朋友。他們會同情我。我活過的唯一證據就是冰箱裡那兩包冷凍晚餐和床頭櫃上那本老派羅曼史──迪迪德雷克的《愛的秘密狙擊手》。老派羅曼史講的不只是性，而是愛。羅曼史還是老派的好。

他心念電轉，手裡忙著撲滅火焰，心裡想像工人清空他的公寓，邊清邊聽見底下車庫隆隆作響，隔著地板都感受得到那震動，難過地連連搖頭。我所有東西加一加，大概只夠裝一個箱子，他心想。或許兩個。連要弄個清倉拍賣會都不夠。這些遺物湊一湊，便是我一生孤獨的證據：只活了一半的生命，在電梯裡窒息死去。

等他們幫我那少得可憐的壽險賠償金找受益人，就會發現找不到人。我在遺囑裡寫了要捐給慈善機構。等他們要為我的一生找人撰寫訃文，就會發現找不到人。我這一輩子就這樣，死了就沒了，在時間的暗湧中消逝。

不能讓他們發現我過著這樣的生活，希梅內斯心想。我不要。

他卯足了勁加速撲火，連連將手套往火裡送，努力想將火勢悶熄。他的手在朦朧閃爍的火光中成了殘影。火勢在他屢屢進攻中漸次暗了下去。

一切歸於黑暗。牆板傳來劈里啪啦的悶響，火獸的饕食正在降溫。

還是沒有空氣。

希梅內斯嗆咳不止、嗽喘不休，拿胳膊抹了抹臉，雙眼刺痛得流下了淚，試圖將毒物排出體外。煙霧無所不在，肺尖叫著要新鮮空氣。希梅內斯頭昏腦脹，記不得上次呼吸乾淨空氣是什麼時候。不論是何時，那口氣已經在他體內污濁，很該呼出來了。但他硬是扣留著，因為不曉得呼出來了要拿什麼來取代。

希梅內斯想起電梯的天花板有個檢查口。

在密不透氣的黑暗裡，他趴在地上摸找地板，再從地板摸到牆壁，沿著牆壁往上摸到齊腰高的扶手，那扶手環繞電梯一圈，他順著扶手摸到電梯一角，轉個身，把屁股撅在角落，兩條腿往上一蹬，雙腳踩著扶手，一手支著天花板，一手拼命用手指沿著天花板摸找，終於找到一條縫。那檢查口差不多就在他正上方。他拿手去推。沒有動靜。他拿拳頭去捶。重重捶了幾下，門一鬆，向上彈開。

希梅內斯塊頭太大，鑽不出檢查口，但過了一會兒他的鼻子告訴他——空氣變乾淨了。毒煙往漆黑的電梯井裡散去。他又能呼吸了。起初淺淺的，接著愈吸愈深，空氣確實清新了。雖然還是很臭，但至少不嗆了。

希梅內斯把頭鑽出檢查口。一道熹微的光線從二樓電梯的門縫爬進來，就在他不遠處。在那薄薄的光線裡，在他伸手可及的地方，希梅內斯瞥見了電路器，把手跟電梯頂平行。他眨了眨眼，為了看得更清楚些，他瞇起眼睛，只見那把手底部油膩生灰，細細想了想，油膩生灰的那一面應該朝上才是。他挪了挪身子，將手伸進檢查口，將把手翻過來。燈亮了。電來了。整架電梯跳了一下，咚一聲在二十七層高的電梯井裡迴盪。

希梅內斯爬下扶手，回到電梯，把檢查口關上。

片刻之間，剛剛的事情彷彿沒發生過，只有希梅內斯的嘴裡留下惡臭，還有鼻腔裡黏著那燒塑膠的味道。他的手套焦炙了，袖子燒焦了，衣服底下的皮膚雖然泛紅，但沒燒傷。

他檢查一下面板，焦黑歸焦黑，但該接上的似乎都接上了。他把機殼蓋好，螺絲旋緊，幾乎將火光之災的痕跡掩蓋了過去，只差一抹焦黑塗在面板邊角。

他按下按鈕。

電梯門滑開。

希梅內斯嘆了口氣，往身上嗅了嗅。得把這身衣服換下來才行。袖子都焦了，聞起來像工廠大火。他戳了戳面板，按下三樓。第一下沒亮，第二下亮了。

電梯門關上。

希梅內斯揚起嘴角，有氣無力地揮了揮手，彷彿這樣揮一揮就能把臭味揮出電梯。他把手伸進口袋，往後靠著牆壁，欣賞自己的傑作，左手在口袋裡摸到一張對摺的紙條。

他把紙條抽出來一看：「廚房水槽漏水。2507室。」

這個簡單。

第二十三章

加爾仕巧遇騷貨斐兒，經過漫漫長路回到公寓

加爾仕一步也走不動了，兩條腿像火在燒，一味地抽筋，因為運動過度而不聽使喚。等到明天就曉得厲害了。加爾仕心想，不曉得明天還能不能走，等到太陽升起，他會不會累到跛腳。

他靠在水泥牆上，冰涼的牆面透過汗濕的衣服貼著他的腰。他一手抓著黑色塑料袋，一手叉著腰，伸展一下隱隱作痛的側身。這裡是二十樓。再五層樓就到了。加爾仕已經起了好幾個誓，說是要減肥，又說以後晚上要少喝一點啤酒，還說如果活著爬完全程，就要找壽險公司簽署器官捐贈同意書。就像新年新希望一樣，他知道這些誓言一個也不會實現，心裡明白這些都只是在自我敷衍。

上頭傳來的磕碰聲和驚呼讓加爾仕分了神。樓梯頂有位漂亮小姐踩空了一步，腳步踉蹌，上身向前傾，眼看就要倒栽蔥摔下樓梯。加爾仕一個箭步上前，這才發現自己離得太遠，頂多

只能擋住她摔下來的勢頭，等到接住她，恐怕早已碰出好幾處瘀傷。

幸好，漂亮小姐手臂一伸，抓住欄杆，穩住腳步，只是失手砸了水壺，咚隴咚隴滾下樓梯，滾到加爾仕腳邊。漂亮小姐愣了愣，張著雙臂，叉開雙腿，終究是站穩了。她站直身子，吸了一口氣，彷彿嘲笑自己失足，訓了自己一頓。

加爾仕撿起水壺，問：「妳沒事吧？」他一手抓著水壺，一手把包裹抱在胸前。

看她一臉震驚，顯然剛才沒看見他。她恢復鎮定說：「沒事，只是一時腳步不穩。踩空了一步。」

她朝著他走下樓梯，一手扶著欄杆，步伐優雅，一腳落在另一腳前方，腳踝幾乎相碰，扭腰擺臀的，好似模特兒在走台步。儘管穿的是帆布鞋和牛仔褲，上身的粉紅色睡衣也皺巴巴的，但還是美得教人驚豔，儘管只是隨性紮了個馬尾，卻教人想不出還有什麼髮型更完美。她脂粉未施，不化妝也漂亮。皮膚光滑，膚色均勻，天生就是美人胚。儘管看似剛下床舖，但隨便套個禮服就能參加晚宴，彷彿跟套上睡衣走下昏暗的階梯一樣容易。

「我懂妳的意思，」加爾仕想了想她的話——一時腳步不穩，踩空了一步。「一步就夠受了，」他說。

她點點頭，他曉得她沒聽懂。或許因為話裡藏了太多意思，他臉上訕訕地泛起了紅暈，尷尬自己的多情。他看她心不在焉，只希望她沒發現才好。

「我叫加爾仕，」她下到他站的樓梯間，他伸手把水壺遞給她。

「斐兒，」漂亮小姐打量了他一會兒，接過水壺，伸手跟他握手。

加爾仕用臘腸指接過纖纖玉手，笨拙地握了兩下，手肘緊貼腰側，生怕她看見汗漬。他肯定很臭，她肯定不臭。

「這樓梯還真有得爬，」他笑著說。「我休息第三次了。」

「我的媽啊，回個家也要爬這麼多層樓梯，」斐兒附和道：「出個門也要下這麼多層樓，」她抬起眼皮看了看身後，彷彿在瞧有沒有人跟蹤。

「妳住在這？」加爾仕問。

斐兒笑著說：「不是，來找朋友。」接著又說：「找學伴一起寫作業。」

斐兒和加爾仕互看了一會兒。斐兒打量加爾仕的塑膠袋。加爾仕端詳斐兒凌亂的馬尾。他們默默評估彼此，認為對方藏有難以啟齒的秘密，因此不能輕易相信。趁著沉默，斐兒繞過加爾仕，頭也不回地下了樓。

「很高興認識你，加爾仕，」她用手撣了撣肩膀。「慢慢地上啊。」

「妳也保重，斐兒，」加爾仕說。「當心失足啊。」

斐兒那兒傳來一聲「嗯哼」。點了點頭。

加爾仕看著她，見她消失在下個樓梯間的轉角，便狂奔上最後五層樓。他興高采烈地看著「25樓」的牌子，離開樓梯間彷彿重生，彷彿心上的大石頭給人抬走，渾身洋溢著拿到包裹時的興奮，快活地步入二十五樓的走廊，腳下不知比爬樓梯時輕盈多少。回家了！逃生門的碰鎖在身後「喀」地鎖上，加爾仕熱血沸騰。他爬上來了。快到家了。他看自己輕快的步履，說是蹦蹦跳跳也不為過。

到了走廊盡頭，他轉身面對左側的門掏摸鑰匙，開了鎖，轉動門把，推門入室。他讓背包從肩上滑下來，順手往玄關櫃一扔，「咚」一聲摔在牆上。是工地帽。加爾仕把工地靴踢在背包上，關上玄關櫃的門，經過走廊，進了廚房，駐足環顧四下。

水槽裡有一只玻璃杯，接著水龍頭的水。早上才倒空，現在又滿出來了。水滴聲從一早清脆的滴滴溜溜，悄悄轉為渾厚的咚響。流理台的角落擺著一台烤麵包機，一旁散著幾星麵包屑，不過一切加起來——加爾仕心想——還算整齊，但不會整齊到像在演戲。

加爾仕把包裹放在水槽旁邊，檢查水槽底下的櫥櫃。門一開，一小段牙線從門縫裡掉出來。加爾仕搖搖頭，用拇指和食指捏起來，扔進垃圾桶，依舊把門關上。

他把包裹從流理台揣了往臥室走，留步片刻，從陽台的拉門往外眺望，極目所及，全是洛克希街遼闊的街景，這就是他之所以超出預算、多付兩百塊加幣簽下租約的原因。這世上就只有這面窗景會讓他駐足欣賞，窗外的景色每一秒鐘都不一樣，光影不停變幻，景色不斷流動，儼然是活生生的藝術品。

加爾仕走進臥室，把窗簾拉上，房間頓時陷入黑暗，只有一線光從窗簾和牆壁之間的縫隙鑽進來。他「啪」一聲打開床頭燈，把包裹從塑膠袋抽出來放在床上，欣賞牛皮紙袋和天藍色床墊形成的悅目對比。他把包裹豎直，擺在床鋪正中央，退後幾步欣賞嶄新的美學。但美感終不敵高昂的興致。他等了好久。現在等待終於結束，他期待到全身發抖。

加爾仕用顫抖的手指掠過包裝的膠帶，鬆開了那束縛。

飢渴的手指脫去了包裝。

第二十四章
「三隻腳」佩妮．大利拉挨家挨戶敲門

佩妮．大利拉讓濡濕的睡衣從指尖慢慢滑落，一褶一褶，一截一截，顫顫巍巍，重重落在她膝頭，睡衣冰冰冷冷貼著她的肌膚，她暗暗慶幸，因為自己正急得全身發熱。她盯著浴室的鏡子，看著睡衣的縫邊及膝，頭髮因滿頭大汗而扁塌，還有幾撮黏著額頭和臉頰。她的臉色發白，雙頰潮紅，兩圈黑眼圈掛在眼睛底下。

我現在就要人幫忙。她心想。

我一個人沒辦法。

家裡沒人幫我，我現在就要人幫忙。她心想。

我非得出門找人不可。

她一手扶著門框，一手支著牆，緩緩轉身背對鏡子，步履蹣跚往門口走。等她走到門口，她發現下體凸出來的不只是一隻腳——而是一整條腿。她不敢檢查，但她確定，因為那條腿隨著她的步伐盪來盪去，盪到了她的大腿上，甚至還抽動一下，踹了她一腳。每次那條腿碰到她，她就嚇得一臉苦瓜相。她希望寶寶平安無事，這比什麼都重要。

她站在公寓門口，解開門鍊，撥開插銷，開了門，步入走廊。門在她身後關上，自動上了鎖。她沒料到這一點。但願她不用再回家，因為鑰匙掛在門內的鑰匙造型掛鉤上。

走廊燈光昏暗。公寓門口那盞壁燈的燈泡燒壞了，已經壞了好幾個禮拜，她一直想寫維修單給大樓管理員，但一直抽不出時間。她很久沒離開公寓，所以也沒急著要修。走廊安安靜靜，只有兩側通風口的悶哼。平常在走廊上常可以聽見有人在說話，或是可以聽見門後的電視機咿咿呀呀。但眼前一點雜音也沒有。

她望著長長的走廊，總覺得以前沒有這麼長，每次她希望它短一點，它就又拉長一些。

佩妮．大利拉的手臂貼著牆面，一點一點往前蹭，一步一步挨近鄰居的家門，她彎起手臂捧著肚子，感覺這走廊一輩子也走不完，但還是低著頭、拖著腳，盡量不去想身上的疼痛和眼前的困境。地毯上沙沙的。偶爾被小石子黏住光光的腳丫，每走幾步就要蹭掉一下。終於，她的手臂搭上門柱。她抬起眼皮。窺孔的上方有幾個黯淡無光的黃銅數字，用螺栓固定在咖啡色的門板上，拼寫出公寓的號碼：802。

佩妮．大利拉將身體擺正，上身前傾，手支著門框，手臂抵著額頭。

「哈囉？」佩妮．大利拉說。她的嗓子沙啞，汩碌碌地在走廊上迴繞。

她敲了敲門，說：「哈囉？」

佩妮．大利拉等了一會兒。沒人應門。

這時候誰會在家？她跟自己講理。時間還太早，大家都還沒回家。大概還在收拾桌面，把工具腰帶掛上鉤，準備下班。這時候白天上班的人哪會在家，只有高什麼的孕婦才會待在家裡。

佩妮．大利拉既害怕又孤獨。陣痛來襲，逼得她從齒間吸氣。她把那股氣憋著，撐過最痛的瞬間，再慢慢呼出來。這回不算什麼。更痛的還有呢。

她用掌根叩門，拍得門板砰砰作響。

「如果你在家，拜託，請開門。」她轉頭把耳朵貼在門上。一點聲音也沒有。

「我需要幫助，」她悄悄說給自己聽。

門漆冰冰涼涼貼著她的臉頰寬慰著她，就這樣貼了一分鐘，脈搏在耳裡咻咻作響。雖然精疲力竭，但她曉得還有很長一段路，要走完才能休息。這才只是開始，她卻已經疲憊不堪。寶寶需要幫助，她擔心自己使不上力，害怕自己保不住孩子，這是她初嚐為人母的滋味，是她第一次迎接新生命。如果失敗了，她不曉得該怎麼活下去。

沒有別人，只有自己。她心想。

她費了一番功夫集中心神，挺直腰桿，繼續往下一家走。

佩妮・大利拉用手臂貼著牆壁，一路嘶嘶嘶嘶摩擦牆面，宛如聒噪的蛇吐信不休。前頭是鄰居家的門，接著是逃生門，然後是鄰居家的門。好，左腳，右腳，左腳。希望就是下一扇門，希望碰巧有人在家，希望碰巧是婦產科醫生，希望碰巧今天休假，希望碰巧不介意分娩的產婦在他的市區單人房公寓門口擾人清夢。

到了。「803」三個黃銅數字栓在門上。佩妮・大利拉斜倚門板，雙腳與肩同寬，稍稍減輕痛楚。

敲，敲，敲，輕輕一聲「哈囉？」

沒有回應。

佩妮・大利拉掄拳捶門板，想把門板從鉸鏈上捶下來，不管裡面有人沒人，先一把推開再說。她想要用電話。她想要人幫忙。她希望這不只是她一個人的問題。不管用什麼方法，她都要把寶寶生下來抱在懷裡。她想要結束這一切，立刻結束，然後大吃那該死的三明治冰淇淋。

她拍門大叫：「哈囉？有人嗎？他媽的開門啊！」叫著叫著，她不禁啜泣起來。

門邊的壁燈在昏暗的走廊上泛著寂寞的光。佩妮・大利拉埋進門框裡，燈光顫動。她邊哭邊拍門邊嚷嚷，不知嚷了多久自己才發覺自己嘴巴張開，嘴唇是濕的，臉頰是濕的，還發出陣陣沙啞的喘息。

沒人應門。

她真想坐下來，背靠著803室的門板坐一會兒，等待體力恢復。但是不行，寶寶的性命——甚至她自己的性命——就掌握在她手裡。她不能放棄。再往下走幾步——雖然但對她來說很遙遠——就是紅光閃爍的「緊急出口」標誌，栓在靠近天花板的地方指示著逃生門的方向。再過去就是804室。

「進攻，」她又哭又笑道，順手撩起了睡衣的下擺，這樣好走多了。雖然兩條腿彷彿千斤重，但她依舊挪動不誤。

左腳，右腳，左腳。

她用手臂支著牆，皮膚絮絮聒聒滑過牆面，一路蹭到803室和「緊急出口」中間，逃生門突然「砰」一聲打開。佩妮·大利拉當場僵住，一個小身軀從門框中間「噗」地倒下，「咚」一聲摔在地毯上，像死了一樣，一動也不動，甚至看不出來還有沒有呼吸。

她看了看。

是個小男生。

他還有呼吸嗎？
怎麼一動也不動。
他還活著嗎？
液壓臂「嘶——」地帶上了門，門鎖「喀」了一聲，她動了起來。
小男生的胸口隨著呼吸起伏。他還活著。
「哈囉？」她說。「小男生。躺在地上的小男生。你還好嗎？」
小男生沒有動靜。
佩妮．大利拉拖著腳步上前，又問了小男生一次。
他面朝下趴在地毯上，四肢彎曲。
懸在她雙腿之間的那條腿抽了幾下，輕輕拍打她的大腿內側。她哭了出來，想起自己的處境。
她蹭到小男生身邊，用腳趾戳了他幾下。沒動靜。她踢了踢他的肩膀。還是沒動靜。佩妮．大利拉小碎步繞過他，打算留他在地上。她往前蹭了一步，小男生氣若游絲地嘟噥起來。佩妮．大利拉停下腳步。他顯然需要幫忙，要是他就這樣死在地上，她永遠不會原諒自己。於是，她蹲下來，一手扶著牆，伸長另一隻手去搆小男生的腿。

「好吧，」她說。「我們可以的。來吧，昏迷的小朋友。就我們三個。走吧。」

她身後拖著小男生的腳踝，往８０４室蹭了一步。

第二十五章
宅在家的克萊爾丟了飯碗，買了生活用品，計算了這城市有多好色

烤箱響了。預熱完畢。準備烤鹹派。

克萊爾眨了眨眼，在廚房裡奔忙起來。先將擱在流理台上的鹹派鏟起來送進烤箱裡，再從烤箱旁的抽屜拿出紙巾，從水槽底下抓起噴霧清潔劑，忙著到處噴、到處擦、到處刷，一門心思都在這上頭，搓得非常起勁，明明已經一塵不染，仍然東轉西轉、左噴右擦，直到流理台閃閃發亮，她才洗洗手，坐上中島的高腳椅，幫自己斟一杯酒。

前門那神秘訪客的呼喊還在她心頭播放，她嗤了一聲，一口氣乾掉一杯，心想：話機居然在下午響起，真是怪了。上禮拜整整一個禮拜，話機也才響過兩次，都是媽打來的，而且都是事先約好，內容不過是平常的寒暄，什麼「嗨！乖乖！這禮拜好嗎？」，或是「天氣真好，氣象說這禮拜天氣不錯。」下午那通就奇怪了。什麼意思？「被我抓到了，小鬼！」克萊爾

搖搖頭，抓起酒瓶，咕嚕咕嚕把酒杯斟滿，仰脖痛飲。

烤箱的電子鐘滴答倒數，綠色數字從二位數變成個位數，再過不到十分鐘，烤箱就該降溫了。鹹派已經開始說話，話音安詳，像昏昏欲睡的雨打在潮濕的地面上，在烤箱的門後直冒著泡泡。

克萊爾敲了敲鍵盤，螢幕一閃，活了過來。工作用的通話管理系統還開著，上頭記錄著她上一通電話。豬。她想起來了。本名叫什麼？傑森。記起來了。兩分三十八秒。這就是她和他通話的時間。可憐的傢伙。她紅了臉，想起竟然要他自己解決。這份工作雖然常常需要施捨羞辱，但克萊爾總要自己別太尖酸苛薄，而剛才對傑森說的話實在難聽。

她憑之前的通話認出他的聲音。他每個禮拜至少會打幾次，一天頂多一次。確切次數她記不清楚。她一手托著酒杯，一手滾動通話紀錄。午休後三個小時共九通，午休前兩個小時共五通。今天總共十四個寂寞的傢伙。一小時五十一分鐘的淫聲浪語。生意挺清淡的。即便如此，克萊爾還是盡力而為，要發揮創意讓男人發洩很累的，簡直是挑戰腦力，得到實際回報時常常已經筋疲力盡。

克萊爾瞥了瞥烤箱的電子鐘，倒數七分三十九秒。她一手托腮，一手戳了戳電腦。

五個鐘頭——克萊爾心想——十四個傢伙。她想想「派對盒子」其他九個女員工，算一算，如果大家上班的工作量差不多，一天就是一百四十通電話。這還算生意清淡了……一整年下來。克萊爾點開電腦的計算機，用乘法讓寂寞人口倍增……一整年下來超過五萬一千通。

真是寂寞的城市。克萊爾晃一晃酒杯，把杯子拿到鼻尖，聞了聞，啜了一口，歪頭沉思。果香，麝香，後勁強。肉桂，皮革，菸草香。她的視線越過杯緣，望著對街的公寓。沒人在家。她能透過窗戶看到的屋子都沒人。她再啜一口，嘆了口氣。烤箱的電子鐘倒數四分鐘。

克萊爾打了個大哈欠，酒杯「噹」一聲放在流理台上，扭過頭去看電腦。

這樣的話，假設這座城市的人口比一百萬多一點點，其中大約一半是男性，每個男的都撥進來一次，十年內公司就能把整座城市的男人輪過一遍。這樣的話，她每年總共要將性幻想吹進上千位男人耳裡。儘管她曉得自己的假設幼稚至極，結果完全不對，但還是忍不住覺得有點下流。她從來沒有想過數字的問題。服務這座城市的公司這麼多，此外她也曉得不是所有男人都會撥進來。

話說回來，人與人之間的陪伴看似簡單，但實際上並非如此。儘管找到彼此應該很容易，但她的工作顯示實則不然。難以建立這種聯繫的人多得嚇壞人。這是一座寂寞的城市，位在一顆寂寞的行星上。

烤箱的計時器「噹」了一聲，把克萊爾從胡思亂想中嚇醒過來。那股暖香愈來愈濃郁，漸漸瀰漫了整間公寓。克萊爾揚起嘴角，暖香包圍著她。她啜了一口酒，暫時離開廚房中島，把烤箱的溫度降到三百度。

計時器設為半小時。

克萊爾忍不住打開烤箱的燈往裡頭覷。在淡淡的黃燈下，在一塵不染的烤箱玻璃窗另一側，正坐著鹹派——填餡的質地像卡士達，派皮漸漸烤出色澤，小泡泡如寶石裝飾著派皮和烤盤之間的縫隙。克萊爾笑自己對鹹派的癡。對克萊爾而言，食物如此動人如此神奇，總教她無法自已。食物是五感的完美交集，每當她沉浸在烹飪和飲食中，全身就不停發抖。

克萊爾覺得很奇怪，那些在電話裡大開黃腔的、明明付了錢說起話還結結巴巴令人心酸的，竟然跟創造食物的是同一種物種。她大學時修過人類學的課，課堂上將人類定義為會使用工具的生物，因而優於其他物種。但後來發現黑猩猩也會用棍棒從蟻穴中挖出白蟻。

在克萊爾心中，鹹派定義了人類的特徵，能夠混合材料化為營養豐富的美饌佳餚，而且色、香、味俱全。花時間蒐集和混合這些食材絕對不只是為了生存。猴子就不會烤鹹派。熊吃腐屍和漿果。鳥看見什麼就啄什麼。狗喜歡啃骨頭。沒有任何動物會烤鹹派——克萊爾揚起嘴角心想——鹹派定義了人類和其他物種的不同。

電腦「噹」了一聲，郵件進來了。

克萊爾又覷了烤箱一眼，這才回到位子上正對著電腦螢幕坐好。信箱裡有兩封郵件在等她。她點開第一封。生活用品公司寄來的。內容是明天要出貨的購物明細，請她確認或更改品項。她把購物清單掃過一遍，刪掉一包燕麥和杏仁漿，添上半打雞蛋和有機柳丁汁，寄回去給生活用品公司。

第二封是愷碧寄的，她是克萊爾的上司、「派對盒子」的老闆。收件者除了她之外還包括其他九位女接線生。愷碧一開頭就道歉，說大家都被解僱了。

克萊爾嘆了口氣，繼續往下讀。

當然，依照法規，還有兩個禮拜才正式解雇，期間她很樂意提供職業介紹所的聯絡方式，希望大家都能順利轉換跑道。愷碧接著再次道歉，解釋「派對盒子」進行財務評估後，認為當前審慎的作法是集中客服中心、外包電話性愛業務，日後電話打進來都會轉到馬尼拉的公司，她告訴大家目前馬尼拉的員工正為此進行大量培訓。信的最末段愷碧感謝大家的辛勞，過去幾年來因為大家的努力公司的業績才會這麼好，最後就是：「祝好，愷碧。」

克萊爾眨眨眼，啜了一口酒，把整封信再掃視一遍。

「幹！」

第二十六章

在家自學的的赫曼目睹改變人生的瞬間

赫曼發現爺爺在台下，面露微笑，靜靜地鼓掌。爺爺吃力地從椅子上站起來，位子在第二排，偏舞台左側。舞台燈暗了下去，地燈亮了起來，戲劇十足的光束四處亂掃。台下滿滿都是人。擠在牆邊的，站在最後一排的，挨著座位坐在走道階梯上的，座無虛席，咳嗽聲和吸鼻聲此起彼落，更顯見底下坐滿了人。

除了此消彼長的雜音四處閒逛，舞台下一片寂靜，只有爺爺乾燥的雙手沙沙地拍著，指頭因為關節炎又腫又痛。聽在赫曼耳裡，爺爺沙沙的掌聲多麼響，和起立鼓掌的舉動相得益彰。

赫曼看著那一排一排冷淡的面孔。他使出渾身解數對嘴唱完了邦妮·泰勒的《心之全蝕》，從頭到尾不遺餘力，適時將雙手往前伸，該握拳的地方便彎起張開的十指，將雙手高舉向燈光祈禱，間奏磅磅磅磅就扭腰擺臀，整場表演滿場飛跑，放任情緒發洩，任憑情感吞沒自己後化為力量流到全身。在這七分鐘長曲的尾聲，他起立接受鼓掌，胸膛因為賣力演出而劇烈起伏。他表演得太投入，不自覺在拔高的尾音中流下了眼淚。舞台的燈光那麼刺眼，希望不會有人發現他在哭。

這樣還是贏不了。達林．葉斯柏森因為對嘴演唱「五分錢合唱團」的歌曲勝出。一定是因為他的空氣吉他，赫曼心想，不得不說達林真的很強。赫曼的努力雖然只贏得爺爺沙沙的起立鼓掌和數十名到場幫孩子加油的家長淡漠的目光，但卻換來腳踏車架旁那頓拳頭，導致爺爺決定把赫曼帶回家自己教。

†

赫曼模模糊糊記得打開逃生門，記得自己在樓梯間。影子像濃稠的深色蜂蜜黏在牆角，牆面可見深色的刮痕，欄杆底下漆著淺藍色的油漆，給經年累月撫摸出銀色光芒。長年累月的溫柔愛撫，即便再堅硬的表面都能消蝕。赫曼可以說是飄下樓梯也可以說是摔下樓梯。他不清楚自己在樓梯間待了多久。對獨立在時間之外、來去自如的人而言，時間一點也不重要。

彷彿作夢一樣，時間在他上下延展開來，他在時間裡自在穿梭、任意逃脫，樓梯兀自一階一階扭轉，時間成了開瓶器前端的螺絲錐，往上是未來，往下是過去，電梯在兩個時空間跳躍，從開始滑到結束，要它停就停，或是在任何樓層隨意駐足。時間是狗的歲月也是烏龜的歲月。時間時時刻刻在發生，分分秒秒都同在。

如果你只活了一半，你的時間是不是就重要一倍？

赫曼知道是的。

狗也知道是的。

如果時間太多，你會厭倦，時間因此失去了意義。

赫曼飄過一扇門，不曉得是開門飄過去還是直接穿過去，不曉得這扇門通向哪裡，只看見一幅恐怖的景象。一個女人朝他蹣跚走來，說話跟棉花似的，但他聽不懂。她一手扶著牆，一手伸向他，十指張開，一把抓住他。她雙腿僵硬地走著，像死人一樣。赫曼的腦筋一下子轉不過來，視線如陷霧中斜向一邊。

†

爺爺遞了一張紙到赫曼面前。空白的，只有爺爺在對角處畫的兩個點。

「這兩點距離多遠？」爺爺問。「告訴我。不能用量的。不需要量。」

他們在上三角函數，整整二十分鐘，赫曼滿心沉醉在畢達哥拉斯定理之美。爺爺的教法總是極富創意。這是標準八點五乘以十一英吋的信紙——赫曼在心裡推敲——所以問題不是這兩個點相隔多遠，而是如果將這張標準信紙平分成兩個直角三角形，斜邊會是多長。赫曼寫下算式，將答案解出來。

「這兩個點距離十三點九英吋，」赫曼帶著驕傲的笑容說。

「這是其中一個答案，」爺爺說：「還有呢？」

赫曼一臉不解。爺爺露出鼓勵的笑容看著他。

數學是絕對的，赫曼心想，相加的方式只有一種，平方的方式只有一種，沒有第二種方式。「答案只有一個。」他又驗算了一遍，爺爺在一旁看著。答案只可能有一個。「距離十三點九英吋。」

「對，你沒算錯。錯的是你看待問題的方式。」

赫曼盯著頁面，視線在兩點之間來回跳舞，跟著想像的線條在空白的頁面上奔波。他皺起了眉頭。

爺爺拍了拍他的肩膀，起身說：「我讓你一個人想一想。」他一邊往門邊走一邊說道：「兩點之間的距離是會變的，可以是同一個點，也可以相隔十四英吋遠——就像你的答案那樣。想想看要怎麼變成同一個點。」說著便走出赫曼的房間。

赫曼把鉛筆的橡皮擦那一頭頂在嘴邊，張嘴咬了下去。時間一分一秒過去，水壺在廚房裡哀號。赫曼皺著眉頭，努力弄清楚兩點之間的距離。爺爺拖著腳步在公寓裡轉來轉去。過了一會兒，赫曼聽到報紙的沙沙聲從客廳傳來。

赫曼坐在車上，看妹妹有沒有越過那條隱形的界線。她偷偷摸摸的，覺得越界很好玩，赫曼也莫名其妙覺得很有趣。

妹妹的辦法就是等，等到他望向窗外的摩托車或大卡車，手就偷偷越界，等到他一回頭，她就把手縮回去，但手臂來不及收，洩漏了她做的好事。每次妹妹越界，他就作勢要打，但下手都很輕，不過是嚇嚇她，一點兒也不疼。通常他都睜一隻眼閉一隻眼，逗得妹妹咯咯笑，以為自己詭計得逞。他假裝生氣，但妹妹知道他不是真的生氣，只是在跟她玩。但他真的逮到，妹妹又嚇得尖叫起來，媽媽或爸爸會往後視鏡裡一瞥，或是轉頭叫他們乖一點。

收音機開著，播放著赫曼沒聽過的歌曲。他當做是背景雜音，融入車外空氣的嘶鳴和輪胎輾過路面的聲響。車子正駛在高速公路上。

他們全家出門度假，旅行過海岸線，一路呈之字形往內陸開，尋幽訪勝順道探親訪友。他們昨晚在海邊露營。夕陽西下，爸爸升起營火，他們在岸邊折下柳枝，串起熱狗烤肉，手指頭黏答答，因為烤了棉花糖當點心。

海的那一頭，天空染上了瘀青和杏桃的顏色。海面的反射讓天空看起來彷彿溶在大海裡。起風了，夕陽落下地平線，營火倒向一邊，火勢「吼」一聲旺了起來。風平了，赫曼的棉花糖黏上了海沙，天空由藍轉靛，尚未全黑。他抬頭看了看星星。天黑後，他們睡在帳篷裡，赫曼覺得很粗俗，一夜沒睡好，因為海濤，因為微風在帳篷上圈起的漣漪。

隔天早上，他們到得來速買果汁、三明治和薯餅。爸爸在駕駛座上把點單遞出去，等大家安頓好、滿足了，又開回高速公路上。

下一站要去爺爺住的地方。赫曼來過這裡，以前來過，搭的就是這輛車，駛的就是這條路，窗外松林的綠影宛如動態背景，襯托著路邊的積水和垃圾。夏日炎炎，淡淡的藍灰色天空也和當時一樣，收音機播放的也是相同的歌曲。

電台主持人心不在焉地絮絮叨叨。

赫曼打了一下妹妹的手，突然難過起來，因為曉得了接下來發生的事。

爸爸繫著安全帶向前顛仆，手從方向盤上滑下來，定速巡航裝置讓車子穩穩前進，媽媽本來在填字謎，這時抬頭看了看爸爸，車子緩緩飄移過黃線。

路面的油漆並未阻止他們飄向對向車道。

第二十七章
金魚伊恩頓悟自己在墜落

每條金魚在墜落時總會瞬間頓悟自己在墜落——而且不只一次。事實上，金魚在墜落時會碰到好幾個頓悟的瞬間。

伊恩又到了這個瞬間，「咻」地掉下十七樓的陽台。穿比基尼的小姐坐在欄杆內的塑膠折疊椅上，一手咖啡一手書，太陽暖著她在健身房鍛鍊出的結實小腹，滿臉的平靜幸福，眼神追隨著書本裡的一字一句，享受著午後陽光的餘溫，津津有味地品嚐淫詞褻語裡的香豔火辣。封面的狐狸精身材豐滿，身穿飄逸粉紅色禮服，平口酥胸半露，從背後摟抱著肌肉猛男，膝蓋被他撩到腰間。她緊緊抓著他，如同他緊緊抓著木造高桅帆船的繩索。陽台上的小姐全神貫注在那文字上，根本看不見伊恩，頂多用眼角餘光瞥到一個小光點，或只是眨個眼睛，那如同火箭般的半邊魚身就消失不見。

伊恩從這景象中看到的是在小說書頁裡的寧靜遁逃。比基尼小姐的沉靜和時時刻刻威脅著伊恩的恐懼形成鮮明對比，但在那稍縱即逝的瞬間，伊恩和她有了默契。她在字裡行間的遁逃如同伊恩眼前的不幸，只是安全許多。伊恩不像曬日光浴的小姐有種種探險可以挑選。伊恩看不懂迪迪德雷克的《愛的秘密狙擊手》。伊恩沒有想像力。伊恩在魚缸裡沒有伴可以聊天——特洛伊不算。金魚伊恩和水螺特洛伊雖然因地緣結為朋友，但是特洛伊不太好聊，伊恩到頭來不是咬特洛伊的殼自娛，就是努力把特洛伊拉開缸壁不讓他吃壁藻大餐。有幾次特洛伊真的從缸壁上摔下來，當時伊恩真是說不出的滿意。

但不出幾個鐘頭，特洛伊又爬回缸壁上，唏哩呼嚕吃著壁藻。老實說，伊恩覺得特洛伊是個令人失望透頂的室友，這不管再怎麼吹牛都稱不上是驚人發現，畢竟特洛伊的大腦本來就只有幾顆神經節。

伊恩這時穩穩地落到了比基尼小姐所在的陽台底下，趁著摔下十六樓的剎那往屋裡瞥了一眼。沒人在家。伊恩突然掠過一個想法：空空蕩蕩的屋子是多麼地哀傷。空空蕩蕩的屋子是一只孤獨的箱子，等到人回家，屋子才成屋子。咖啡杯坐在櫥櫃裡——伊恩打斷自己的思緒——「生灰塵」三個字不但陳腔濫調，而且也用錯了地方。「生灰塵」的「生」是動詞，而杯子是無生物。

水龍頭滴——答——滴——答——滴進水槽，倘若滴上一千年，那反反覆覆的輕柔愛撫也會在不鏽鋼上蝕出一個洞。冰箱裡的牛奶一秒一秒朝「賞味期限」接近，不免使人想起時間的推移，正是這推移，讓完好無損的初衷走上不歸路。

伊恩想起了魚缸，這下也是空空蕩蕩，只剩壁藻和粉紅色的塑膠城堡，還有特洛伊嘴裡嚼呀嚼地滑過缸壁。伊恩心想，特洛伊的殼少了耐嚼的特洛伊會是多麼地冷清。伊恩不會想念特洛伊咀嚼的聲響。不會想念那唏哩呼嚕的吸吮日日夜夜扯著魚缸的壁藻。他不會想念，因為他對魚缸已經不復記憶。

伊恩分了神，似乎從陽台玻璃拉門絲絲縷縷的灰塵間瞥見了什麼，當時他正從十五樓往下掉，不到一秒鐘的時間，便將屋裡的景象捕捉成靜物畫。

背景裡是個瘦長的男孩，廚房的燈從他身後照著他疙疙瘩瘩的手臂，他的脖子很細，貌似頂不住頭，眼看就要斷了。男孩垮著肩膀站在影子裡，身後的櫥櫃和廚房用品潔白得發亮。前景是一台閱讀燈，燈柄彎成了問號，燈頂灑下琥珀色的光錐，照著一隻無力的手臂，是個坐在扶手椅裡的老人。

老人穿著藍色針織開衫，膝上搭著鉤針編織毯，歪歪斜斜地陷在椅子裡，似乎睡得無心無緒，一條手臂搭在扶手上，手指因為關節炎一癤一瘤，因為終生勞碌而歪歪扭扭。一疊報紙從他的膝頭滑落，只剩一札還披在膝上，其餘的亂七八糟塌了滿地，在地毯上造出一座紙火山，給燈光照得嶙峋波峭，有坍方的破口，也有奇兀的山峰。男孩和老人之間的空間遼闊得莫名奇妙，男孩的臉上也是空空曠曠，神情既茫然又無助，彷彿這小小的客廳是他跨越不了的距離，彷彿這屋子哪裡不對勁，他填補不了這片空白，縱使他心裡應該很想。

男孩的表情一變——看見伊恩從陽台拉門外垂直墜落。在伊恩落到陽台底下前，男孩全身抽搐，眼看著就要衝到窗前。但伊恩墜落得太快，男孩才起腳，就摔出了他的視野。男孩消失了，老人消失了，時空消失了。這一刻永遠無法重來。憑著伊恩的聰明才智，他無法明白自己何其榮幸，竟能目睹十五樓公寓裡親密的場景。時空永遠不會在那一刻交會。永遠不會。

伊恩繼續往十四樓墜落。

喲？——他心想——我這是在幹嘛？

第二十八章

女主角凱蒂升上天，但離天空還很遙遠

凱蒂在十樓的樓梯間停了一下，把一個鋒利的鼻息往肺裡曳，雙手插腰，上身微微後仰。她的額頭開始結汗，爬得很是吃力。凱蒂體力不差，每個禮拜慢跑三次，週末還會去游泳，但這樓梯直直往上攻，足以使她心跳劇烈加快。

她瞥了一眼牆上的標誌。

還有十七層樓。

康納在上頭等她。她情慾的解答在上頭等她。凱蒂並未停留太久，微微後彎了三下，勉強做了幾個深呼吸。她的決心鞭策她繼續往上，一步步朝天空接近。

「我要我們靠近天空，」康納昨晚在公寓裡對她說：「我想跟妳在星光間做愛。」

然後，他們筋疲力竭，凱蒂說了聲「我愛你」，說給沉睡在黑夜公寓裡的康納聽。

第一次約完會，他們從學校附近的咖啡廳散步回他的公寓。那是個美麗而溫暖的傍晚。他們揀那迂迴的路走，把影子愈走愈長，走下學校的山坡，穿過公園的噴泉和笑鬧的孩童，終究回到了市區。兩人的影子打著旋從街燈下走過也讓車燈掃過。凱蒂和康納什麼也沒瞧見，兩雙眼睛不是互望，就是盯著腳尖或是望著車流，話音在城市的傍晚絮語裡起起落落。

太陽沉下去了，但還是熱，看來要熱一整晚。這熱要奪人睡眠，逼得人在屋裡待不住，或是在別墅門前的台階上坐著，或是在公寓的陽台上發呆，有人抽菸，有人喝酒，有人在夜色中倚著。大家悄悄地跟坐在影子裡的伴兒聊著天，含含糊糊地在暗地裡嘆息。

而凱蒂笑吟吟的，笑康納說的每一個笑話。

而康納側耳傾聽，聽凱蒂說雙親四十年的婚姻。

他們在塞維亞大廈門前難分難捨，彆扭而甜蜜。康納邀她上樓坐坐。事後回想起來，當時心頭小鹿亂撞的那幾秒鐘實在短得悲哀，一個挑逗了，一個接受了。每段戀情就只有一次這樣的心潮澎湃，或許稱心，或許拂意，簡直是冒險。而隨著心頭的歲月風霜愈積愈厚，興奮就愈來愈少了。

他們搭了電梯，誰也沒再開口，沉默地期待著該來的一切，堅定了這趟來訪的決心。兩個人一個字也沒說，直到進了公寓，背對著走廊關上了房門，望見窗外的蜜色燈火在黑夜裡錯落有致。

「好美，」凱蒂輕輕地說，雙眼望著窗戶。那個初夜，康納沒開燈，交纏的胴體消融在夜色裡，手指閱讀著彼此的肌膚，像在讀點字，真美。昨晚也是這樣。

他們走過窄小的客廳，站在陽台的拉門前。

「我要我們靠近天空，」他從背後環抱她，雙臂箍著她的腰，下巴靠著她的肩，說：「但我只能做到這樣，在這裡，在半空中。」

他的氣息搔著她的脖子，他的話語撓著她的耳朵。她覺得他的話很浪漫。他好像很難為情，只能給她這一片窗景和這一方單人房公寓；但對凱蒂而言，這已經綽綽有餘。做不到的誓言之所以甜，是因為他起誓起得信誓旦旦，失敗又失敗得心甘情願。她不求他發達，也不求他為她摘天上的星辰，只求他這樣就好。

「我們離天堂又近了一點點，」他說。

她覺得心頭暖暖的，這話說得真俗，既便如此，她還是感激他擠出這幾個字。本來凱蒂想說他傻，笑一笑，開個玩笑矇混過去，但就是捨不得，因為他的努力羞赧可愛，身軀堅挺得令人難以招架。她感覺得到他的心跳，他的胸膛貼著她的肩胛骨，兩人肌膚相親的地方熱出了一片汗。

在琥珀色的城市燈火裡，他們一人拉著一角床墊，一路從寢室拖到陽台門前。凱蒂的心跳得好快，紅酒甜在她的舌尖，她在戀愛。她心裡明白，愛如潮水般湧來。他的心意疊在先前層層疊疊的心意之上，就是這一次，就是這美麗的念頭，他想為她做到盡善盡美，他想為她做點特別的事。

他把床單重新鋪好，收緊塞到床墊底下，凱蒂捏著衣擺，慢慢地撩起來，一邊盯著他，一邊褪去上衣。他是城市燈火裡泛著光暈的剪影，頓時放下床單不弄，怔怔地看著她寬衣。凱蒂起初不太自在，用雙手遮著肚子。霎那間，她看見他的表情被城市的燈火勾勒出歡快的情慾。她把雙手伸到背後，鬆開胸罩的扣環，將肩帶徐徐拉下，慢慢地從雙臂上褪下，交給了地心引力。他撩起上衣，脫下褲子，褪去內褲。兩人站在床墊兩邊，誰也沒說話，淡淡的夜光從陽台拉門流瀉進來，為了彼此一絲不掛。

「我想看看妳，」說著他打開了燈。

凱蒂想出聲制止，但看見康納傾倒的表情，又覺得亮一點倒好，這樣才能看見他每一寸胴體。一陣溫暖在她雙腿之間漾開，心口因為期盼無情地捶打。

是康納先的。他單膝跪在床上，一腳踮在地上，怯怯地挪向她，朝她伸出了手。她握住他的手，在他身邊躺下。他一手支著頭，一手輕如空氣地往她身上摩挲，從臉頰搔到下巴，又順著頸子來到胸脯，逗留一陣後繼續往腹部遊走，往下，再往下。就在那兒，他們讓塞維亞大廈高舉向天，在半空中做愛。

他對她的身子有種魔力，兩人時而交纏得甜蜜熱情，時而粗魯激烈。他呢喃。她呻吟。他打她的臀。她抓他的背。有那麼一下子，凱蒂記得自己朝著天花板嘶吼。有那麼一下子，康納在她耳邊大喘，說他的雞雞屬於她。等到他們高潮，外頭的公寓差不多也都熄燈了。夜還沒深，凌晨還沒來，在夜闌與拂曉之間，整座城市彷彿睡著了。

凱蒂側躺望著陽台拉門，康納以同樣的姿勢躺在她身後，一條手臂掛在她的腰間，她發現外頭一顆星星也看不到。即便這麼晚了，城市的燈火依舊黯淡了天空的星辰。不過無所謂，她躺在康納的懷裡，望著外頭閃爍的高樓。戀人在激情時說的話，事後回想起來總是尷尬。凱蒂是真心愛康納，但她不想要他的雞雞，儘管他給得很輕易。她覺得很納悶：怎麼能交出自己的身體，卻不交出自己的感情？

為什麼交出身體比交出感情容易？

「我愛你。」她說給公寓的靜謐聽。

沒有回應。

他一定聽到了，她心想。

她感覺到他陣陣起伏的腹部頂著她的後腰，勻稱的鼻息輕吹她的後頸。明明前一刻好像還醒著，這時卻睡著了。

凱蒂滿腔心事，在十三樓和十四樓之間的樓梯間轉了個彎。一陣聲響從上方傳來，抬頭一看，一個同齡的女孩正在下樓。凱蒂收住步伐。那女孩穿著凱蒂的粉紅色睡衣。凱蒂上個禮拜留在康納家，眼前卻罩在女孩高聳的胸脯和緊實的身體上。

凱蒂被口水嗆了一下，嚥了下去，膽汁的味道酸酸苦苦。她瞪著穿著她睡衣的女孩，不知先潰堤的會是淚水還是憤怒。

第二十九章
大反派康納・萊德利明白了自己的心意

就這麼簡單？康納自顧自地想。

他動也不動地站著，背對陽台打量他的小公寓。

愛一個人這麼容易？愛這麼簡單？應該要再複雜一點吧？每次聽人家說起，都說愛排山倒海，都說愛改變一生。但眼前的愛微妙許多。她無所不在，所有她碰過的東西、留下的一切，都勾起他對她的回憶，他彷彿看得到她、聽得到她、聞得到她。她走了，他想念。他小心不要傷到她。他想讓她開心。

這就是愛？

他當然想花時間陪她、了解她、問她要不要搬來一起住……真的假的？他什麼時候想要同居了？

我真的想問她要不要搬來跟我住？

康納環視了一下公寓。他原本以為愛是一列貨運火車，橫行直撞、難以駕馭、衝毀一切。公寓裡所有凱蒂碰過的東西他都看在眼裡，記得哪些被她移過位置，連什麼時候移的都記得。他看見她留下來的一切。他記得她說過的每一句話，有些是窩在沙發上時說的，有些是躺在床上時說的。他心裡面一直有她。

康納的視線飄向浴室，門敞著，洗手台上散著盥洗用品。毛巾皺成一團縮扔在牆角。保險套的封套丟在地上，撕口處蜷著，像乾掉的橘子皮。牙膏和牙刷擺在洗手台上的漱口杯裡。兩把牙刷。

牙刷！康納心想。天啊，我竟然讓斐兒用凱蒂的牙刷。還說那是她的。

太可恥了，他心想。這是愛嗎？

是愛吧。他覺得什麼都配不上凱蒂，覺得自己不夠好，凱蒂值得更好的人。到目前為止，他的表現都不合格。黛碧和斐兒不配凱蒂，只有跟凱蒂在一起，他才覺得完整。

可是黛碧，喔淫娃黛碧。別的女生不肯的，她都讓他來，而且還很陶醉似的。本來他羞於啟齒的，她幾乎是求著他做，而且愛得要命。坦白說，有些點子從頭到尾都是她的，康納連想都沒想過，這點相當驚人，因為說到床事，他沒想過的花樣屈指可數。

康納眨了眨眼睛，把黛碧的倩影從記憶中抹去。

他決定了：不值得為黛碧的花招傷害凱蒂。黛碧不能滿足他。他可以放棄黛碧，跟凱蒂過一輩子。接著轉念一想——真的可以嗎？黛碧和斐兒床上功夫了得，這犧牲會不會太大？他思緒一轉，又回到初衷。凱蒂值得更好的人。他必須成為更好的人。

要是他改好，要是她愛他，也許她會肯讓他試試黛碧的花樣。愛，想必是有得必有失。

康納從水槽底下抓起另一個塑膠袋，開始滿屋飛跑起來。他要打掃乾淨，好讓凱蒂今晚想留下來過夜、將來想跟他同居。

他衝進洗手間，把凱蒂的牙刷從漱口杯裡抽出來。以後再換新的給她。他拾起地上的保險套封套，從今以後，地上只能有跟凱蒂做愛的封套。他把門把上的髮圈褪下來，把馬桶後面帶著球球的踝襪撿起來，順手用來擦一擦馬桶座上的頭髮，連是誰掉的都不曉得。他把浴室掃視一遍，認為可以了。

康納接著打掃客廳，越來越驚慌失措。這裡這麼亂，時間那麼趕。他一邊整理，一邊覺得想哭，納悶自己什麼時候愛上凱蒂的？或許從第一次跟她說話開始吧，那天她約了課輔時間，來到他位在樓梯底下的狹小辦公室，再過一個禮拜就是期中考週。

他看到她來了，就告訴同事朗尼：他需要一個約她出去的藉口。朗尼聳聳肩說包在他身上。

她很漂亮，侷促地站在門口，不像班上那些瘦瘦高高、稜角分明的女學生，她豐腴柔軟，凹凸有致，笑得……喔！他還記得她的笑。康納向來對女人很有辦法，這簡直像他的超能力，話自然而然就會冒到嘴邊，遲早能把女人勾引到床上。但是一碰上凱蒂，他擠了老半天才擠出幾個字，她彷彿是他超能力的剋星，害他的放電招數全部失靈。

康納假裝沒發現她害自己亂了套；驚慌會散發不安，女人不喜歡。他需要的是自信。

「歡迎，」他說。聽起來很勉強、很虛。在她面前他簡直廢人一個。「請進。」

康納記不清楚自己說了什麼，只曉得不像平時講得那麼順，說起話來顛三倒四，結結巴巴滿口廢話，聽了就厭煩。她害他驚慌失措，不曉得她看出來沒有？把妹向來是他的拿手好戲。但她看起來似乎還想跟他聊，而且不只是聊期中考的事。也許這是他一廂情願的想法？

這時，朗尼的招牌臭屁在小小的辦公室裡漫開來。

凱蒂的臉皺了一下。

該他上場了。「我請妳喝杯咖啡？」

她說好。

怎麼走出校園的他記不得了。他們一邊聊一天走過資工系館，有個女學生走過來跟他揮手，他了揮回去，女學生似乎想停下來聊天，但康納和凱蒂腳步不停，談天說地好不起勁，一路走到校門口才駐足等紅綠燈。

接下來康納只記得他們坐在咖啡廳的窗邊座位，中間隔一張小餐桌。天色漸次暗了下去，外頭鋪天蓋地罩上一層灰。咖啡館裡生意很好，人聲鼎沸，繁忙而熱鬧，但他們一開口聊天，所有雜音都消失了，世上萬物都縮小了，只剩餐桌對面的美人胚。

「我不曉得我爸媽是露水夫妻，」他說：「我哪裡會知道？我當時還那麼小。現在回頭想想，那可是一九八〇年代，附近類似這樣的夫妻很多。大概是因為這樣，爸媽老是叫我別待在家裡，要我多帶狗出去玩，他叫伊恩。」

凱蒂呵呵笑。

「怎麼？」康納問。

「你的狗叫伊恩？」

「怎麼，」康納假裝生氣，想要她明白自己的心情，但其實根本沒辦法跟她生氣。「有什麼好笑的？」

「我也不知道。大概是因為伊恩是人的名字。不是狗的名字。」說完她又笑。

「是啊。」康納撥弄著杯子。「伊恩是我的朋友。」

凱蒂的手伸過桌面搭在他手上，溫暖的掌心貼著他的手背，他看著她，她跟他四目相接，立刻垂下眼皮盯著咖啡杯，手也縮了回去，似乎要道歉。

「別這樣，」康納說。「沒關係。」

他歪著頭尋索她的視線，等凱蒂一抬起頭，立刻對她展露笑顏。

「要是能跟一群朋友一起長大該有多好。但我只有伊恩。我們是好朋友。有時候也就只能這樣，幫狗取人名，跟狗交朋友，盡量讓現實貼近夢想。小孩子對於得不到的東西不都是這樣。自欺欺人也沒什麼不好。我跟伊恩度過了快樂的童年，有伊恩總比沒伊恩好。」

他們牽著手聊天，咖啡涼了，卻沒人去碰，因為不想分開手。後來，他們到他家續攤。聊天。做愛。康納終於明白，愛，一直都在。

康納明白自己視而不見，拈花惹草的習性讓他認不清自己的心意，遲遲到這時候才明白過來。他把垃圾塞進門邊的櫃子裡，關上門，決定跟斐兒和黛碧到此為止，從今以後只有凱蒂。他知道這是愛，因為他感覺到愛。這是他第一次這麼篤定。

康納要告訴凱蒂：我愛妳。

第三十章
斐兒回味炒飯和康納的肉體

「我的雞雞屬於妳。」康納呼哧呼哧喘著大氣說。前晚他在斐兒身上做活塞運動，啪啪啪肏著她的屁股，兩人哆囉哆嗦的，滑不溜丟滿身大汗。經過一陣翻雲覆雨，床單和棉被都給掀了，只覺得背後光溜溜一片。

斐兒翻了個白眼。這話她早就聽過了。她要雞雞幹嘛？跟其他雞雞一起擺在壁爐上？還是要掛在牆壁上？說什麼蠢話。

她用雙腿勾住他的腰，雙臂環住他的脖頸，將他往下扳。他在她裡面感覺真爽，肌膚摩挲著肌膚，但最搔到癢處的，莫過於對街夫婦偷窺他們在陽台前交歡。她看得見他們，雖然隔得太遠，看不見長相，但曉得他們正拿著望遠鏡朝這裡看。她對著他們盡力做出A片女星的表情，然後直視著望遠鏡頭。她要他們知道她發現了。

他們把床墊從公寓一角拖到陽台門口，斐兒就疑心他要幹什麼好事。她冷笑著，聽他說想在星光底下做愛，說完卻把電燈打開，燈火通明讓全城市都看見，然而夜空卻不見了。她哈哈大笑——他說要摘星星給她，一邊說還一邊調整床墊的角度，看怎麼樣才能讓夜色看得最清楚。

斐兒要他「別耍笨了，來幹我吧。」

說著便動手脫他的衣服，扒光他，二話不說幹了起來。

她想起他說要給她夜空、送她星星，這回又加贈雞雞，便說「你真大方。」說完把手指插進他嘴裡，深得連指關節都看不見。她用兩隻手指夾住他的舌頭，不讓他說話。他有點作嘔，但似乎不太介意。她感覺那塊溫暖潮濕的肉在她指腹底下扭動，氣息往她手指兩邊送，聽起來像隻被輾過的狗。她不需要他說話。

不久，溫熱的涎沫順著手背黏黏糊糊流到她的手腕，在那兒蓄了一會兒勢，準備往手臂長途跋涉。就在這時，康納咬了她的手指，雖然不至於破皮，但一陣痛楚直達手臂，嚇得她倒抽一口氣，忽然弓背高潮，收緊了身子讓他在裡面抽插，接著倒在她身上，兩人腹部貼著腹部，臉頰貼著臉頰。

斐兒躺了一會兒，在他的重量底下呼吸，感覺他抽動著從裡頭退了出去。她轉頭望向市景，正好看見有望遠鏡的那扇窗熄了燈，消融在四周的夜色裡。

斐兒再度用雙手抓住樓梯扶手穩住重心，剛才一閃神又漏踩了一級樓梯，差一點失足跌倒，摔在「16樓」的標誌底下。斐兒的心跳得好快，踩空讓她的腎上腺素激增。她笑自己笨手笨腳，卻沒辦法怪自己發春的腦袋不留神。她分心，因為他的觸感縈繞她全身，她逃不開身上那件睡衣的香，這裡濕一塊，那裡濕一塊，全是上回激戰的汗水，漫布著私密的氣味。

斐兒的心思轉到康納的女友身上。在斐兒心裡，她沒有名字、沒有形體、沒有面孔，但存在感極強，強到她得走樓梯，強到康納發瘋似地滿屋子轉，就怕哪裡被看出破綻。

這是什麼意思？斐兒好奇康納會不會這樣對她遮遮掩掩？想一想大概不會。除了這個女友，斐兒知道康納還有別的女人。而正牌女友顯然毫不知情。

康納在她面前兩個都談。他問她肯不肯像黛碧那樣讓他做？斐兒雖然自認放得開，但實在沒辦法答應，只怕答應以後都得對自己另眼相看。她曉得有些事情要是做了，一輩子都得承擔後果。

有句話是怎麼說的？她心想。什麼「一日銷魂終生蝕骨」之類的。

康納又是怎麼說凱蒂的？似乎都說他們聊了什麼。說凱蒂講了什麼好笑的事，說她要帶他回家給家人看，明明才在一起沒有多久。他好像很興奮要見她家人。他在陽台上養了一條魚，說是她送的，還取了個蠢名字。康納總是說和女友一起幹嘛幹嘛，卻從來不說和女友在床上幹了什麼。

他愛凱蒂，斐兒懂了。但他自己還不曉得，因為雞雞壞事。一旦他明白過來，黛碧和我將如千斤重把他壓垮。他會回想自己何時愛上她，計算自己偷了幾次腥，崩潰發現自己竟然這麼爛。他要不就隱瞞遮飾，要不就坦白承認，無論如何，黛碧和我都不得不成為過去。

斐兒突然很同情他，康納雖然是個不要臉的花心大蘿蔔，但其實心地很善良，只是頭腦單純被雞雞陷害，導致做人太過慷慨大方。反正就是自食惡果嘍。就算黛碧肯讓他亂搞，他也避不開眼前的橫禍。

為了不讓她們三個碰面，斐兒好奇康納這樣倉促行事了幾次？她搭電梯上樓時，黛碧是不是也走過樓梯？她從大門離開時，是不是曾經和她們擦肩而過？等一等，真的只有三個？她曉得黛碧和正牌女友，但會不會還有別人？當然有。有吧，她心想。

斐兒總是把康納家的女性雜物看成其他兩個人的。譬如那條珊瑚色唇膏，她就覺得是正牌女友的，因為——拜託，這年頭誰還擦珊瑚色？一九九〇年代都過去多久了。烤麵包機上的大紅色內褲八成是黛碧的，看被扯成那樣就知道了。康納從來沒扯過她的內褲。

斐兒心想，為了加重康納的情緒包袱，應該提議玩個3P。康納聽了一定開心炸了，可以想見他點頭如搗蒜，而斐兒自己早就想見識黛碧的變態癖好，看看是什麼樣的人物想得出那種花招？

至於身上的粉紅色睡衣……她一邊想一邊下樓梯，整段樓梯都下完了還是不曉得是誰的。這件粉紅色睡衣——他們在上面大戰了好幾回合，從前戲開始就在床上，接著被康納拿來墊地板，怕她的膝蓋在地毯上磨傷，接著又墊在浴室洗手台上，怕她的屁股著涼。他想一邊照鏡子一邊辦事，所以才帶她到浴室。他把她抱到廚房的流理台上，當時墊著的也是這件睡衣，後來不知怎麼的，睡衣黏在她背上，她把康納按在公寓門上，兩人哼哼唧唧大汗淋漓，一起幹了最火辣辣、最濕淋淋、最傳奇的——

看屁啊，小賤人？斐兒看見半段樓梯底下站了個女生，臉上表情五味雜陳。

斐兒拿出女王氣勢瞪了回去，完全沒發現人家瞪的是粉紅色睡衣。斐兒以為那女生有話要說，沒想到她只是一個箭步跑上來，在樓梯間轉了個彎，再跑上一段樓梯，接著便不見人影，只剩腳步聲啪啪啪啪掌摑著牆壁。

第三十一章
希梅內斯打扮帥氣散發男香

按第一下的時候，三樓的按鈕沒有亮。希梅內斯又戳了一下，大廳從眼前緩緩消失，隨著電梯門漸漸合攏愈縮愈小。他用掌根擦去三樓按鈕上的煤灰，仔細檢查了一下面板，只有上面一角看得出焦痕。事後回想起來，當時火勢其實很小，只是因為四周太暗、心裡太慌，看起來才會那麼大。

試乘三樓看看，希梅內斯心想。只是要確定電梯運作正常。反正能壞到哪裡去？

希梅內斯站直，緊盯著門上的樓層顯示。還是停在「L」。電梯沒動，他又戳了一下按鈕。電梯震了一下，燈光微微閃動，刺耳的金屬聲在外頭迴盪，腳底突然感到一股推力，希梅內斯知道電梯動了。

「動了，」他自言自語笑道：「就像魔法一樣。」

他看著門上的數字「叮」變成「2」，接著停在「3」。電梯門滑開，希梅內斯皺起眉頭。電梯的地板比外頭的走廊高了三十公分。希梅內斯按下「關」，又戳了戳三樓的按鈕。電梯自由落體下墜三十公分，觸底時顛了幾下，希梅內斯伸手支著牆壁保持平衡。電梯門再次打開，地板和外頭的走廊齊高。

「簡直像魔法，」希梅內斯喃喃自語道。

電梯裡仍然煙味瀰漫，希梅內斯解下鑰匙圈，挑了一把奇形怪狀、看上去像釘子的，拿起來插進維修專用鑰匙孔，將底下那行浮凸小字「開啟」轉上來，讓電梯門開著不動。

「給你時間散散臭，」希梅內斯走出電梯時交代了一聲。他把工具腰帶往上拉，都溜到屁股去了。腰帶從走廊叮鈴噹啷響回公寓。他轉了轉鑰匙圈上的鑰匙，找到家門那一把，開了門，踩進去，切開燈。

外頭的天光幾乎照不進裡頭，公寓面對著暗巷，巷子對面是辦公大樓的停車場，大樓很高很密，橫斷了最後一絲看到天空的希望，幾許天光從窗子外面篩進來，冷冷的，藍藍的，到了中午暖和些，轉成了涼爽的青。不過希梅內斯不在意，反正房租便宜，回來也只是睡覺，其他時間都在工作，不然就是在街上閒晃，到老電影院看電影，跳跳舞。他以世界為家，以家為床。

希梅內斯在門口蹭掉鞋子，把口袋掏空。銅板哐啷啷摔在廚房流理台上，加一加大約五十分錢，一張人造花店的名片，一張皺巴巴的糖果玻璃紙，還有最後一張維修單——廚房水槽漏水。他環顧一應俱全的小廚房：兩個爐灶，一台烤箱，一台微波爐擺在角落，冰箱裡塞滿了微波食物。水槽附近的美耐板流理台面留著前一位房客剁肉的刮痕，水槽邊上可見過往創傷留下的缺口。

希梅內斯脫下上衣，仔細檢查袖子燒到的低方，往上頭的洞一戳，指頭從另一頭冒出來，沾覆著黑色的灰燼。他慶幸自己買了純棉的，而不是那種便宜塑料，否則塑料遇火融化，袖子難保不會黏住手臂。他把衣服往流理台一扔，舉起手臂仔細端詳。禿了一塊，飄著手毛燒焦的異味，皮膚有些泛紅，除此之外並無大礙。

他搖搖頭，看著流理台上皺巴巴的衣服。多好的上衣。

沒辦法補了，他心想，肩膀一聳，把上衣扔進水槽底下的垃圾桶，抓起垃圾袋兩邊的角繞一圈打個結。一件上衣，三個微波餐盒，一包即溶燕麥片，一個空牛奶盒，這就是他過去三天活過的證據。希梅內斯穿過客廳，推開陽台拉門，上半身斜倚在欄杆外，將垃圾袋丟進底下的垃圾箱。

回到客廳後，希梅內斯脫下汗衫，晃進浴室，汗衫扔進洗衣籃，工具腰帶解下來放在梳妝台上，褲子順勢落地。他看了看鏡中的倒影。身材結實。手臂粗壯。肚子又鼓又圓，上頭覆蓋著一層肚毛，肚子底下垮著一條內褲，鬆緊帶早已失去彈性，布料洗得都薄了，隱隱約約可以看見底下黑黑的陰毛。

希梅內斯拍了兩下肚皮，把內褲脫下來扔進洗衣籃裡，在淋浴間沖了個長長的熱水澡，把身上和頭髮上的塑膠味全部沖掉，然後抹上免沖洗護髮乳，讓髮型厚重充滿光澤感。他將頭髮從兩側往後梳，頂端在頭頂微微隆起後「咻」地驟降。雖然是沖過澡，但身上還留著淡淡的塑膠味，他噴了點古龍水掩蓋過去，然後刷個牙，漱一點漱口水，換上衣服。

乾淨的內褲，乾淨的褲子，乾淨的汗衫，乾淨的上衣，胸口縫著名牌，上頭用草書繡著「希梅內斯」。鏡中的倒影笑了笑，將工具腰帶繫回腰間。

感覺真好。他跳了幾個舞步，邊跳邊滑步回到廚房。

希梅內斯把零錢和維修單一把抄起放進口袋，往門後的鏡子瞥了一眼。

我真帥，他心想。與其悶在家裡，不如請自己看一場電影。他最喜歡的女星最近有新作上映，他能想到最棒的事，就是吃爆米花與她共度兩個小時。去之前或許來杯調酒。看完之後再去跳個舞。沒錯！今晚就是要跳個痛快。

長這麼帥不出去炫耀一下，豈不太浪費了。

希梅內斯步出公寓，電梯還敞著門在走廊上等他。他一邊走一邊用手機撥給馬帝。

「馬帝，電梯修好了，」他說。

「太好了。」馬帝聽上去像在喝湯。「希望不是太難搞。」

「還好，」希梅內斯說：「不是什麼大事。只是跳電。將把手扳上去就好了。」

「另一架能不能也再看一下？」馬帝問：「說不定也是扳一下就好了？」

「我一早就去看，」希梅內斯說。

「做得好，大希。你這一扳不曉得替我省了多少錢，」馬帝「啜」了一聲。「晚上出去遛達遛達……吃頓好料，我請客。」

希梅內斯拿出維修鑰匙將電梯鎖轉回「啟動」，進電梯裡嗅了嗅，門漸漸闔上。雖然還是有怪味，但遲早會散去。他把維修單從口袋裡抽出來，按下「25」樓。沒有動靜。他又戳了幾下，電梯一震，醒了過來。

「找你跳舞你還要先壓腿啊，蛤？」希梅內斯問電梯。

燈光微微閃動，他搭著電梯往上走。

第三十二章

加爾仕畏縮．勇敢．閃現

包裹總共裹了四層，裹得工工整整。加爾仕用雙手捏住上面兩個對角，掀起來，小心翼翼把包裝紙撕開，閉上眼睛伸手進去掏出內容物，呼吸這觸感，柔軟的蕾絲和棉布在指尖輕輕翻騰，他在中間摸到了光滑的漆皮繞帶。是鞋子！隔著布料，他感覺到那皮革的滑溜和輪廓。

他慢慢吐氣，睜開眼睛，忍不住心懷感恩地「嚶」了一聲。

胭脂紅，他心想，這輩子運氣最順就今天了。等沒有白等，樓梯沒有白爬。太完美了，完全超乎他的想像。

他們幫他訂製了紅色禮服。不是騷包的絳紅，不是俗氣的桃紅……是胭脂紅！這紅中透紫的美麗鐵鏽宛如奶油般融化在他手裡。在電話上，他們說這顏色可能沒有。就算有，加爾仕也曉得，從電腦螢幕上很難看出實品的顏色。這是幾個月前訂了達勒姆藍禮服學到的教訓。樣品的顏色在螢幕上看起來很美，但實品穿起來太深，不襯他的膚色。

但那都是過去了。現在是現在。

加爾仕將喜悅握在手裡，這完美的紅，摺疊著，用美麗的酒紅色緞帶交叉成十字綁著。那女裁縫就是會多來這麼幾下。是哈利（那個男店員）引薦的。他看加爾仕對桿上的商品不滿意，就說店裡有位女裁縫，叫芙蘿莉蕥，專門替客人訂做衣服。加爾仕頭一點，哈利就拿捲尺往加爾仕身上比，一邊丈量一邊抄筆記，然後一起撥了電話給芙蘿莉蕥。

加爾仕打從心底希望胭脂紅還有庫存。訂製禮服很貴，因為他塊頭很大。現在他變裝都不穿普通成衣，只穿芙蘿莉蕥幫他設計的禮服。因為所費不貲，比起廉價成衣，他看起來高貴十倍，但他真正想要的不是穿禮服——雖然很難叫旁人不要認為他只是想男扮女裝，可是他真的沒有想過要當女人，他之所以想穿美麗的禮服，是為了想要覺得自己很美。這跟想變性是兩碼子事。

訂製變裝禮服是芙蘿莉蕥的專長，她對服裝藝術極富天份，找她訂製的人絡繹不絕，加爾仕手頭有限，每隔幾個月才能訂做一件，但多花點錢、多等一下，絕對是值得的。

本來芙蘿莉蕥說可能沒有胭脂紅，加爾仕退而求其次，說月桂綠也可以。能穿月桂綠他也高興，這種綠帶點灰，穿起來很優雅，而且跟他眼珠的顏色很搭。

哈利點頭說：「選得好。」

但他拿到了夢寐以求的顏色，胭脂紅如水流般瀉過他的手指。

幾個月後再訂做一件月桂綠的吧，他想。

加爾仕溫柔地攤開細緻的料子，把鞋子抽出來擱在床上，用食指和中指捏起禮服往身上比。他知道自己的身材不適合穿無肩帶款式。一如以往，這禮服做工細膩，針線平整，沒有多餘的褶子，領口深V開到胸前，腰線很合，肩上縫一片綢布，可以當披肩也可以兜在腰際，尤其是在意腰圍或想做端莊打扮的夜晚。袖子是全長的，既不是蓬蓬袖，也不是收得特別緊，寬鬆合宜直至手腕。不是加爾仕害怕露出手毛，他只是相信露得愈少愈教人心癢。像這樣優雅的晚禮服，跟他最初訂製的黃藍相間騷包綁帶印花洋裝，根本是兩碼子事。

不經一事不長一智，加爾仕心想。優雅就是性感。騷包就留給青少女和夜店那些變裝癖吧。

用不著穿，加爾仕看就知道腰線很合，而且腰側的縫線可以拉長視覺效果，穿起來很顯瘦。下擺則是不對稱剪裁，從左膝斜到右腳踝。

加爾仕把禮服平放在床上，用指尖將布面撫平，注意力轉到鞋子上。是令人癡迷的黑，黑得純粹又光滑，彷彿腳一滑就會輕飄飄地跌進去。他這雙是包鞋，因為加爾仕不喜歡自己的腳趾，太工人樣了，彷彿一捆凹凹凸凸的棍棒，上頭還長毛。這鞋子有繞帶，讓視線集中在腳踝。加爾仕全身上下最滿意的部位就是腳踝。繞帶高跟鞋幾乎沒有男生穿的尺碼，他要穿到十二號，所以還特地請芙蘿莉薙透過門路幫他找。

沒有人知道加爾仕的秘密。因為太難啟齒，所以他不曾跟外人提起。窗簾永遠拉上，門永遠鎖上，每天睡前，禮服和鞋子都會回到藏身處，掛在一排工人服的後頭。加爾仕知道別人會怎麼想。他在報紙上讀過，在電視上聽牧師講過。每次聽工地的同事談起，他都覺得事情不像他們說的那麼簡單。他的需求似乎老是被化約，不是淪為偏頗的字句，就是成為膚淺的判斷。

所以加爾仕躲起來，貪婪的孤獨長年在體內潰爛。沒有人見過真正的加爾仕——那個脫去工人服和工地帽的加爾仕。有時他陷入低潮，淚水無緣無故地流，某則保險廣告他每次看每次哭，講的是丈夫過世，買的保險卻未涵蓋喪葬費用。加爾仕向來沉湎在秘密中，從來不曾為自己的需求說過一句話。變裝無罪。大家眼中的變態，是過往理想加諸的折磨。

加爾仕只是愛漂亮。他不想變成女人，也無意裝扮成女人。他只是想跟女人一樣愛漂亮。他從小就不後悔當男生，長大後也不後悔變男人。他向來滿意自己的老二，只是不滿意長著老二的身軀。他為身材所苦，總覺得自己可以再瘦一點、高一點，凹下去的地方凸一些，凸起來的地方凹一點。後來他漸漸接受身上的體毛和粗壯的手臂，也不在意自己那一嘴鬍子，不管他什麼時候刮，早上十一點鐵定鬍子拉碴。他從不怨恨自己當不成女人，也不因為自己是男人而怨恨女人。不會的。他崇拜女人。他崇拜女人的優雅、女人的美麗、女人的力量，比起男人不知精妙多少。有時候他太羨慕女人，羨慕到有點自卑。

加爾仕在浴室忙進忙出，脫衣服，刮鬍子，淋浴，撲粉，一邊刷牙一邊看著蒸氣朦朧的鏡子裡那抖動的模糊身影。樓梯間淒涼的寂寞逐漸消融，今晚他將要蛻變，從此以後將不再對著保險廣告哭泣。

即將到來的改變讓他心中升起了希望。

寂寞是懦弱才有的症狀，加爾仕打起精神，把滿嘴的牙膏泡沫往洗臉台一吐。吐歪了。半嘴的薄荷泡沫「啪」地噴到了水龍頭上。

以後不會這樣了，他心想。我即將閃現。

第三十三章

「三隻腳」佩妮·大利拉終於走到805室，發現自己走投無路

小男生不太重，佩妮·大利拉一邊想一邊回頭看。幸好他還小。

她揣著小男生的腳踝拖在身後，小男生滑滑停停，配合佩妮·大利拉蹣跚的步伐。他仰躺著，手臂軟綿綿地拖在頭部兩側，頭髮豎了一圈，因為靜電的緣故。小男生（沒讓佩妮·大利拉揣著）的腿往外歪，小腿和大腿呈彎角，大腿和腰部也呈彎角，讓牆壁固定了角度，看上去好像墜落到一半定格的布娃娃。

佩妮·大利拉眼歪嘴斜，為了目標咬牙切齒，一陣陣宮縮擰著她的身子，她不得不用意志力讓痛楚消逝。

雙腿之間的腿抽了幾下。幾分鐘前，她一定會因此驚慌落淚。現在她對這第三條腿的心態完全改觀。她並未停下來驚訝自己的想法竟然在短時間之內一百八十度大轉變，透過意志力將對困境的恐懼化為求生的動力。一定會沒事的。她做得到。

活蹦亂踢的，她心想。這是好兆頭。加油！寶寶！

晶咪的聲音在她的腦海裡迴盪：「自然產是美好的體驗，」喊喊喳喳喊喊喳喳。「千年萬年來，婦女都在沒有現代醫學的幫助下生產。對妳的身體而言，這是美妙的里程碑，妳絕對不會想打痲醉藥或用鎮靜劑錯過這一切。自然產是大自然的恩賜。自然產是奇蹟。為了這美麗的目標，全身上下通力合作。只要專注再加上適當的訓練，妳的心可以克服所有的困苦，」接著得意地補上一句：「想法變成現實。」

「我要打斷妳的脖子，」佩妮．大利拉對著走廊呢喃：「晶咪，下次讓我遇見，我一定打斷妳的脖子。」距離804室只剩幾步，她嘟嘟噥噥，痛苦萬狀挪動令人疲憊的腳步，一邊喘氣一邊冒汗，總算蹭到804室門口。

想法變成現實。

她心中忽然有種古怪的感覺，叫她別理這扇門到下一家去。她先是注意到門上的「4」不見了，空空的，只留下兩個螺絲釘的孔，還有用深色油漆陰森森寫著的「4」。門柱靠近門把的地方凹了下去，而且處處裂痕，看起來被人強行闖入過。門把上黏著狀似柏油的污漬，周圍的油漆佈滿了抓痕。

裡頭傳來幾聲咳嗽，飄出了陣陣的化學味，她一靠近，氣味又更濃，聞著刺鼻，而且嗆，她禁不住縮了一下。裡頭有刺耳的嗡響，是不成調的重拍舞曲。

她舉起手正要敲門，但那帶痰的咳嗽聲讓她的手定格在半空中。她站直，手舉著，指關節離門板不過數吋。這地方感覺很不對勁。門板破破爛爛，門牌號碼消失，有異味，又有陣陣咳嗽，在在都讓人想跳過804室。

門後又是一陣狂咳，接著響亮的「砰」了一聲，這聲音似乎比起剛才更近了一些，彷彿裡頭的人又離門口近了一點。一道陰影突然灑過門縫底下的亮光。

佩妮．大利拉的手臂軟了下來，趕緊把目光從窺孔避開，拖著腳步小碎步後退，退到小男生仰躺的地方。

「來吧，昏迷不醒的小朋友，」佩妮．大利拉輕輕對小男生說。「這家看來是幫不了我們了。」

她喘著粗氣往前蹭，耳際縈繞著呼哧呼哧的喘息。

左腳，右腳，左腳。一步遠似幾公里，一秒長若數小時。

805室。就在眼前了。一定得是這間，佩妮．大利拉心想，我沒力氣走到806室了。

想法變成現實。

她愈往前蹭，小男生就愈沉，彷彿愈來愈重，滑過的地板愈來愈黏，她每往前一步，地板就黏他黏得更緊一點。她的腿好酸、背好疼，想不起來自己什麼時候這麼疲倦過。她累得直想躺在小男生旁邊休息幾分鐘，但曉得只要一屈服就再也起不來了，寶寶會夭折，她自己也性命難保。

即便如此，佩妮．大利拉還是掩不住笑意。隨著805室愈來愈近，她聽見熟悉的旋律從門後傳出來，是「海灘男孩」的〈朗妲救我〉。歡欣一掃周身的疲憊，她靠在門上，一手扶著膝蓋，上身前彎減輕背痛。

有人在家，她樂暈暈地想，盯著小男生看了一會兒。我聞到烹飪的味道。終於有人可以幫忙了。

「我找到幫手了，昏迷不醒的小朋友。」她一邊說一邊敲門。「沒事了。如果運氣好，等到這一切結束，屋主說不定還會請我們吃該死的三明治冰淇淋呢。」

沒人應門。

〈朗妲救我〉還在唱。

佩妮．大利拉等了等，喘口氣。也許海灘男孩的聲音蓋過了敲門聲，所以屋主沒聽見。

她再次拍門，這次拍得更用力，門板在門框裡喀啦喀啦。

「我需要幫忙，」她告訴門板，聲嘶力竭道：「拜託，我需要幫忙。我要生了，另外還有個小朋友昏倒了，他也需要幫忙。拜託開門，」她苦苦哀求。「拜託。」

汗水順著她的鼻樑淌下，聚成顫巍巍的汗珠滴到地毯上。她知道自己沒力氣走到下一家。一定得是這間，不然就沒輒了。她走投無路了。

佩妮．大利拉盯著地毯上那深色的汗漬，豎起耳朵傾聽，聽聽看除了〈朗妲救我〉之外有沒有其他聲響能證明有人在家。什麼也沒聽見。雖然說音樂可能是忘了關，但烤箱還在烤東西，屋主不可能就這樣出門啊。

怒火中燒。她知道有人在家。這家非得有人才行。

為什麼不幫我們？她鐵了心：不管，非得幫我們不可。

「我知道有人在裡面，」她一邊喊，一邊掄拳死命地敲。門板跳了起來。「我聽到你在放音樂，他媽的我還聞到你在烤東西，快幫我。」

佩妮．大利拉再次拍門。

反正不管怎樣我就是要進去就對了，她心想。

「我幫不上忙。」應門了。聲音比老鼠還小。

佩妮．大利拉盯著窺孔。

幹，開什麼玩笑，她心想。

「蛤？」她呵斥了一聲，隨即收住脾氣，深呼吸讓自己冷靜下來。「能不能請你開個門？我需要幫忙。我叫佩妮．大利拉，我要生了，另外還有個昏倒的小朋友，我在走廊上發現的。」

「我幫不上忙，」門後的聲音好小好小：「我很想幫你，但我真的沒辦法。我不能開門。因為……我……。這實在很難解釋。」

第三十四章

宅在家的克萊爾聽憑自己被派對盒子解雇，緊急拍門聲攪得她心神不寧

「太好啦，」克萊爾邊說邊關掉愷碧的來信。

她乾掉杯裡的酒，用力蓋上筆電，手指頭咚咚咚咚敲著機殼。

積極內向之所以麻煩，就麻煩在就業市場有限。對於主修理論人體解剖、輔修簡易管理會計的中年女人來說，可以在家做的工作不多，上次找到的就是派對盒子。她歡天喜地跟愷碧和她蒸蒸日上的企業簽了約，結果！外包。失業。

克萊爾吸著滿屋子的香，原本很安慰人的香氣，此時卻似乎沒那麼濃郁。派很美味，夜很安靜，她心想。她期待邊看新聞邊吃熱騰騰的鹹派，把派對盒子拋到腦後。女主播一道晚安，她就要對著夕陽拉上窗簾，沖澡，換上乾淨的居家服，蜷縮在閱讀燈的流蘇底下讀幾頁《梅岡城故事》。前幾天寄來的。舊的那本她丟掉了，因為有霉味。自從她讀完最後一個字，那霉味

就在公寓裡久久散不去。這是她第五本《梅岡城故事》，因為每次讀完霉味都會瀰漫整間公寓。

她迫不及待要忘掉陌生的訪客，忘掉派對盒子，就這樣一直讀，讀到沉入夢鄉。

工作明天再找，她心想。信明天再回，職業介紹所的聯絡方式明天再問。

明天再煩惱吧，她鐵了心：今晚就歸今晚。

她打開烤箱的燈再次確認。計時器顯示十七分鐘，烤箱裡的時間正在倒數，現實中的時間依舊前行——克萊爾猜這是觀點的問題。鹹派表面略呈褐色，小泡泡浮了上來，浮得很慢很慢，漸漸在膠凍似的填餡間凝聚。她點點頭，從盒子裡抽出黃色橡膠手套戴上，把盤子洗好，再將攪拌盆和餐具放進洗碗機，加點清潔劑，倒一杯白醋，按下開關。她在流理台上噴塗溫和的漂白劑，撕開單片裝消毒紙巾擦一擦。再撕一包擦一擦。最後用紙巾擦拭，直到流理台光可鑒人，可以維持到明天早上。

克萊爾褪下一隻手套，一邊褪一邊把手套裡層往外翻，陶醉在裡層細緻粉末的滑膩感，對她來說，那是頂級綢緞才有的膚觸。她把褪下的手套連同消毒紙巾及包裝，用戴手套的那一隻手握著，然後再脫下另一隻手套，同樣是裡側外翻，順勢包成一包整潔衛生的垃圾，滿意地揉一揉丟進垃圾桶，再把雙手搓一搓。

明天再煩惱吧，她想，今晚就歸今晚。

她站起來，屋裡很靜，烤箱偶爾滴答作響，毫無規律可循。

真是出奇安靜的禮拜五午後，她心想。

如果她豎起耳朵，便能聽見隔壁鄰居的動靜。她好像聽過那首曲子，但拍子突然一變，她又猶豫了。偶然幾聲「叭叭」從洛克希街傳上來，倒也難得聽見。

她瞥了瞥流理台上的收音機，一扭開，〈朗妲救我〉溢出喇叭。克萊爾覺得全身溫暖起來，不知是因為紅酒（我到底喝了幾杯）？還是因為小週末美好依舊——有鹹派、有音樂、有滿屋的暖香。

她環顧四下，要不要先拉上百葉窗？算了。看陽光多可愛！她翩翩起舞，扭腰擺臀，從廚房旋轉進入客廳，雙手高舉過頭，左搖右擺，優雅迴旋。她笑著、唱著，在鹹派的暖香裡舞著，將白天拋諸腦後，讓心情平靜下來。

今晚就歸今晚。

門口響起緊急的拍門聲，克萊爾嚇了一跳，停下旋轉的腳步。她杵著，兩眼盯著門板，心口胡亂地跳，努力遊說大腦剛才什麼也沒聽到。

又是一陣砰響。

怎麼回事？克萊爾的心跳得走了板，跟那慌張的拍門節奏正好合了拍。難道大門口那個陌生訪客來抓我了？她全身繃緊，脈搏闖進了耳鼓。他闖進來了嗎？

「我需要幫忙，」門外傳來女人的聲音，聲嘶力竭，離克萊爾離得好近。「拜託，我需要幫忙。我要生了，另外還有個小朋友昏倒了，他也需要幫忙。拜託開門。拜託。」

只要我定住不動、不吭一聲，或許他們就會走了，克萊爾心想。她讓手臂慢慢落下，輕手輕腳往門口走。

〈朗妲救我〉輕快地唱。

「我知道有人在裡面，」那聲音又來了。門板「砰」地跳了一下。「我聽到你在放音樂，他媽的我還聞到你在烤東西，快幫我。」

克萊爾踮著腳尖走過客廳，雙手平舉在胸前護著自己，就連衣物摩挲的聲音她都嫌吵雜。最先碰到門板的是手。克萊爾用指尖抵著冰涼的油漆，湊上前，從窺孔裡看見魚眼效果的額頭。她嚇了一跳，退了一步。接著又是一聲「砰」，力道猛得直抵她的掌心。

「我幫不上忙。」她努力讓口氣顯得強硬，但聲音卻在發抖，聽上去很虛弱。她再次上前貼著窺孔。門外那女的直視著她，兩人大眼瞪小眼。克萊爾想躲，腳卻走不開。那女的看起來一團糟，頭髮凌亂，額頭發亮，臉頰泛紅出汗，一臉厚道，看就知道是老實人，就算想騙人也騙不了。

「蛤？」那女的說。克萊爾看見她的嘴唇在動，耳邊同時響起她的聲音。眼睛所見比耳朵所聞更教她走不開。她的臉垮了，肩膀垂了下來。「能不能請你開個門？我需要幫忙。我叫佩妮．大利拉，我要生了，另外還有個昏倒的小朋友，我在走廊上發現的。」

「我幫不上忙，」克萊爾再次開口，這回聲音比較有力氣了。「我很想幫你，但我真的沒辦法。我不能開門。因為……我……。這實在很難解釋。」

「妳不能開門？這位——」

「我叫克萊爾。」克萊爾從窺孔看著那女的。她站了一會兒，接著用手撐著門，就撐在跟克萊爾掌心相對的地方。

「克萊爾，」佩妮．大利拉的聲音聽起來既疲憊又無奈。「克萊爾，能不能請你開個門？我不曉得我還能站多久，我需要打電話求救。我的寶寶要生出來了，而且有點難產。我的電話沒電，找不到男朋友，找不到助產士，什麼人都找不到。只有我孤零零的一個人。」

「妳說的小朋友呢？我怎麼沒看見？」克萊爾咬了咬下唇。

佩妮．大利拉知道窺孔另一頭有人在看，便直直盯著那個魚眼窺孔。

「就在這裡，就躺在地毯上，一動也不動，但有呼吸。」她看了看腳邊。「我不知道怎麼回事，他暈倒了。拜託，克萊爾，」佩妮．大利拉說：「幫個忙。」

「好，待著別動，」克萊爾說著，用手掌拍了拍門。「我去打電話叫救護車。別動。」

克萊爾才離開一步，就定住了。她隔著一吋厚的木板，聽見了這輩子聽過最不像人類發出來的痛苦哀嚎。另一頭那個女的——佩妮．大利拉！她在呻吟，在啜泣，聽起來好可憐，充滿了悲痛與無奈。克萊爾聽了心有戚戚，搶在理智之前解開門栓，取下門鏈，敞開大門。

第三十五章

在家自學的的赫曼經歷恐怖意外

車子緩緩飄移過黃線，飄到對向車道，收音機飄出鋼琴前奏和邦妮·泰勒迷濛的歌聲。赫曼從後座看著媽媽搖著爸爸的肩膀。爸爸沒有反應，頭垂著，頸背隆起節節脊椎。赫曼看見媽媽的嘴唇在動，卻聽不見半點聲音傳出。她在爸爸的耳邊尖叫，脖子和額頭爆著青筋，臉紅得像玫瑰，雙頰紅撲撲的。

爸爸動也不動。

媽媽望著擋風玻璃：車子已經完全駛在逆向車道上。她抓住方向盤往右扳，車頭急轉，掉頭往安全的車道。真是荒謬——路面的黃色油漆不過三英吋寬，竟荒唐地庇護著駕駛和乘客，區區一條黃線，界定了什麼是安全、什麼是……

收音機響起了激昂的副歌。

車頭被撞得面目全非，鈑金凹折碎裂的尖嘯劃破耳際，安全玻璃裂成上萬顆鑽石，如冰雹般灑向赫曼。而收音機繼續。媽媽和爸爸從前座甩了出去，上身猛顛了一下，給安全帶勒破了大動脈；妹妹滾向他，兩人的頭側互撞，撞得他眼冒金星；緊接著又是一震、又是一顛。邦妮．泰勒的歌聲繼續。

車子又是嗚咽又是尖叫，抗議車身被撞了個稀爛。車子打旋橫越高速公路，高速旋轉的輪胎在堅硬的柏油路面上哀嚎，地心引力翻過了車頂，撞擊的碎片因為反作用力懸浮在半空中。一切歸於寂靜。外頭響起一聲尖叫。副歌繼續。

車身側倒在地，赫曼斜吊在安全帶上，懸在妹妹上方。他的頭壓彎了頸子，耳朵緊貼著肩膀，想坐直卻使不上力，雙臂垂著，一手橫過胸口，另一手懸空，手背貼著妹妹的臉頰，手指纏繞著妹妹柔軟如羽毛的頭髮——但卻感覺不到。他全身癱軟，意識神遊。其實神遊好一會兒了。

收音機整整唱了七分鐘，唱完之後，救援再過七分鐘才會到。

但那十幾分鐘對赫曼毫無意義，他還要三個禮拜才會回來。他抗拒醒來。醒來時，他人在醫院，獨自待在漆黑的房間裡。他渾身發疼，用手輕輕撫過身子，身上接了好多管線。嗶嗶聲從暗處傳來。透過窗戶，他看見外頭一片漆黑。城市的燈火閃爍在玻璃的另一面。

醫生說他之所以倖存，是因為撞擊時失去了意識，由於他全身癱軟，所以能承受車身翻覆兩圈的撞擊力道。醫生還說他年紀小，很快就能復原。幾個禮拜後他出院，按照爸媽的遺囑交由爺爺照顧。他在國內沒有別的親人了。

赫曼還是不斷重回車禍現場。他回去回憶爸媽和妹妹的長相。他將手伸過後座中間那條爭執多年的隱形界線，從自己這一側伸到妹妹那一側，摸一摸妹妹的頭髮，讓她柔軟的亂髮纏繞他的手指。他斜吊在安全帶上往下望，望見妹妹窗外的柏油路面，她看起來就像睡著了一樣。他偶爾會回去回顧一遍，但總會在歌唱完之前離開。接下來的事他無法理解。他會繼續神遊到別處，萬一爸媽的臉龐從記憶中褪色，萬一妹妹柔軟的髮絲淡出手指的記憶，他知道自己該回到何時何地。

回到車禍現場的事他不曾告訴爺爺，即便住進了洛克希街，由爺爺教他歷史、語言、三角函數，他依舊沒有告訴爺爺。

†

赫曼盯著頁面，視線在爺爺畫的兩點之間來回跳舞，這兩個位在對角上的點距離十三點九英吋，不論他的視線跟著想像的線條在空白的頁面上奔波多少趟，兩點之間的距離還是一樣。

「我讓你一個人想一想。」爺爺一邊走出赫曼的房間一邊說：「兩點之間的距離是會變的，可以是同一個點，也可以相隔十四英吋遠——就像你的答案那樣。想想看要怎麼變成同一個點。」

赫曼咬著鉛筆頭的橡皮擦，一邊咬一邊想。廚房裡傳出水壺的汽笛聲，報紙在客廳裡沙沙作響。鉛筆頭的橡皮擦都被他咬下來了。

同一張紙上的兩個點怎麼可能是同一個點？他思索著。

或者，換個角度想：同個東西要怎麼同時存在兩個地方？

「想通了沒？」爺爺從客廳高聲問道。

「還沒，」赫曼大聲嘟囔讓爺爺聽見：「這不可能啊。斜邊怎麼可能變短，」他自言自語道：「數學是絕對的。」

「赫曼，」又是爺爺的聲音：「以前的人說地球不可能是圓的，現在我們住在新大陸。以前的人說人不可能會飛，現在我們到了外太空。比起這些事，這道題目簡單多了。不要把兩點之間的空白想成距離——想成時間。時間是毒藥，我們都上癮了，遲早要戒掉。」

報紙窸窸窣窣，爺爺沉默了。

赫曼的手按在紙張兩側，把紙壓平在桌上，眉頭深鎖，在沉思。他潦草地寫了幾條算式，挫折更深。還是不對。他槓掉那幾條算式，把原本算的十三點九圈起來。

爺爺的話是什麼意思？如果距離是時間，縮短時間的唯一辦法就是加速。但距離本身沒有速率，距離加上時間才有速率，有速率才能加速。距離和時間雖然分不開，但畢竟還是兩件事，爺爺自己也是這麼說的。

隨著時間一分一秒過去，赫曼慌亂的心愈來愈躁動，躁動到沒辦法思考。要是他天生脾氣暴躁，早就把計算紙揉一揉扔進垃圾桶。但他只是把手一揮，計算紙從桌緣飄落，捲起來落在牆角，紙張的對角碰了一下，又攤了開來。

「兩個點是同一個點，」赫曼自言自語道：「中間沒有距離，即使位在紙張的對角。」

他把計算紙撿起來，慢慢地捲，兩個角漸漸靠近，兩點之間的距離愈縮愈短，最後碰在一起。兩個點是同一個點，儘管距離遙遠。他讓計算紙攤開在桌上，興奮地跟爺爺分享他的發現。

他大喊：「爺爺，我知道了。我知道兩個點是同一個點了。」

客廳裡沒人回應。

他端詳著計算紙上潦草的算式，有些槓掉了，有些圈了起來。鉛筆的筆觸被放大，看得一清二楚，甚至連凹坑也看得明明白白，粗粗的石墨劃過紙張的纖維。放得這麼大，鉛筆頭看起來像蠟做的月球岩石。

屋子裡靜得教人不安。赫曼曉得出事了。他的身體也曉得。昏黑總在死寂後。一片死寂。平常屋裡的聲音不見了。唯一的聲音來自赫曼的身體。他的心砰砰地跳，把血液輸到全身上下。他在呼吸。他的聲音在死寂的家裡響起，在他腦袋裡悶悶的響著，在沉思片刻之後喊了出來。

「爺爺，」那聲音是這樣說的。

赫曼站起來，等了一會兒。

沒有回應。

「爺爺？你在嗎？」他又喊了一聲。

†

接著是一片昏黑和一陣騷動，他的腿被人揪著。他聽見人聲，那麼淡，那麼遠。

「就在這裡，就躺在地毯上，一動也不動，只有呼吸。」是個女人的聲音。「我不知道怎麼回事，他暈倒了。拜託，幫個忙。」

第三十六章

在伊恩眼裡，底下的景物迅速放大

伊恩不曉得，但在那短到難以計量的瞬間，他的墜落之路已經過了一半。飛了這麼久，伊恩的魚身開始感覺到壓力。他氣喘吁吁，張大著魚嘴，空氣太稀薄，根本吸不到氧氣，不管再怎麼使力，魚鰓就是無法開闔，疾風颳過魚身，逼得他緊閉魚鰓，氣流實在太強，纖弱的魚鰓根本無法呼吸。

霎時間，他心想：「喲？我這是在幹嘛？」接著便頓悟自己在墜落。

他摔下十三樓，擦過天光畫出的界線，從午後的陽光摔進高樓的陰影裡。光影分明。金色的鱗片閃動完最後的殘陽，伊恩的心情便消沉了下去。金燦燦的鋼筋玻璃大樓黯淡在憂鬱的天光裡，原本看得一清二楚的，如今全模糊成一片。沒了細節，清晰頓成泥濘。呼嘯而過的高樓不再雀躍，空氣似乎也沉寂。不祥的預感在他心底抽芽，他彷彿踏在月球的陰暗面，孤零零地身處在異世界，逃離的快感不再，只覺得危險步步逼近。

十三樓的公寓很粉紅，氣氛很粉紅，顏色很粉紅。牆壁漆成粉紅色，裝潢也是粉紅色，落地燈的罩紗帶著胃乳片的粉紅色。在伊恩眼裡，那是夕照的顏色，是夕陽落到地平線後滿天晚霞的色澤。他倏地墜下，將粉紅色的公寓拉成了垂直的殘影。

伊恩不曉得，但這粉紅色的公寓由調酒師拉寇兒和空姐楓丹合租。她們雖然不在，但過往的時時刻刻都在，在牆壁之間，在天花板之下，在地板之上。拉寇兒和楓丹平分房租和水電費，兩人相處得非常融洽。她們接過幾次吻——不只是朋友之間那種親吻。有一次是在跨年派對，她們喝到忘形；有一次是在聚會，有個帥哥突然毛手毛腳，楓丹要想辦法擺脫他的魔爪，而演出女女戀向來奏效，既讓帥哥看得心癢難耐，又讓楓丹不用受他的恩惠。她們雖然不認為自己是同性戀，但都覺得跟對方接吻很棒，只是彼此都沒有明講。

伊恩沒辦法預知未來，但楓丹兩年後會在飛往墨西哥的包機上遇到真愛。她可以入境停留二十四小時，他在全包式的度假酒店住了一個禮拜。她所有的時間都跟他膩在一塊，常常趁他回國時約會。他們的婚姻很美滿，但到了第五年，兩人都成了酒鬼。他們一起接受了婚姻諮詢，花了上千加幣看心理醫生。也說不上來為什麼，總之他們激發了彼此沉淪的潛力。兩人有過短暫的幸福日子，共渡了艱辛的歲月。

他們的婚姻維持了八年四個月，既沒有孩子要搶，也不用為了狗爭吵，只有房貸和共同帳戶要處理，離婚後從此不再聯絡，兩人都沒有再婚。楓丹戒了酒，前夫卻酗酒依舊，年紀輕輕就剩不到幾顆牙齒。

拉寇兒和楓丹還有聯繫。她是楓丹的支柱，楓丹離婚後，她們當過一陣子的室友。

拉寇兒一直沒有結婚，她倒也無所謂。

喲？我這是在幹嘛？

伊恩眼中的世界隨著光影變化。地面比剛才更近，看起來更加凶險。明明片刻之前還遠遠地落在陰影裡，狀似無害，不費吹灰之力就能無視，如今那迢遙的背景卻玩弄著他的命運。隨著旅程的終點逐漸接近，伊恩開始感到原先不曾感到的隱憂。起初冒險的興奮讓他看不見墜落的必然結果，眼前地心引力成了他人生唯一的主宰。假如他思索一下，或許會明白：地心引力對他的牽引，其實無異於光陰對萬物揮動的干戈。

伊恩捲進了回憶的轉輪，隱隱約約頓悟了生死，從空蕩蕩的十二樓公寓急墜而過。

伊恩不曉得，但十二樓的房客兩天前搬走了。是一對新婚夫婦，俊男美女的組合，個性又好，鄰居都很喜歡。偶爾辦幾次派對，總是按公寓規定十點準時將音量調小。鄰居出遠門度假，他們幫忙看房子、收信、餵貓、澆花。

他是房屋仲介，她是工程師。他們的性愛很普通，但是常常做，悄悄地，做到讓彼此都滿意為止。但她總是生氣他一做完就立刻去沖澡，她覺得這是在影射她很骯髒，或是影射性愛很骯髒，但她一點都不這麼想。

要搬家了，他們把碗盤裝箱，在碗盤之間墊上報紙，最後用籤條將紙箱標示好，書籍也打包得善解人意，不教搬家工人難搬運。就這樣，他們搬進了近郊的大房子，位在梢慕里的新社區。他們現在有了院子、有了圍籬、有了財產稅，還有個每隔幾年就要請人來清的壁爐。

伊恩沒辦法預知未來，但他們不久之後會有兩個寶寶，一個女孩，一個男孩。幸福當然不是生活的全部。爭執有時，叫罵有時。因為錢的緣故，也因為信任出現了裂痕，一個離開了另一個一陣子，但他們很快就言歸於好，而且比過往更加恩愛。

他在婚後四十八年過世，她日漸寂寞，隔年也跟著走了。兩個孩子在葬禮上念了感人的悼辭，老二自詡為詩人，朗讀了一首教人難為情的詩，觀禮者大半都哭了，那些絕少掉淚的也紅了眼眶。倒不是因為詩寫得好，而是因為唸得不成聲調。

只要能擠出淚水，伊恩什麼都願意做。他的雙眼因為乾澀而灼痛，從一無所知的十二樓公寓轉向底下的街道。第二輛救護車停在路邊，跟第一輛一樣敞著車門閃爍著警示燈。街上的車流慢慢地爬，像一條懶散的機械馬陸。下墜的速度讓底下的熙熙攘攘慢了下來，開個車門也開到地老天荒，等到救護人員現身，伊恩的眼睛轉到側邊，魚頭朝下，從十樓的窗外往下掉。

第三十七章

女主角凱蒂遇上騷貨斐兒

不會錯的，就是她的粉紅色睡衣。這女人，樓梯下到一半，離凱蒂還有幾階，身上穿著凱蒂的睡衣，雖然皺了、髒了、給人穿走了，但那鐵定是她的睡衣。

不會錯的，想也知道這睡衣是從哪裡來的。不會錯的，想也知道為什麼穿在她身上。要把這兩件事連在一起輕而易舉。事實就明擺在眼前，顯而易見。

凱蒂前幾天把睡衣留在康納家。她習慣每次去都留下東西讓康納思念。她羅曼蒂克地認為康納看到她的睡衣會微笑，甚至想像他摟著睡衣躺在床上，臉頰貼著柔軟的棉布，鼻尖聞著她淡淡的殘香，沉沉進入靜謐的夢鄉。

不會錯的，想也知道這女的怎麼會在樓梯間。不會錯的，剛才康納開門讓她進去時遲疑了一下。他叫這女的走樓梯，以為她會搭電梯上去。原來康納有小三，凱蒂之前一無所知，如今活生生出現在眼前，距離她只有幾階台階。

凱蒂杵了一會兒，接踵而來的頓悟令她錯愕，快得教她措手不及，她抽絲剝繭、層層推理，一個線索疊一個線索，拼湊出幾秒鐘前從未見過的圖像。原本的世界崩塌了，新建的世界多了個女的。

推理完了。眼界大開。該有所回應了。

凱蒂想揍這個女的，連要揍哪裡都想好了——要揍她胯下。凱蒂想對這穿她睡衣的女人尖叫，像報喪女妖一樣怒號咆哮朝她揮拳把她逼到牆邊罵她搶人男友。不過話說回來，這女的或許根本不曉得凱蒂的存在。成為第三者究竟是她的錯還是康納的錯？她連這問題都還沒有想好，就把滿腔悲憤轉到康納身上。他就在樓上——從頭頂往上數十一層樓，還不曉得她已經抓到他有小三。

那女的瞪著凱蒂。凱蒂給瞪得沒輒，只能強忍住淚水，跟她擦肩跑上樓，等到跑得看不見那女的，凱蒂的眼裡只剩下歪斜扭曲的樓梯，引著她上樓找康納去。他的錯多過於那女人的錯，她心緒恍惚地跟自己講理。有能力拒絕的是康納，他可以不去追她，可以不去傷害她。但他卻做了相反的決定。

會不會是我的錯？凱蒂納悶。我是不是做了什麼？還是少做了什麼？我是不是沒能滿足康納的需求？我是不是太快就對他期待太多？

他們才認識不到三個月——她跟自己講理——其實不到三個月，還差幾天才滿三個月。但是他們真的很合得來，聊天從來不缺話題，彼此相處都很自在。凱蒂可以想像他們一直交往下去，一年後他們會一起看電影、喝咖啡、看報紙。雖然還沒辦法想像他們結婚生子一同老去，但那也是早晚的事。

「21樓」的標誌蹦蹦跳跳過去。

疲鈍開始襲擊凱蒂。她雖然筋疲力盡，卻又惶恐自己趕不及站到他面前要他給個交代。她已經對剛才在樓下看到的景象起了疑心。

她是不是妄下定論？是不是疑心病作祟？因為自己懷疑他，所以錯把疑竇認成事實？說不定那不是她的睡衣。說不定一切都是巧合，那女的只不過跟她在同個地方逛街，而且買到同一件睡衣。說不定一切都是誤會，康納好端端地在樓上等她，根本不認得樓梯間那女的，也不曉得電梯故障了。

他會一頭霧水，不曉得她為什麼要亂發脾氣。他會揚起唇角，解釋說他實在不曉得她在說什麼。他會平息她的恐懼，而她會選擇相信。兩人又重修舊好。

事實必須如此，凱蒂心想。拜託讓想像成真吧。剛才的事只是不湊巧，康納正在樓上等我，他會擁我入懷然後——他會告訴我，他愛我。

他會說：「凱蒂，我從沒認識過像妳這樣的女孩，我們在一起雖然還不到三個月——再過幾天才滿三個月，但我已經鍾情於妳。以前我認為重要的，現在都不再重要了，這連我自己都嚇了一跳。妳讓我徹底變了一個人。我對妳的感情強烈到令我害怕，但一想到能跟妳共度餘生，我就好興奮。」

她會沉默不語，因為她根本不需要言語。她會把臉埋在他的胸膛裡，讓他的下巴抵在她的頭頂。他們之間有種默契，根本不需要言語，只需要感覺，那默契就在兩人的身體之間，遠勝過她的千言萬語。

一切都會沒事的，能有什麼事呢？就算那偷偷摸摸下樓的女人出現在她眼前，就算康納偷吃被她逮個正著，她還是不願意相信親眼看見的事實，不願意相信到她寧可被騙，也要讓腦中的景象煙消雲散。

儘管企盼已久，但一握到二十七樓逃生門把，她還是驚覺一切來得太快。她推開門——縱使她想永遠待在樓梯間的癡心妄想裡。一無所知總好過真相大白，因為猜忌得到證實總教人痛徹心扉。

凱蒂跑過長廊，奔赴康納門前。她希望自己沒爬樓梯上來，希望自己沒撞見那女人，希望一切就像一分鐘前那樣單純，希望希梅內斯沒跟她說電梯壞了，希望自己沒在兩條街外聽見工人對自己吹口哨，希望自己能先撥電話而不是不請自來。要是當初沒有答應跟康納去喝咖啡，事情就會簡單的多。要是沒有選修人類學系「科學魔術與文化寫實的十字路口」，要是沒有唸大學，要是沒離開家，事情就不會像現在這麼複雜。

絕對不會那麼複雜但是——就在她伸手轉開康納家門的瞬間，她明白了：什麼都沒發生未必就比較好。

只要他告訴我事情不是我想的那樣，我就相信他，凱蒂心想。

公寓門沒鎖，她沒敲門直接走進去。

他在家，正坐在床緣，上身一絲不掛，只穿著一條運動褲，頭低垂著埋在掌心，彷彿太重了支不住，非得找個東西來頂。他的手肘撐在膝上，彷佛氣力不足，單憑手臂托不起全身的重量。他抬頭看著她，滿臉是淚，眼裡汪著淚水。鼻涕像閃亮的珍珠，如蝸牛般慢慢從鼻尖爬到唇上。

「對不起，」他聲音沙啞，情緒激動。「我犯了大錯。」

第三十八章

大反派康納・萊德利承認犯了大錯，然後又不經意鑄下大錯

「對不起，」康納說：「我犯了大錯。」

凱蒂站在門口。一動也不動。一個字也沒說。

康納看著她，眼神乞求她，錯把她的憤怒當成困惑，剛才尋找她的目光有多急多準，這時迴避得就有多精多快。他的罪惡感讓他無法直視她。他把頭垂下去，盯著灰色運動褲上宛如滿天星斗的深色淚斑。

他抽抽噎噎地吸了一口氣，再度開口。

「我現在才明白幾個月前就該認清的事。」他還想繼續往下說，但全身抽搐了一下，嗚噎頓時被收住，聽上去像很輕很輕的打嗝。等情緒穩定下來，他才再度開口。

「聽我解釋，」康納結結巴巴道。他用力吸了吸鼻涕，用手臂的背面抹一抹臉止住淚水。

他沉默著，低著頭坐在床上。

凱蒂走進廚房倚著流理台，眼睛望向陽台上的伊恩。在這偌大背景的襯托下，伊恩的魚缸是一滴露珠，魚身則是比露珠更小的金色像素。一疊紙堆在伊恩的魚缸上，用她送的咖啡杯鎮著。她任憑目光流連過她留在公寓的一事一物，一項一項串起他們共度的光陰，拼拼湊湊剪裁她在這裡的殘影。一本美妝雜誌攤在沙發扶手上——本來不是擺在那裡的，她疑心康納會翻雜誌看美妝祕技？牆角有一雙她的拖鞋。她努力回想上次走的時候把拖鞋脫在哪裡。凱蒂鑑定著屋子，康納坐在床上，唯唯諾諾嗚嗚咽咽。

她的目光落到他身上，看著那一窪苦水——是他的臉。她心中怒不可遏，除此之外毫無感覺。

「說吧，」她慢條斯理道。

「本來有個女生——」

「本來？」

「對，本來，我現在才明白，但都過去了。剛才妳按電鈴……她就在這裡。」

「我知道。電梯壞了，我不得不爬樓梯上來。」凱蒂努力不帶怒氣道。她雖然大可歇斯底里，但是她不想要。「你讓她穿我的睡衣。」她雙手環胸，淚水隨時要潰堤。

「我的身體深處不知為什麼很需要她。我需要她，也需要妳。但現在我看清楚了，比起她，我其實更需要妳，我之前都不曉得。我猜我大概是喜新厭舊——」

「舊？我們才在一起三個月，」凱蒂說。她忍不住了。眼淚掉了下來。「過幾天才滿三個月。」

「我知道，還不到三個月，但我之前一直不明白自己對妳的感情。我不曉得自己竟然會對一個人這麼認真。我對妳是認真的。」康納的嘴唇顫抖著。「斐兒——」

「她叫斐兒？」

康納點頭。「斐兒是我荒唐的過去，以後不會再犯了。我保證。我只需要妳。我這輩子從沒遇過像妳這樣的女孩。我從來不曾想念過誰，也不曾對誰如此掏心。我坦誠斐兒的事是因為我知道我錯了，我想改過自新。我不能沒有妳，我不知道該怎麼做才不會失去妳。」康納舉起一隻手伸向凱蒂。「我從來沒有過這樣的感覺。」他注視著她，浮腫的雙眼紅了一圈，眼圈上鑲著淚珠，其中一顆衝破眼眶，滾過臉頰，在下巴顫巍巍了一會兒，滴到運動褲上濺成了淚斑。「我從沒有過愛的感覺，也不曉得什麼是愛。我以前不明白這是怎麼回事。但現在我懂了。凱蒂，我愛妳。」

凱蒂在等的就是這三個字。她為了聽這三個字大老遠跑過來，但眼前的情境跟她在心裡預演的截然不同。

她相信他。他確實愛她。看他的表情就知道了。看他全身繃得這麼緊就明白了。會讓人這麼焦躁不安的只有愛。那三個字曾經是世上最簡單的事。那三個字曾經是她對他唯一的期盼。就那三個字。

如今卻不再那麼簡單。

她想大笑。她想大哭。她想一邊大笑一邊大哭，不管人家會不會以為她瘋了。

「別說了，」凱蒂厲聲咆哮——她本來不想用這種口氣的。她深吸了一口氣，說：「別說了。你不該說那三個字。不是現在說。不是對我說。」

「凱蒂。」康納起身向前一步。「我知道妳在氣——」

「你錯了，」她失聲哭道。淚水再也收不住了。「我不是在生氣。我受傷了。你傷到我了。」

康納穿過臥室走進廚房。她把康納的手推開，朝著他揮了一拳。他後退一步閃開了。

她開始咆哮。本來她竭力避免歇斯底里，這下全豁出去了。「哪個腦殘的人說得出你剛才那一大篇蠢話？本來好好的都給你搞砸了！我愛妳所以我跟斐兒打砲？這什麼狗屁邏輯。你講那什麼屁話。我可憐你！因為你沒救了。我可憐你！因為你眼瞎了。你曉得我有多想聽你親口說我愛你嗎？不曉得嘛！」她一邊流淚一邊大笑：「像你這種不問世事的感情白癡哪裡會懂！我可憐你！我可憐你！」

康納又伸手要摟凱蒂。她推開他，但他不死心。她打他，揍他，他張開雙臂摟著她。凱蒂使出全力朝他揮拳頭。她曉得他給她打痛了，但她揮了幾拳就揮不動了，因為他把他摟得太緊，太靠近他赤裸的胸口。

她放棄了。她突然好疲憊。不管她再怎麼用力捶他，都不可能像他傷她傷得這麼深。她站在他溫暖的懷抱裡，身子貼著他赤裸的肌膚，兩人都在顫抖，任憑淚水放肆地流。

康納反反覆覆呼喚她的名字。「凱蒂凱蒂凱蒂。我知道我搞砸了。我知道我傷害了妳。妳說的對。我是混蛋。我是白癡。我是大爛人。凱蒂凱蒂凱蒂。讓我好好彌補妳。我可以用一輩子彌補妳。我願意用一輩子彌補妳。我每天每天永遠彌補妳。妳可以恨我，可以讓我的日子難過，可以讓我時時刻刻受盡折磨，折磨到我死了才讓我解脫。我無所謂。只要能一輩子跟妳在一起。我呼吸的目的就是為了彌補妳。我知道我沒資格求妳什麼，我犯了這麼嚴重的錯，但妳能不能幫幫我？能不能求求妳一輩子恨我？」

凱蒂忍不住噗哧笑出來，太荒謬了，竟然拜託她讓他活在人間煉獄，就為了跟她在一起。

康納繼續說：「凱蒂凱蒂凱蒂。恨我一輩子吧，因為我太愛妳了。」

微風從陽台吹進來拂過他們，帶來了底下細微的車聲。幾分鐘後，凱蒂的淚水漸漸止住，康納也不再抽搐發抖。

「康納？」

「怎麼？」

「放開我。」

康納放手，退開了一步。

凱蒂說：「我要收東西離開了。我沒辦法面對你。如果你說的是真的，也許以後再見面吧。也許到時候我又能面對你了，但我現在真的沒辦法。我期待有一天我能忘記這一切。如果到時候我們還在一起，我期待有一天我能原諒你。但我要怎麼再相信你？如果你跟我說的全是謊話——我覺得你在撒謊。如果真的是這樣，你就下地獄吧。」

一陣沉默。

「好，」康納低聲說：「以後再見面吧。」

「幫我收東西？」凱蒂問。

「好。」

康納從水槽底下抽出塑膠袋，把兩盒花草茶擺進去。凱蒂撿起沙發上的美妝雜誌夾在手臂下，拾起牆角的拖鞋走進浴室，但怎麼也找不到她的牙刷。她回到臥室跟康納碰頭，把手裡的東西放進塑膠袋裡。

「我去拿馬克杯，」凱蒂說：「伊恩留給你照顧。」

「好，」康納說。「還有這個，」他從枕頭底下抄起探出頭來的蕾絲內褲，「別忘了。」

凱蒂看了看被他揉成一團的內褲，笑著抬起眼皮看著康納。

「這你留著吧，」她說。

康納露出淘氣的微笑。「真的嗎？」他用雙手拎起內褲，蕾絲花邊蓋住了他的臉。

「真的，」她說。「留著吧。那不是我的。」

第三十九章

騷貨斐兒認定泄殖腔之吻不夠爽

樓上的腳步聲漸漸遠了，斐兒搖搖頭，想想那女的真古怪，一副快爆發的樣子，她隱隱約約聽到哭聲從樓上迴盪下來，但誰曉得呢？樓梯間把聲音都扭曲了。

斐兒回頭看了最後一眼，轉頭下樓去了，邊走邊想要怎麼叫康納補償她，居然要她走樓梯，她會讓他一輩子記住教訓。

斐兒經過牆上的標誌，告訴她還有十層樓要下——還有十層樓可以想要怎麼叫他彌補她。到目前為止，她所有的想像中都有一堆衣服在地上。有些還有繩子，有些多了手銬。有一個有軟木塞、橡皮筋和木湯匙。有一些則琢磨著要用他對待黛碧的招式來對待他。這樣懲罰他一定很好玩，但天曉得照做之後她還有沒有臉照鏡子。

比起黛碧的花招，康納為了女友而攆她走更令她介意。康納另外有人她不在乎。她在乎的是這個人比她更有份量。雖然這沒什麼大不了，但表示康納遲早會明白自己對女友用情更深，到時候她就出局了。雖然她和黛碧的介入對康納的女友來說不公平，但女友的存在對她們來說也同樣不公平。康納周旋在她們之間，是她們的公因數，這就是麻煩所在。

是說——她一邊想一邊鬆開扶手聞了聞掌心——人應該長相廝守嗎？但人又不是企鵝！

她的手心聞起來有鐵味，是下樓梯時有一搭沒一搭扶著的扶手的味道，是帶著成千上萬摸過那扶手的人的味道。她把心一橫：企鵝雖然可愛，但她不是企鵝，天生就不適合一夫一妻制，就算他送的鵝卵石再漂亮也一樣。

她想起兩年前在澳洲念的生物學田野學校，她在那裡賺了好些營養學分，課程結束後還有好幾個月可以去澳洲的衝浪海灘玩。有一天，一群同學搖搖晃晃搭著老舊公車到墨爾本外的海邊數企鵝。那個大鬍子的中年教授顯然渾然不知這任務究竟有多困難，畢竟他自己大半生都在研究這些小傢伙。企鵝每一隻的顏色都一樣，一大群搖搖擺擺往海灘走，黑白羽翮斑斕閃爍成一整片，根本無從數起，斐兒發起了呆，想著不知眼前有幾百隻企鵝在海灘上亂轉，想著企鵝肉不曉得是什麼滋味。她納悶大家為什麼不吃企鵝？企鵝的數量那麼多，而且要圍捕一定很容易。她回想起教授在課堂上講的課，從沒提起誰吃過企鵝。就連澳洲原住民都沒吃過。但歷史上總有人嚐過企鵝吧？

她經過八樓，又聞一聞掌心，奇怪那鐵味是不是愈來愈濃？她決定不去摸扶手，覺得很不衛生，而且又臭。

是不是因為企鵝很可愛的緣故？她思索了一下，認定這不是理由。牛寶寶很可愛，人類還不是照吃。還有羊也是。說不定有人吃了企鵝發現難吃得要命，從此之後吃企鵝便成了禁忌。

斐兒在樓梯間轉了個彎，看見牆上栓著「4樓」的標誌，心裡又驚又喜。她一邊下樓，一邊想起一部紀錄片，說企鵝一生只有一個伴侶，這種動物是很少有的。一生只有一個，不是一次只有一個伴侶、然後一個膩了又換一個。她想像跟康納廝守到老的生活，想一想便認定這不是她想要的。她只要他的肉體。憑良心講，如果把老媽的期望放在一邊專心做自己，康納除了肉體之外絲毫引不起她的興趣。

斐兒知道自己如果是企鵝，一定是一隻壞企鵝，只要康納企鵝變老，她一定會另尋出路，或許把他留在浮冰上……或許剛好路過虎鯨來飽餐一頓……話說回來，要是變成企鵝，康納就失去存在的意義了——連根雞雞也沒有，因為企鵝沒有雞雞。她想像康納用企鵝的泄殖腔對著她的泄殖腔射精，真無趣，一下就沒了。

不行——斐兒跟自己講理——泄殖腔之吻不夠爽，搔不到她的癢處。至於康納的女友，聽康納那樣講，一定是一隻好企鵝。斐兒不懂當企鵝有什麼好。康納不過就是一根屌。

是說不過就是根屌嘛——她心想——有什麼好激動的，地球上半數人口都有，又不是說他做過什麼聽天動地的大事。只是點了杯生啤酒，用不著一整個啤酒桶都買走吧。

斐兒經過樓梯間牆壁上的「2樓」標誌，雙腿抖個不停，跟康納激戰數回，根本沒剩多少力氣夠她走下二十七層樓的階梯。算了，反正都快走完了，樓下就是大廳了，她發誓這輩子絕對不再走樓梯。不管去哪裡都不再走樓梯。

下一次如果不想讓我撞見女友——斐兒心想——他媽的就親自背我下樓梯，還有垃圾也自己丟。

斐兒從逃生門步入大廳，突然收住腳步。外頭一陣騷動，靜悄悄的，很不尋常。她頓了一下，看看究竟是怎麼回事。

第四十章

希梅內斯英勇執行最後一項維修任務

到了二十樓，電梯不再顛了，運行得很順暢。燈具不再喀啦喀啦，電梯不再忽明忽暗。希梅內斯心情好，看著好，聞著好，神氣跟電梯一樣往上竄。他決定今晚要出門熱鬧熱鬧，就算是一個人熱鬧，至少也是在人堆裡熱鬧。修電梯修到差點去見上帝給了他活著的慾望和膽量。他抬起眉眼，擠出抬頭紋，看著門上的數字一聲「叮」過一個，背靠著扶手，腳踝交叉，很得意自己讓電梯又動了起來。

本來壞的，現在好了，希梅內斯心想。死裡逃生後回頭看，要不是出了那場意外，電梯還動不起來呢，他呵呵笑著。

他心想：於是一切又重新開始。

有一首歌在希梅內斯的腦海裡縈繞不去，是一首老歌，一首快樂的歌，他常常哼來抒發情緒。旋律很棒，原本是一首民歌，後來變成某部黑白歌舞片的配樂，是一部他小時候看過很多次的片子。每次聽到那首歌，他就會想起小時候在奶奶家看畫面模糊的黑白電視。當時他只會幾個英文單字，但卻愛上了當年那些歌舞片的主角和活潑的節奏。他好喜歡以前那些歌舞片，不需要懂英文也能理解。

希梅內斯哼起了低八度的〈契潘納卡斯〉，想起了美麗的露普．薇勒茲在《墨西哥來的女孩》裡飾演熱情奔放的絕色佳人卡梅莉塔．富恩特斯。他愛她的活力四射，正因為她熱情如火，人家才封她為「拉丁潑婦」和「火熱辣椒」。

在電影裡，薇勒茲小姐一邊演唱〈契潘納卡斯〉，一邊在地板光可鑒人的表演廳跟自己的倒影貼著腳跟迴旋著舞步，兩個她一反一正旋轉，各自在各自的玻璃上婆娑起舞，只要一個腳步踏錯，另一個就會失足跌倒。

薇勒茲小姐穿著典雅的禮服，亮片在舞台燈下閃動，但比燈光更燦爛的卻是她的笑容。那件禮服啊（希梅內斯一邊想一邊搖頭），一層一層的荷葉裙襬，從腰際直到腳踝。一個轉圈、一個腳步交錯，蕾絲滾邊就會綻放開來，整件禮服彷彿著了火。她撩起裙襬，露出無懈可擊的腳踝，那真是神造的奇蹟。這麼纖細的腿，單看一點用處也沒有，合在一起卻充滿勁道，舞出舞蹈的力與美。

希梅內斯嘆了一口氣。她是力量與優雅的精緻展現。

電梯「噹」了一聲，晃了晃，停了下來，宣布二十五樓到了。門敞開，希梅內斯低下頭，電梯廂跟電梯框沒對準，裡頭比外頭高出三十公分。他起腳一跳，穩穩落在走廊的地毯上，一邊走路一邊吹口哨一邊回頭，瞧瞧電梯廂和電梯框之間的空隙，窄窄的，黑黑的，垂掛著醜陋的機械零件，以前誰也沒見過，也不屑去想電梯靠什麼運作，如今這些零件露了出來，讓想看的人看去。

今天就先讓電梯運作的醜陋功臣曝光吧，希梅內斯心想。我明天再處理。等等修好水槽，我要找家小戲院看部老電影，買包爆米花，有什麼就看什麼。如果有歌舞片更好，黑白歌舞片又更好，看得心情輕飄飄，電影結束後，我要去跳舞。

希梅內斯從口袋掏出那張皺巴巴的維修單，再次確認要去哪一戶。２５０７室。走廊左邊最後一家。他敲了敲門，吹起了口哨，腳底的重心在腳踝和腳趾間前後擺動，等著住戶來應門。他把手插進口袋，掛在腰帶上的工具鏗鏘作響。

隔壁鄰居「啪」一聲走出家門，轉身把門鎖上。

希梅內斯跟她點頭。

她頷首笑了笑，沿著走廊往電梯走。

希梅內斯又敲了敲２５０７室的門，轉頭看鄰居爬進電梯，腳尖給電梯框絆了一下，險些整個人栽進去。幸虧她穩住重心，然後消失在電梯裡。電梯門關上。

希梅內斯再次敲門，這次敲得更響更久。隔了一會兒，希梅內斯從皮帶上拉出鑰匙圈，摸找2507室的鑰匙。他又敲了一次門，這才開鎖進去。要是有人在家，應該早就應門了才是。

住戶通常有隱私權，希梅內斯向來很尊重住戶的隱私，而且擅入會被視為非法入侵，唯獨有危害到其他住戶的緊急情況或是有維修需求時，他才得以不請自入。大樓的管理章程明文規定：如遇以上情形，管理員得以在四十八小時內進入公寓維修。

希梅內斯喊道：「有人嗎？管理員來修水槽漏水了。」

沒有回應。

希梅內斯吹著〈契潘納卡斯〉的最後幾小節走進公寓，把門帶上，用一腳的腳尖踩著另一腳的鞋背把鞋子脫在門墊上。他在玄關徘徊了一會兒，經過廚房，走進客廳，左手邊的臥室門掩著，他似乎聽見門後有動靜，因此又高聲跟住戶打了聲招呼。

「有人嗎？管理員來修水槽漏水了。」

還是沒有回應，他想屋裡是沒人了。住戶不可能沒聽見他的招呼聲。希梅內斯將注意力轉向窗景，低低地吹了聲讚嘆的口哨。不像他住的地方陰陰暗暗，這裡的陽光直接潑灑進來，窗外的市景綿延直到天邊，密密麻麻教希梅內斯驚豔。這麼多人從平地一層疊一層，你動我也動，人上還有人。

他看了看手錶，轉身回到廚房。屋子裡很整潔，令他心情愉悅。烤麵包機旁有些許麵包屑，水槽裡有一只酒杯，杯緣沾著口紅印，用來接水龍頭的漏水。除此之外，屋子裡井然有序。希梅內斯端詳了一下漏水處，拿出扳手把水龍頭套轉下來。橡皮墊完好沒有裂痕，但是有結塊，這裡的水是硬水，因此導致碳酸鈣堆積。他用拇指和食指搓了搓橡皮墊，沙沙的，結著一層礦物。他從水槽底下的櫥櫃翻出醋，倒掉酒杯裡的水，斟了一指深的醋把橡皮墊扔進去，碳酸鈣嘶一聲融開來。

他把出水孔栓上，在水槽裡放滿水，然後把栓子拔開。趁著水槽在排水，他把水槽底下的垃圾桶挪出來，彎下腰把頭伸到水槽底下。水管沒有漏水。地上沒有積水。他從螺帽摸到存水彎摸到彎頭——手指頭沒有濕。他皺著眉頭，用拇指搓著另外四根手指。

但是水槽底下很暗。他取下掛在腰帶上的手電筒，「喀」一聲按下開關。沒亮。對啦，電池沒電了。

「傻瓜。」希梅內斯使用西班牙文喃喃自語，把手電筒放在一旁，又回頭去看水管。

人聲突然從背後傳來，希梅內斯嚇了一跳，頭「磅」地撞到水槽，一聲高亢空洞的「咚」

是水槽的回應。

「謝謝你來修水槽。」那聲音也用西班牙文說道。

「不謝。」他一邊揉著後腦勺一邊說，一邊從水槽底下鑽了出來。

他坐回地板上，看看是誰在謝他。

第四十一章

加爾仕鼓起勇氣，跨出此生最勇敢的一步

加爾仕拉上禮服，拉鍊順著他的背「嗯」地拉上。他轉身背對鏡子，視線越過肩頭看著芙蘿莉雍的手藝。鏡子邊上的淋浴蒸氣漸漸消散，鏡面彷彿結著薄霜，星散著細小的水氣，照起來輪廓柔和，宛如用美肌模式修圖過。

加爾仕欣賞著禮服，心想芙蘿莉雍真是他生命中的禮物，讓他得以如願以償，看起來精緻而堅強。真是不可思議的禮服，加爾仕不禁用手掌拂過他胭脂紅的第二層肌膚，拿起吹風機吹整頭髮，再抹一點造型髮臘，讓頭髮凌亂而有型。他用梳子梳整鬍髭，用剃刀刮去面頰上胡亂冒出的鬍渣，再往腋下噴一點爽身噴霧，沾一滴古龍水在鎖骨上，準備化妝。

加爾仕發現自然色的深色粉底最襯他黝黑的膚色，同時能蓋掉他濃密的鬍渣。他沒辦法化ＭＶ或流行雜誌的那種大濃妝。化妝是為了要變漂亮，而不是要去學人家。一抹裸色唇膏，一點讓膚色勻稱的粉底，眼窩處刷上若有似無的大地色，讓雙眸炯炯有神又帶點神秘，最後以

濃密睫毛膏完妝。加爾仕打量鏡中的自己，化妝就該像這樣，多美。他切掉電燈，退到臥室，掩上房門。

他坐在床上，上次心跳得這麼快是高中春季舞會的事了，他在舞會上吻了當年暗戀的女孩。當時體育館裡燈光昏暗，「野人花園」演唱的流行歌曲〈真情痴情深情〉從暗處傳出來。那是個蜻蜓點水式的吻，她湊近他，她要他，他把唇貼上去。那只能是個蜻蜓點水式的吻，因為場邊有三位家長巡邏，避免男女肌膚之親。踰矩的行為、觸碰的渴望、夜晚的徬徨，在在讓加爾仕血液翻騰。

他笑自己竟然像青少年一樣，同時又欣慰自己還能像青少年一樣。對他而言，這證明人生還有驚喜還有挑戰令他心跳加速胃海翻攪。他希望自己永遠不要老去，一直保有這樣教人暈眩的青澀時刻。

門口傳來敲門聲。

加爾仕的思緒和脈搏瞬間凍結。

他來了，加爾仕心想。他就在門口，敲門看有沒有人在家。

加爾仕原本計劃鼓起勇氣去應門，但這一刻真的來了，他卻咬著指關節，腦中一片空白。他只想憑空消失，只想躲在床底下，只想瞬間移動到別的地方。

又是一聲敲門聲，這次敲得更響。

加爾仕重拾勇氣，從床頭櫃的抽屜掏出一條雅緻的銀飾項鍊來堅定自己的決心。他決定不去應門。他思索自己這樣閃現到底好不好。為了要拿出勇氣，他需要多幾秒鐘來思索。項鍊的扣環很精細，他的手指那麼粗，又抖得那麼厲害，根本搞不定這玩意兒。他笨手笨腳地戴了三次，鉤子終於穿過扣眼，牢牢扣住。

「有人嗎？」那聲音好近，跟他只隔著幾吋厚的房門。「管理員來修水槽漏水了。」

他是個好人，加爾仕心想。他工作認真，讓大樓得以順利運作。他每天都有硬仗要打，但沒人注意也沒人賞識。為了確保一切如常，他醒著的每一分鐘都在奮鬥。他看見這棟大樓的陰暗面，成天跟短路的電線、溢水的馬桶、堵塞的水槽搏鬥。住戶用不著看的陰暗面他都看見了，而且還是面帶笑容跟大家打招呼。

他在吹口哨，最後幾小節從門縫裡篩進來，加爾仕聽著覺得耳熟，但卻說不出歌名。

他是個好人——我要這麼告訴他！加爾仕下定決心，正好曲子也吹完了，門外傳來另一聲低低的口哨。我要告訴他——但我得先穿鞋。

加爾仕從一旁的床底下抓起一隻腳的高跟鞋，兩隻鞋的繞帶在匆忙中纏在一起，一隻抓在他手裡，另一隻在半空中晃來晃去，看起來驚險萬分，一不小心掉到地毯上，發出一記沉沉的悶響。加爾仕呼吸停止，整個人僵住，全身上下因為害怕而緊繃，在心裡暗罵自己手拙。

他怎麼可能沒聽見？就算隔著門板，一定還是能聽得一清二楚。

果然，管理員又喊了起來。

「有人嗎？管理員來修水槽漏水了。」

就是現在，加爾仕心想。他站起來，一手拿著鞋子，往門邊邁了三步，伸出手準備開門。他停下動作，手擱在門把上。敲敲打打的聲音從廚房傳來。希梅內斯開始修理水槽了。

加爾仕發現自己屏住了呼吸，便一邊慢慢把氣吐出來，一邊慢慢將手從門把上移開，整個人瞬間像洩了氣一樣。

他回到床邊，傾身向前將腳伸進剛剛拎在手上的鞋子裡。太美太合腳了。他把繞帶繞上扣好，忍不住用雙手抱著鞋子一秒鐘。力量就在這裡。一切多麼剛好又多麼完美。有什麼好不安的？有什麼好丟臉的？他把另一隻掉在地上的鞋子撿起來，像穿上鎧甲似地套上。

這哪有什麼？不過就是我。我就是我。

他再次起身，鼓起胸膛，用掌心貼著衣料，從胸口滑到膝蓋，將禮服順了順。他將肩上的綢布當作披肩，依照芙蘿莉薙的設計，這綢布也可以兜在腰際，但他認為這樣做會使禮服失色。他雄赳赳地朝門邊邁了一大步，再邁一大步。他的步伐愈來愈快，信心也愈來愈足。兩英吋的鞋跟很好走，要他昂首闊步也可以，比起第一次訂的那雙四英吋華麗高跟鞋，這雙好走多了。

細微致勝。

我現在跟丹尼在工地指給我看的那位小姐一樣堅毅，加爾仕心想。就是從鐵絲網外走過的那位漂亮小姐。鐵絲網不是用來保護她的，而是用來保護我和丹尼的。還有斐兒——在樓梯間遇到的那位。她沉醉在愛河裡，一副堅不可摧的模樣。加爾仕由衷同情她的男友。他絕對不是她的對手。大多數的男人都不曉得該拿這樣的美人怎麼辦，她們天生就有一股正氣。那股正氣現在就在我的骨子裡。

加爾仕推開臥室的門，大步流星地來到廚房。穿上禮服的他真是驚為天人，他要好好謝謝這位吃力不討好的先生，是他讓這棟大樓順暢運作。他要跟他致意，要聽他報以讚美。

他聽見希梅內斯喃喃自語，但聲音很小，因為他的頭和肩膀都埋在水槽底下的櫥櫃裡。

加爾仕轉過櫥櫃的轉角，看見希梅內斯盤腿坐著，頭塞在水槽底下。雖然是陳腔濫調，但加爾仕的目光忍不住落在希梅內斯露出的後腰上，他的衣服往上縮、褲頭往下掉。身為穿著禮服的多毛彪形大漢，加爾仕心想：做自己多可愛、多有人情味。

現在，就盡情做自己吧。

「謝謝你來修水槽。」加爾仕的聲音圓渾低沉。

希梅內斯嚇了一跳，頭撞到水槽底部，上半身從櫥櫃裡退出來坐在油氈上，手電筒壓在膝蓋底下，一手拿著扳手，一手揉著後腦勺。

希梅內斯抬起頭看著加爾仕邊說：「不謝。」

第四十二章

佩妮·大利拉回憶自己和丹尼在殭屍末日墜入愛河

佩妮·大利拉拖著赫曼的腿把赫曼拖進公寓。這個累贅，全身軟綿綿的，雖然手長腳長，但幸好不太重。一拖過門柱，她就丟開手，往前蹭兩步，背對著牆壁倚著。陣痛陣陣襲來，她不禁放聲尖叫，背靠著牆滑到油氈上，但還是痛，於是她扭著身子，挪呀挪地平躺下來。

克萊爾上前關門，關到一半卻卡住，乓地撞上赫曼的側臉。赫曼嘟噥了幾聲，眼皮底下的眼球轉了幾圈。她穿著毛茸茸的拖鞋，用鞋尖挪開赫曼的頭，然後迅速把門掩上，用顫抖的手指鎖上門栓、扣上門鏈。

佩妮·大利拉抬頭看見克萊爾低頭望著擠在玄關櫃旁邊的小男生，他的四肢如木偶般敞開，呼吸平緩，表情因不省人事而安詳。佩妮·大利拉看著混亂又惶恐的自己，不禁嫉妒他的平靜和從容，多希望自己也能痛暈過去。克萊爾轉頭看見她躺在地上，再過去就是廚房中島。

「我現在要做什麼？」克萊爾問。她一臉恐懼，說話很急，聲音因害怕而顫抖。「要怎麼幫妳的忙？」「撥給晶咪，」佩妮．大利拉說。「我的助產士。」

克萊爾越過赫曼衝進廚房。她刻意繞了遠路，離佩妮．大利拉愈遠愈好。她將電腦旁邊的耳機抓起來戴上。佩妮．大利拉背出號碼，克萊爾輸入通話管理系統。

隔著耳邊血脈的嗖嗖聲，佩妮．大利拉模模糊糊聽見克萊爾說要找晶咪，接著又聽她窸窸窣窣了幾句，但佩妮．大利拉已經無心去聽，一陣刺骨的劇痛讓她全身緊繃，耳邊叮叮叮叮響個不停，她從喉嚨深處發出一陣哀號，等到陣痛過去，才發現克萊爾站在一旁，一手懸在她肩上，一手懸在她額頭上，彷彿想安撫她，但又不敢碰。

「晶咪不在家，」克萊爾說：「梅兒說她去市場了。梅兒說晶咪沒有手機。她說晶咪說手機會害人得腦瘤。這年頭怎麼會有人沒有手機？都什麼時代了？更何況——」

「撥給我男朋友，」佩妮．大利拉上氣不接下氣咬牙道：「撥給丹尼。」

她滿頭大汗。她感覺汗水如瀑布從頭頂澆灌下來，嘴唇舔起來鹹鹹的。她需要跟丹尼說話。她需要聽見丹尼的聲音，她需要聽見他說一切都會沒事。她需要他在身邊牽著她的手、撫著她的背。等到這一切結束，就會有個漂亮的小寶寶躺在她懷裡，她需要他去拿那該死的三明治冰淇淋來給她吃。

「馬上撥給他。」她咕噥著念出號碼，克萊爾跑回電腦旁邊撥電話。

「來，」克萊爾把耳機拿下來幫佩妮．大利拉戴上。「撥通了。」

佩妮．大利拉需要丹尼的聲音。她需要他的愛。她需要他在身邊。她需要他的甜言蜜語，他每說一句，她就又愛上他一遍。他嘴巴總是那麼甜。她覺得好窩心，他天生就好會說話。

電話嘟嘟響。

佩妮．大利拉愛聽他花言巧語。譬如第一次約會，他帶她去看電影，卻尷尬地發現自己忘了帶錢包，不得不讓她付電影票錢，後來又不得已讓她請了汽水和爆米花，害他更加難為情。看完殭屍橫行的電影，他說：「寶貝，如果殭屍末日全人類只剩妳和我，我們困在體育用品店，殭屍正破門破窗準備進來生吃我們，而我們手上只有一把槍，槍裡只有一顆子彈，我會把那顆子彈用在妳身上。」

真是甜蜜。她就知道他們是天生一對。

電話嘟嘟響。

他的嘴巴就是這麼甜。為了不讓她遭殭屍生吞活剝，他不惜代替她被殭屍開腸剖肚。就算只剩幾口氣，他也不要她受一秒鐘的苦，寧可眼睜睜看著殭屍大啖自己的內臟。但其實碰上這種情況——佩妮．大利拉跟自己講理——大部份的運動用品店都有賣打獵用具，彈藥應該還算充足，所以他大可不必這麼貼心。

但他就是這麼體貼，愛她愛到邏輯錯亂，這就是他愛的表現，而他愛的就是她。佩妮．大利拉不想破壞氣氛，所以沒告訴他其實彈藥還很多。

電話嘟嘟響。

每次兩人依偎在床上，丹尼總是在她耳邊情話綿綿，像是：「寶貝，妳比所有睡過這張床的女人都要漂亮。真的，」他告訴她：「妳永遠是最美的。」

他還會說：「我好喜歡妳軟綿綿的，比那些骨感美眉還要好抱，」或者像是：「寶貝的新髮型好辣，看起來年輕了十歲，讓我好想上妳喔。」

佩妮．大利拉也才二十六歲，但她不覺得他的話很奇怪，因為她曉得他的意思，只是他口拙罷了。他總是滿面笑容說出這些話，眉毛揚得高高的，頭點個不停，彷彿把情話當成禮物，興奮地看著她拆開。

電話另一頭爆出一陣喧鬧。丹尼吼道：「喂？」

「丹尼，我要生了，」佩妮．大利拉說。

「什麼？」丹尼的聲音淹沒在吵雜的音樂和鼎沸的人聲裡。「哪一位？」

「丹尼，我要生了，」佩妮．大利拉對著送話口大吼。

「什麼？不會吧。」丹尼的聲音激動起來。「對吼！靠！我要當爸爸了，」他高聲說著，背景響起一陣歡呼。「我要當爸爸了。」這次歡呼聲更高，聽起來有一大群人。

「丹尼，」佩妮·大利拉對著話筒說。「丹尼，」她提高了音量，另一頭沒人回應。

「怎麼啦？寶貝？大家都超興奮的，」他哈哈大笑。「他們要我請喝酒啦！」

「丹尼，要生了的人不是你。是我。我在一位小姐的公寓。805室。」

「靠！對吼！好。我現在就過去，」丹尼說。「我剛才點了一杯啤酒，但我會一口氣喝完。漢堡我請他們幫我外帶。我馬上就到。」他掛上電話。

赫曼躺在地上呻吟了一聲，扭了扭身子，眼睛眨巴眨巴睜開來。他先是躺著不動，接著慢慢倒向一邊，全身抖了一下，但並沒有東西從嘴巴裡跑出來。他慢慢坐起來，又乾嘔了一下，做了幾個深呼吸，睡眼惺忪環顧四下，眼神迷惑而不解。

佩妮·大利拉再次弓起身子，發出震耳的哀嚎。

「我們需要人來幫忙，」克萊爾自言自語道：「真的需要幫忙。馬上就要。」

克萊爾正要把耳機從佩妮·大利拉頭上拿下來，但一看到耳機上纏著汗濕的頭髮，她就不敢去碰。送話口離佩妮·大利拉的嘴巴非常近，她滿嘴都是細菌，嘴唇油亮油亮沾滿了口水。克萊爾跑回廚房，拿起她的私人話筒。

她說：「我要打一一九了。」

第四十三章
宅在家的克萊爾奮力接生佩妮・大利拉的寶寶

克萊爾猛按下一一九，看著佩妮・大利拉痛得在地板上蠕動，兩腿之間的小腳扭了一下，小屁股從陰道口冒了出來。小男生跪坐在門邊，雙手擱在膝上，手肘撐著上身，頭低垂著，頭頂靠近大腿，克萊爾心想，她絕對無法忍受他吐在地上。

「一一九，」話筒另一頭傳來了男人的聲音：「請問事故地點？」

「洛克希街十一段八十一號，」克萊爾說：「塞維亞大廈。805室。」

「好。」一連串打字聲。「請問事故性質？」

「我們需要一輛救護車。我家地板上有個女人要生了，」克萊爾說。

「好，請不要掛斷，」男人說：「已派出救護車，」又是一連串打字聲：「估計四分三十秒抵達。」

佩妮・大利拉尖叫起來，脖子上青筋暴凸，汗涔涔的，一用力就滿臉紫脹。小寶寶的屁股已經露在外面，一條腿擱在地上，一條腿還在肚子裡面。門口的小男生聽到聲音嚇了一跳，看見眼前的景象又嚇了一跳，趕緊把臉別開，額頭貼著門板，眼睛閉得死死的，眼角都是皺紋。

「我不曉得我們等不等得了那麼久，」克萊爾說：「寶寶快要出來了。已經看得到一條腿和一整個屁股。」

「一條腿和一整個屁股？」接線員問。

「對。一條腿和一整個屁股。」

「妳擔心得很有道理。這位產婦現在就需要妳的幫助。請問妳叫？」

「克萊爾。」

「好，克萊爾。這位產婦是臀位分娩，等到救護車到就太遲了。我一個步驟一個步驟帶妳。妳看得到臍帶嗎？脫垂了嗎？有沒有看到藍灰色的帶狀物在子宮頸口？」

克萊爾從廚房一頭走到另一頭檢查，佩妮．大利拉汗流浹背躺在地上全身用力。

「沒看見，」她說。

「很好，接下來妳需要乾淨的毛巾和手套。妳有嗎？」

克萊爾直覺被冒犯了。她當然有乾淨的毛巾。影射她毛巾不乾淨簡直是羞辱她。但她跟自己講理：人家只是無心問一問，沒有要冒犯她的意思，那男的根本不認識他。

「我有，」她說。

「好，拿來鋪在孕婦底下。有手套就戴上手套。沒有的話把手洗乾淨，用清水沖洗三十秒。」

佩妮．大利拉的尖叫聲充斥整間屋子，聽著像野獸的哀號。

克萊爾驚慌失措，對著接線員大吼：「靠！洗手還要你教嗎！要我去碰她，我死也不要。」

「什麼？」

克萊爾深呼吸靜下心來。

「我不要碰產婦，也不要碰寶寶，」她的聲音在顫抖，聽起來快哭了。

「克萊爾，妳不能不碰。這個忙妳一定要幫。」

「我沒辦法，」克萊爾邊哭邊罵：「我就是沒辦法。這要我從何說起。」

「妳身邊有其他人嗎？」接線員問。

「有個小男生。他臉色也不太好。」克萊爾說著說著，聲音激動得都啞了。「我只是開了個門而已。我烤鹹派烤——」

「克萊爾，專心聽我這裡，」接線員說。「把毛巾和手套給小男生，讓他就定位幫忙接生。他需要別人教他怎麼做。這個忙我可以幫。我一個步驟一個步驟說給妳聽，但我沒辦法親手接生。我需要妳。產婦需要妳。寶寶需要妳。事不宜遲。」

克萊爾深吸了一口氣，鹹派的味道讓她平靜下來。她把氣從肺裡吐出來，對著話筒點了點頭。

「好，」她說。「我好了。」

她穿過走廊跑到毛巾櫃前抽出一疊毛巾，抱著毛巾回到廚房放在佩妮．大利拉身邊，才放好就往後一跳——佩妮．大利拉全身抽搐，嘶啞嚎叫。

隔壁鄰居用力拍了幾下牆壁。

「小朋友，」克萊爾指著赫曼。「你叫什麼名字？」

「ㄏ——赫曼。」赫曼的額頭離開門板，轉頭看著克萊爾。

「赫曼，」克萊爾說：「過來這裡幫忙。我只有你這個人手。我告訴你怎麼做，你就怎麼做。產婦和寶寶需要我們幫忙。」她打開櫥櫃抽出盒子，把兩隻檸檬黃的橡膠手套拎在赫曼眼前。「戴上。」

赫曼看一看手套，看一看膝蓋彎曲左右打開躺在地上的佩妮．大利拉，視線最後回到克萊爾身上。他一臉猶豫，臉色蒼白，宛如困獸，眼神向她討饒，拜託她別逼他。

「趕快戴上，」克萊爾命令：「然後把毛巾鋪在地板上。接下來由你來照顧她。」

赫曼遲疑了一下，這才慢慢踱過去接過手套戴好，把毛巾墊在佩妮．大利拉的臀部，在她膝蓋之間蹲坐，眼睛一時不知道要往哪裡擺，先瞥了瞥寶寶的腿和屁股，再看一看佩妮．大利拉的膝蓋，望一望牆壁，又看一看克萊爾，最後停在佩妮．大利拉臉上。那張臉突然鬼哭神嚎痙攣起來，赫曼嚇得趕緊抽腿，屁股著地，兩條腿一蹬一蹬往後退到門邊。

「寶寶的屁股出來了，」克萊爾對著送話口說：「但只看的到一條腿，另一條還在肚子裡面。」

「不要緊，」接線員說：「馬上就出來了。克萊爾，我有幾個問題要問產婦。」

克萊爾先聽接線員說完，再轉問佩妮．大利拉：「這是第一胎嗎？」

佩妮．大利拉喘著大氣說是，克萊爾代為轉告。

「是足月嗎？」

佩妮．大利拉尖叫說預產期在五天後。赫曼回到定位，怯怯地摸一摸佩妮．大利拉的膝蓋安慰她。

克萊爾說給接線員聽，接著又問：「陣痛多久了？」

「不知道。五分鐘？」佩妮．大利拉尖叫。「沒有很久。幹，超痛！」

赫曼一臉驚恐看著克萊爾，眼神請她下指令，不然就打發他走。

「我聽見了，」接線員在克萊爾耳邊平靜地說。「沒問題的。情況對我們有利。臍帶沒有脫垂。寶寶足月。臀部出來了，這跟頭部出來了一樣，因為臀部和頭部的直徑相同，兩者都能擴張產道。寶寶的腳趾朝著哪個方向？」

克萊爾瞥了瞥寶寶的腿，對地板上的穢物擠了個鬼臉。「朝向天花板。」

「要轉過來朝著地板。屁股要對著天花板。盡量扶著寶寶，用雙手抱著——不要單靠手指，用雙手把寶寶轉過來，動作溫柔但是要果決。」

克萊爾轉而向赫曼說明。她看著小男生用手掌捧著寶寶，慢慢幫寶寶翻了個身，臀部一垂直地面，另一條腿就彈了出來，緊接著就是一團臍帶。赫曼瑟縮了一下，但是沒有放手。他繼續慢慢地轉，轉到寶寶臉部朝下，幫寶寶把兩腿拉直，然後跪坐回腳跟。他看著克萊爾，表情不再那麼驚恐，反而帶著幾分興味。

「另一隻腳出來了，」克萊爾驚呼。「是個小女生。妳生了個女兒。」她呵呵笑著，離佩妮．大利拉近了一點。

佩妮．大利拉呵呵笑著，滿臉發亮。

「部分臍帶也出來了。」克萊爾告訴接線員。

「好，」他急切地對克萊爾說：「這不太妙。救護車還要兩分鐘才會到。太慢了。臍帶必須趕快解開，我們要讓寶寶趕緊出來。動作要快。臍帶受到壓迫會導致氧氣輸送減少。寶寶愈慢出來，腦部受損的機率愈大。克萊爾，接下來要聽好了。」

第四十四章

在家自學的的赫曼捧著小生命，心裡也有了新生命

每碰寶寶一下，赫曼覺得意識又遠了一點。他努力要自己留在這屋裡，哪裡也不准去。他隔著橡膠手套捧著寶寶，感覺濕濕的、暖暖的，膝下的瓷磚冰涼光滑，佩妮．大利拉臀部底下的毛巾濕透了，沾滿了粉紅色的黏液。

寶寶的兩條腿都出來了，肩膀以下也跟著溜了出來，不過手臂還沒看到，他想寶寶一定是雙手舉在頭頂。

「沒看到手臂，」赫曼對克萊爾說。他看著她，期待她下指示。「我要怎麼把手臂拿出來？」

克萊爾轉達他的問題，接著告訴他：「輕輕地左右轉動寶寶，應該就可以看到手臂。輕輕地幫寶寶把手臂扳出來。」

赫曼深深吸了一口氣，屏息，雙手捧著寶寶的身體側轉。手肘探出來了。赫曼用一根手指

勾住寶寶的手肘，輕輕一拉就出來了。接著換另一邊。他慢慢將寶寶側轉，佩妮．大利拉再次陣痛大叫，另一條手臂自己跑出來了。

隔壁鄰居再次捶牆，這次更用力了。

赫曼吐了口氣，微笑看著自己的傑作。

「搞定了，」他興奮地說。「兩條手臂都出來了。」赫曼讓寶寶的胸部朝著地板，望著克萊爾等待下一步指示。

克萊爾從廚房中島的另一邊伸長脖子覷著他，看看進行得怎麼樣。她朝他比了個大拇指。

「手臂出來了，」她對著話筒說。「再來？」她一邊聽一邊點頭。

「最困難的部分來了，」她告訴赫曼。「寶寶的頭很大，我們要通力合作。佩妮．大利拉，妳準備好了嗎？」

「幹，快把他弄出去，」她咬牙切齒道。

克萊爾將注意力回到赫曼身上。「你能不能把手伸進去一點？從下面？用手臂撐著寶寶的身體，手指從底下探進去，看能不能摸到寶寶的下巴，小心不要把寶寶的嘴巴摀住了。用手指把寶寶的下巴夾住。」克萊爾比了個YA靠在下巴。

赫曼點點頭。他現在完全著迷，一點也不害怕。他讓寶寶趴在手臂上，把手指伸進佩妮．

大利拉裡面。裡面很擠，他排除阻礙才摸到寶寶的下巴。肉壁從四面八方擠來，他不曉得寶寶的嘴巴在哪裡，所以只能隨便猜，心想就這樣吧。

「好了，」他說。「她的頭在裡面卡得很緊。再來呢？」

克萊爾聽著電話另一頭的指示，說：「把你的另一隻手臂放在寶寶的脊椎上，食指勾著一邊肩膀，無名指勾著另一邊肩膀，伸直中指支撐寶寶的的脖子。」

赫曼照做。寶寶軟趴趴地趴在他的手臂中間。

「寶寶沒有呼吸，」他慌張地說。

「沒關係，」克萊爾說：「等一下就有了。我們要先讓寶寶出來。」

赫曼點點頭，克萊爾往下說。

「佩妮·大利拉，等一下妳要用力。赫曼，等一下一用力，你就把寶寶夾住往上抬。寶寶的姿勢要一直像板子一樣平平的，記得要撐住寶寶的脖子。知道嗎？」

赫曼發現自己說不出話，只能點點頭。有個小生命在他手裡。他這輩子從來沒有那麼聚精會神過，完全不用擔心會暈過去。他哪裡也不去，只要待在這房子裡；他什麼也不做，只專心把小寶寶帶進這房子裡。

佩妮·大利拉一邊出力一邊從丹田發出怒吼。她閉緊眼睛，嘴唇外掀露出牙齒。赫曼使勁讓寶寶像板子一樣夾在他細長的手臂之間。他慢慢把寶寶抬起來，沒有動靜。

「用力，」克萊爾大喊。

隔壁鄰居用力捶牆，捶到牆上的畫都在震動。

佩妮．大利拉發出最後一聲痛苦的哀嚎。

寶寶順利滑了出來，臍帶跟著蛇行而出，從寶寶的肚臍連到媽媽的肚子。赫曼一屁股坐回地板上，腳掌貼地，膝蓋跟佩妮．大利拉相碰。佩妮．大利拉呻吟了一聲，氣喘如牛，全身癱軟。赫曼看著懷裡的寶寶。小寶寶身上好像有一層蠟，濕濕的，沾得他手臂上、衣服上都是。赫曼從地上抓起一條擦碗巾幫小寶寶包好。

「寶寶還是沒有呼吸，」他告訴克萊爾。

克萊爾透過電話轉達，然後說：「再等一下。摸一摸寶寶的背。看她會不會自動開始呼吸。」

時間過得好慢。但赫曼並不詫異，這種感覺他經歷過很多次。他保持冷靜，垂著眼皮看著寶寶，看她會不會活過來。他隔著擦碗巾撫摸寶寶，屏息等待，用意志力要寶寶呼吸。

「檢查她的嘴巴，」克萊爾說。

赫曼用拇指按著寶寶的下巴，輕輕把寶寶的嘴巴扳開。

佩妮．大利拉呻吟著，把頭轉向一邊焦急地問：「怎麼了？我的寶寶怎麼了？」

「她嘴裡塞滿了東西，」赫曼告訴克萊爾。

「她嘴裡塞滿了東西，」克萊爾對著話筒說。她聽了一會兒，對赫曼轉答道：「把東西吸出來。輕輕吸一下就好。」

「我的寶寶怎麼了？」佩妮．大利拉急躁的聲音響遍整間公寓。

「妳說我要做什麼？」赫曼問克萊爾。他看著黏糊糊的膠狀物塞在寶寶油亮的嘴裡。

「用嘴唇貼著寶寶的嘴巴，輕輕把裡頭的東西吸出來。」

赫曼鼓起勇氣，心想自己別無選擇。他往前湊，嘴唇圈住寶寶的嘴巴，把寶寶當成吸管輕輕地吸，一團果凍滑進他嘴裡。赫曼忍不住乾嘔，轉頭把那團東西吐在地上。

「不要吐在地上，」克萊爾嚷了起來：「吐在毛巾上，全部吐在毛巾上。我的媽啊——」

寶寶咯咯哭了出來，揮舞著四肢，涕淚四濺，哇哇哭著活了過來。

赫曼又吐了一次，這回吐在毛巾上，用手臂揩了揩嘴。赫曼意識到自己坐在佩妮．大利拉的兩腿之間，兩人膝蓋抵著膝蓋，下面被他看個精光，一時不自在起來。他重新跪好，小心翼翼地抱著寶寶，拿起地上的毛巾幫佩妮．大利拉蓋上，跪著移動到她身旁。

襁褓中的女寶寶在他懷裡咯咯幾聲打了個哈欠。寶寶的眼睛好大，赫曼簡直在裡頭迷失了。他看了她。她怎麼可以這麼小又那麼寬廣？雖然很脆弱，但是因為潛能無限而無比堅強。

赫曼看見她長大、學走路、學寫字、跟朋友在街上玩耍。他看見她摘蒲公英給媽媽，用手指頭作畫，畫好了用字母磁鐵貼在冰箱門上。她在遊樂場把最好的朋友推下翹翹板，從此學會了後悔。她會犯錯，也會悔改。

「她好小，」赫曼輕聲說。

佩妮．大利拉伸出手，用手掌按著他的手臂。

赫曼看見小女孩上學、讀書、交朋友、上大學、彈吉他、寫著不怎麼樣的歌，有一次考試作了弊，心裡過意不去，後來再也不再犯。她做過好事，也做過壞事。她愛上一個男孩，當上了社工。兩人後來生了孩子。她看著孩子長大生子，又幫著孩子帶孫子，日子過得愉快而充實。過世後孩子懷念她、孫子想念她，她一直活在兒孫的記憶裡，因此她在人世的日子足足是她有生之年的三倍。

赫曼全看見了。

懷抱裡的她才在生命的起頭，小小的生命，嶄新的生命。

赫曼記起了爺爺——一手搭著安樂椅的扶手，腳邊是一疊報紙。爺爺還在家裡等他。

「妳很想抱女兒吧，」赫曼說。他的眼神移不開手中的無限可能。她既是他預見的一切，也不是他預見的一切。所以他才驚嘆。因為他沒辦法預料她的人生，因為他無法窺見生命的全貌。這種事情誰也不知道。

「我很想，」佩妮·大利拉說：「但你抱好再換我吧。」她心中充滿了感謝。

赫曼深深地看了寶寶最後一眼，將寶寶交給佩妮·大利拉。

佩妮·大利拉洋溢著幸福，一雙眼睛盯著女兒，赫曼忍不住揚起嘴角。他們並肩坐著，在靜謐中聽著克萊爾說話。她電話還沒掛，正在謝謝接線員。

「你已經知道我的名字了，」克萊爾說：「請問你叫？」

克萊爾側耳傾聽。

「傑森？」她說：「豬？是你？」

第四十五章

伊恩筆直墜過八樓

到了十一樓，伊恩已經心力交瘁急需空氣。對我們的小小金色探險家而言，自從躍出舒適的家之後，這幾秒鐘過得真是緊張，有壓力、有啟發、有恐懼，足以讓他受用一輩子，而他的墜落還沒到底。自從墜落之路過了一半，他便感到乏善可陳，啟程時的快感已經不再，對冒險帶來的無限幻想已經破滅，只剩下對終點的企盼和對了結的不耐。旅程愈來愈無趣，伊恩渴望著休息。

他迅速檢查一下魚身。纖細的鰭條貼平在身上。平常神氣巴拉豎著的背鰭，這時也給風切吹了個掩倒。魚肺需要空氣，但還沒迫切到讓他昏迷。乾燥爬進了魚鱗，滲入魚眼的膠質裡，他的喉嚨發乾，魚尾在風中難受地甩，甩動力道之大，真擔心鰭膜要裂開。他的胃覺得頭暈，頭卻覺得噁心。

還有那下墜的感覺——風不停地拍打魚身、混淆側線。常有人把下墜比做失重，這是對失重的嚴重曲解，下墜是重力在作祟，如果能失重最好，一失重就解脫地心引力的拉扯。伊恩清楚什麼是失重、什麼是超重，比起墜落，水中生活更接近失重的感覺。

十一樓一溜眼就過去了，過去後便不復記憶。就在他發現又過了一層樓的時間裡，十樓也過去了。還有許許多多都過去了。

伊恩不記得寵物店裡那擁擠的水族箱，不記得凱蒂指著他，用手指尾隨他悠遊，在一百多條一模一樣的金魚中選中了他。他不記得水族箱上貼的字條，用麥克筆凌亂地寫著：「小金魚：每條九毛九分」。他不記得那小小的塑膠袋，不記得擠挨著泡泡的感覺，不記得凱蒂拎著他沿著洛克希街走去康納家。

伊恩不記得無數慵懶的午後和傍晚，他在陽台的魚缸裡看著城市從陽光燦爛到夜幕低垂，從眼花目眩到燈火點點。伊恩不記得每天早上在粉紅色城堡裡賴到很晚才起床，也不記得跟水螺特洛伊相處有多自在，特洛伊從不抱怨、從不挑剔、從不苛求。他遺忘了一生，就為了換取墜落的快感。

伊恩不記得自己怎麼來的？怎麼會在九樓的窗外？他看著窗戶裡的胖子裸身坐在沙發上看電視，手裡抓著一包洋芋片大吃特吃。肥胖的裸宅醉心於閃爍的畫面和超高的熱量，沒瞧見伊恩從窗外一閃而過。就算瞧見了，大概也會誤以為那是鳥大便。他渾然不知公寓底下停了兩輛救護車，只一味地用一隻手在蛋蛋底下起勁地搔，那對核桃似的陰囊若無其事地垂在他的手背上，他五根手指頭在蛋蛋底下翻索，舌頭舔著另一隻手的手指，品味著吃洋芋片殘留下來的鹽巴，一雙眼睛緊盯著電視不放。

幸好這肥胖裸宅現身得有多快，消失得就有多快。

搔蛋裸肥宅的私生活已經看不見了，但伊恩並不批判他。人自以為沒人看見的時候，其實伊恩都看在眼裡。人在私底下和大庭廣眾下的舉止差異是個秘密的世界，凡是金魚都能窺見。人們大半不會發現魚兒眨也不眨的眼睛，但伊恩的飼主卻發現了，這就是伊恩住在二十七樓陽台的由來。

當時康納正在和黑髮大奶妹幹那齷齪事，突然發現伊恩盯著他們看，本來硬的都軟了，給他定住的大奶妹面露冷笑，伊恩從此移居陽台。其實伊恩並未起色心，也不評斷是非對錯，他只是深受那擺動的奶子吸引，為那款擺的姿態著迷，就好比康納將魚缸移到陽台的二手折疊桌上時，伊恩目不轉睛盯著那晃來晃去的傢伙看一樣。吸引他的是動作本身，而非動作的部位。說實話，對伊恩來說，看人交媾很新鮮，他自己沒有外部生殖器官，無從評論康納的大小。說實話，對金魚的小腦袋而言，主人和那女人辦的事無甚邏輯可言。

搔蛋裸肥宅雖然是一個人在公寓，但他在這世界上並不孤單。伊恩飛快地瞥了他一眼，接著便任憑他搔蛋去了。

八樓的風景要比九樓好多了。即使是在夕照下、在周遭大樓的陰影裡，八樓的公寓依然閃亮如黑暗中的燈塔。每一盞燈都亮著，每一處都在閃爍。那光輝從窗子裡透出來反擊傍晚的陰影。

屋裡有個女的躺在地上，膝蓋彎曲，左右打開。另一個女的則在廚房彎腰查看烤箱，頭歪向一邊，用肩膀和耳朵夾著話筒。公寓的門敞開對著走廊，兩個身穿藍色制服的男人一前一後闖進門，一個跪在仰躺女的身邊，一手擱在她肩頭和她四目相接，嘴裡嘀咕不停，仰躺女點頭不輟。另一個救護人員繞過他們，把一只大工具箱擺在廚房中島上。

烤箱旁邊的女人挺直腰桿，轉頭瞥了瞥身後的喧鬧，朝話筒裡說了幾句，笑得既嬌媚又羞澀，彷彿在調情似的，加上屋裡四射的光芒，伊恩的金魚腦袋暈頭轉向，這比九樓的窗子可觀多了。八樓就這樣過去了，他心底有一絲惆悵。

七樓黑漆漆的，窗子很暗。涼意愈來愈深，伊恩離水泥地愈來愈近……水泥地默默地跑到眼前，救護車旁圍繞著點點人影，這些看熱鬧的全部往公寓裡探頭探腦，不見半個人抬頭往上看。伊恩看見路面上的大裂縫宛如黑色閃電襲擊人行道。此外，伊恩看見吐在地上的口香糖，一人一腳踩得髒兮兮的，形狀跟伊恩想像中魚摔在地上的樣子很像。

第四十六章

凱蒂想搶馬克杯，但守住了自己的心

「什麼？」康納說著，把遮在面前的內褲拿下來，剛才猛吸的那口氣也跟著吐了出來。他看著手裡那團紫色的布。

「那不是我的，」凱蒂再說一遍。

她搖搖頭，康納直盯著手裡的紫色內褲，眼皮連抬也沒抬。凱蒂納悶怎麼會有人這麼無腦，想到這裡她打斷思緒，畢竟自己也被他擺了一道。她不想去思考自己究竟有多蠢，竟然會被無腦的人愚弄。

「斐兒的內褲？」凱蒂問。

康納對著內褲皺著眉頭。他把內褲握在手裡握成一束，光線在皺褶處撒下深深淺淺的陰影，宛如一把薰衣草色的花束。

凱蒂看出他不曉得內褲的主人是誰。他的表情洩了密。算他誠實，並未加以遮掩。

「所以還有別人？」

「大概是黛碧的吧？」康納對著胸膛嘀咕。

「大概？」凱蒂整個人垮了下來。她被他搞得好累。

他抬起眼皮看著她，臉上又掛著兩行眼淚，她看得出來他也把自己搞得很累，滿腔心事全寫在臉上：我受夠了我自己，對妳做了那些事我自己都覺得噁心。我愛妳，我真的愛妳。

凱蒂掄臂朝他的肩膀使勁揍了一拳，「啞」地一聲，劇痛從拳頭傳到手臂直達肩膀。

康納挨了一拳，往後踉蹌一步，哎了一聲，舉起手護著肩膀。

這一下兩個人都受傷了。

「我沒辦法——」康納揉著肩膀結巴道：「我不——」

「閉嘴，」凱蒂說：「不要再說了。」

她抓起塑膠袋，裡頭裝滿了她的雜物，接著腳跟一轉，走向陽台。康納對著內褲眨了眨眼，接著跟了上去。

「凱蒂，等一等，」康納喊道：「妳怎麼可以——這只是個文物，過去留下來的，以後再也不會有了。」

凱蒂一腳跨過門檻走進陽台，轉身對他比了中指，康納受到威脅，正對陽台定住，往後退了一步，省得又要吃拳頭。就在他以為她無話可說時，她開口了。

「我真不敢相信我竟然還想原諒你。」她搖搖頭，眼裡汪著兩池淚。「我真不敢相信我居然這麼笨。看看你！你他媽的這麼帥，天生就是玩女人的命。我怎麼會以為我是你的唯一……我怎麼會以為你有辦法專情。我真他媽的該去檢查腦袋。」她頓了一下，上前一步。他後退一步。「不對，仔細想想，我檢查幹嘛？是你！你他媽的才需要檢查腦袋。我真不敢相信。你真是他媽的……」凱蒂渾身發抖，目光兇狠，腦子裡搜索合適的字眼：「你真是他媽的屁股。」

她哈哈大笑。她想罵的根本不是這個，但不知怎麼的就冒到了嘴邊，一罵出來她就知道搞笑了。眼前她想不出夠難聽、夠傷人的字眼來辱罵他，像他傷害她那樣傷害他。她忍不住大笑，因為她曉得回家之後合適的字眼就會在腦海裡浮現，而她只能對著空蕩蕩的公寓破口大罵，卻不能當著他的面痛罵他。

康納杵著，一手護著肩膀，跟她之間隔了幾步。眼前這個又哭又笑的女人把他搞糊塗了。他跟著哈哈大笑起來。幾秒鐘後，兩個人笑成一團。但凱蒂忽然收住笑容，又對他比了中指。

「你笑屁，」她說：「誰准你笑我。」

康納不笑了，膝蓋一彎，背往後靠，雙手無奈地垂在身旁。「凱蒂，求妳不要走。有話好好說。」

凱蒂站在外頭的陽台上。站在遼闊天空下，逃離讓人喘不過氣的窄小單人房公寓，感覺真是美好。裡頭真叫人噁心。她登時覺得輕鬆起來。黃昏的陽光溫暖了她的肌膚，呼吸間盡是甜美溫柔的微風。城市在她眼前鋪展，上千扇玻璃窗開向上千間水泥公寓，上千間水泥公寓裡有上千人做著上千件事情。她的難題瞬間縮小，不像幾秒鐘之前這麼巨大。

她伸手去拿馬克杯，還沒拿穩，手肘就被康納攫住。那杯子原本壓在魚缸上頭的紙張上，如今在水泥地上砸了，裂成數十碎片散到陽台各處，杯子落地的地方則留下了彗星似的水漬。

康納的論文第一頁被微風默默地帶走了。一頁接著一頁，康納的論述騰空捲起，向著虛空舒展開來，搖呀擺地越過欄杆，翻呀飛地掉了下去。

康納將凱蒂轉了個身，手牢牢抓著她的手肘。

「我不能沒有妳，」他乞求：「我現在知道了。」

「我一看到穿著我睡衣的女生，我就知道我們不能再在一起，」凱蒂說：「雖然這麼說，我還是差一點就心軟了。」

「我比較晚熟。感情這種事還需要人家教。」

「大多數的人都知道自己的感情，這沒辦法學，知道就是知道，所以才叫感情，不然就叫思想了。」
「拜託！要我做什麼都可以。告訴我該怎麼做，我通通照做。」
凱蒂看著康納的手抓著自己的手肘，跟她肌膚貼著肌膚，觸碰她，控制她。她瞪了康納一眼，康納瑟縮了一下，彷彿她是灼人的熱火。
凱蒂直視著他，眼睛眨也不眨，說：「你什麼都肯做？」
「沒錯，求求妳，我什麼都肯做，」康納哀求道：「只要妳肯再給我一次機會。」
凱蒂的視線越過欄杆，瞥了瞥二十七層樓底下的水泥地。底下來往的行人多麼渺小。她看著閃爍的陽光照耀著上百張翻飛的紙張在微風裡一扭一扭如瀑布般直瀉而下。兩台救護車停在大樓門前，門口聚集了一小群人。
「有一件事，」她把目光回到他身上，說：「有一件事可以挽回我。」
康納用唇語說：「什麼都行。」他的表情因為激動而扭曲，眼神乞求著她，眉毛揚得高高的，巴不得能出現轉機。他的雙手舉在胸前，手腕相碰，彷彿上了隱形手銬。
凱蒂用下巴比了比他的手。康納不明就裡，垂眼一看，發現那團內褲還抓在手裡。她沒辦法再多看他一眼，也沒辦法再多看那內褲一眼。他把內褲從陽台往下扔，張開空無一物的手，掌心朝上給她檢查。

凱蒂點頭，繼續說：「這樣吧。你想個辦法回到過去。回到三個月之前。回去之後好好說服那個豬狗不如的你，告訴他現在這個改過自新的康納才是他的榜樣。等我去辦公室問你期中考的事，約那個天真的我出去喝咖啡——帶她去約會、吃晚飯、看電影、回家、上床。每天善待她，把她當作你生命中永遠的唯一。早點告訴她你愛她，說的時候要誠懇。她最想聽的就是你愛她。她聽了一定會好高興。叫當時的你像服侍女王那樣善待從前那個天真的我，因為你毀了我——你眼前的這個我。」

「時間怎麼可能倒轉，」康納咕噥。

凱蒂肩膀一聳：「這是你唯一的機會。做不到就好好照顧伊恩，以後再也不要出現在我面前。」

凱蒂跟康納擦肩，怒氣沖沖走進公寓。

第四十七章

大反派康納·萊德利否定/肯定了真愛

康納看著最後幾頁論文向著虛空迎展開來，也不管紙上那歪七扭八的字跡是指導教授的評論，弄丟了可沒有副本，看他到時候找誰要去。但眼前的他管不了這麼多。

康納隨著凱蒂走回客廳。屋裡的空氣依舊陳腐。對比陽台上的天光，屋裡顯得十分黯淡。康納心頭一驚：他的公寓怎麼變得這麼髒亂又悲慘，水槽裡疊著骯髒的碗盤，衣服散了滿地，棉被在床鋪上皺成一團，地毯上污漬斑斑。

凱蒂直直往門口走。康納搶在她前面，擋在她和門中間不讓她開門。康納背對著牆壁，正面對著凱蒂。他畏縮了一下，害怕她會一把推開自己，但是她沒有。她在離他數吋的地方停下來。

她停下來了——他心想——她要聽我說話了。這表示我還有機會。

「妳要我努力讓時間倒轉，我現在還沒辦法讓時間倒轉，」他說。「妳說內褲不是妳的。

好，我懂。但那內褲現在沒有主人啦。我真的不曉得那內褲是誰的。我知道我錯了。但妳也說啊，那是從前那個豬狗不如的我做的……現在的我是現在的我，我已經不一樣了，從今以後我會改過自新，用一輩子的時間向妳證明我不再是從前的我，就算我們老了、頭髮白了、來日無多了，我也要向妳證明。是妳給了我生命的意義。」

「別說了，康納。」

「我要說，凱蒂。」他的手搭著她的肩，她的肩頭立刻緊繃起來。「拜託，聽我說完。過去有斐兒、有黛碧，這我沒辦法改。但她們現在都不在啦。從這一刻起全部消失。除了妳之外再也沒有別人。我承認，我犯了大錯，但我現在知道錯了，我改過自新了。我知道妳不信任我，覺得我是大混帳，這我都了解，因為我打破了妳的信任，那是我混帳。但我現在知道錯了，我會比以前更好，比以前更專情。」

凱蒂嘆了口氣，聳起肩膀甩開康納的手，把他推到門邊，將門拉開一條小縫，側身鑽出去踏進走廊，康納一路尾隨她到電梯前。

「你還是沒搞清楚，」她頭也不回咆哮道：「哪有什麼『更專情』，專情就是專情，沒有比較級。不是專情就是花心。一旦花心，就永遠不可能專情。」

「我可以學，」他說：「不管多辛苦我都願意。」

凱蒂在電梯前停下腳步，戳了幾下電梯鈕，突然想起電梯壞了。她看著康納心灰意冷，俊美地站在一旁。

「你還不懂。愛是選擇，每一天都必須選擇。愛雖然不是魔術，但是愛很神奇。」她頓了一下。「我一見你就討厭。」

「我會改好的。我不得不改，」他說。「我愛妳。」

「我再也不想看到你。」

她一轉身，氣沖沖往逃生門的方向走。這次康納沒再追上去了。他看著她走進逃生門，門在她身後「嘶」地闔上，上閂的聲音在安靜的走廊上宛如槍響。幾秒後，電梯「叮」了一聲，電梯門敞開，空空蕩蕩地等著。康納想跑去跟凱蒂說電梯來了。康納想搭電梯下去大廳求她，讓她看一看改過自新的他。但這時電梯門闔了起來，他也只好作罷。

康納垂頭喪氣，轉身走回公寓。他輕輕把門關了，把頭靠在門板上，門漆冰涼而光滑。過了一會兒，他走進廚房，拿起無線電話，用快速鍵撥了第一組號碼，響了一聲，電話另一頭傳來女人的聲音。

「喂？」

「斐兒？」

「不是。我是黛碧。你哪位？」

「噢，對不起。黛碧，我是康納。我們不能再見面了。」

「喔，」那聲音說。「斐兒是誰？」

「沒這個人。」康納掛掉電話，黛碧還在電話另一頭嚷嚷。

他用快速鍵撥了第二組號碼。響了好幾聲才有人接。

「嘿，康納。」

「我們不能再見面了。」

「我有點猜到這是遲早的事，」斐兒說：「我剛從大樓走出來，一張張白紙從天而降。好美。」

「斐兒，我愛凱蒂。她發現了妳，現在恨死我了。」

「啊噢。那一定很難受，」斐兒說。「我沒關係。希望她再給你一次機會。你也有你好的地方。別刪掉我的電話吧？」

「對不起。我一定得刪。」

「說不定你哪天會需要喔，」她咻咻笑道。「欸，康納？」

「怎麼。」

「如果你找到我的內褲能不能跟我說一聲？我想我放在——」

電話另一頭沉默下來，只聽見街道上的車聲。

「喂？」康納說。

「喔，抱歉。不用費心了。我剛找到我的內褲了，」她說。「留著我的號碼吧？以防萬一。」

「我不會留著的。再見，斐兒。」

「再見，康納。」

康納掛上電話，還來不及撥下一組號碼，目光就被吸引到陽台上，手一鬆，電話摔到流理台上，哐啷啷彈起來掉進水槽裡。他衝到陽台上，陽光刺得他睜不開眼睛。

論文當然不在了，但魚缸是空的，只剩那隻水螺。

伊恩不見了。

康納湊在陽台欄杆上往下望。遠遠地，最後幾頁論文在人行道上落了地。從高處往下看，論文如紙花似地灑在洛克希街上，一輛車子駛過，一陣微風掃過，紙花就又排成新的形狀。他看來看去沒看見伊恩，距離這麼遠，魚又那麼小，那橘色的魚身跟周圍的景物都混在一起了。

康納離開欄杆一步，突然瑟縮了一下，一陣刺痛從腳底傳來。他往後一跳，一屁股坐在躺椅上，把刺痛的那隻腳翹在另一條腿的膝蓋上，只見咖啡杯的碎片從腳底刺出來。一小滴血從傷口湧出，細細涓流到腳跟。他顫抖著手指，把長長的陶瓷碎片從肉做的刀鞘裡拔出來，將碎片扔在陽台上，用大拇指壓住傷口止血。

康納一邊坐著等血乾一邊眺望整座城市，不曉得現在該怎麼辦。他從來沒有這麼孤單過。凱蒂走了。斐兒沒了。黛碧沒了。伊恩逃跑了。在外頭那些公寓裡，有的家庭他看得見，有的家庭他看不見，他想在那些屋子裡搜尋凱蒂的身影，卻只感覺到失去她的空虛。

為什麼非得是凱蒂？

真愛當然不會是唯一的，世界這麼大，他不可能只鍾情於一個人。世界上哪有這種真愛？但話說回來，或許要先肯定真愛才能找到真愛。凱蒂就是他的真愛，他找到了她、愛上了她。

但為什麼非得是凱蒂？

斐兒呢？

黛碧呢？

第四十八章

騷貨斐兒接到二號男的來電和從天而降的內褲

斐兒在樓梯間門口佇足，打量大樓前人行道上的景象。她的視線越過光可鑒人的瓷磚地板，穿過蓊蓊鬱鬱的人造盆景，只見大門外燈光閃爍、人頭攢動。儘管大門阻隔了聲響，但只要目光稍微揀選一下，便能看出門外紛擾的喧嘩。大廳裡閃爍著白光和紅光，光源是停在門外人行道上的救護車車頂。行人三三兩兩在外頭徘徊，蠕動著嘴巴在說話，但沒有隻字片言傳進斐兒耳朵裡。洛克希街上車流緩慢，像一隻慢半拍的鐘映襯著門外的擾攘，天上有上百張紙宛如飄零的樹葉翻飛落下。

遙遠低沉的警笛劃破大廳的寧靜。斐兒經過電梯往大門走，發現警笛聲愈來愈響。走到門口時，第二輛救護車正好駛上人行道，車身緩緩顛簸了幾下，在第一輛救護車後面停了下來。警笛聲不響了，但警示燈依然忙亂地轉。

斐兒停下腳步，一手搭在門把上，看著兩位救護人員手忙腳亂從救護車上下來。圍觀的行人讓開一條路，隔著安全距離一邊觀看一邊跟身旁的人指手畫腳喋喋不休。救護人員打開後門取下病床，其中一位把藍色手提袋放在病床上，兩人再一起把後門關上。

斐兒的手離開門把，擰開水壺蓋喝了一大口，水從嘴角涓流到下巴，她拿手背去揩，眼睛盯著救護人員火速清點裝備，其中一位朝著對講機一邊發話一邊點頭。

霎那間，她納悶這是不是康納偷吃被逮到的後果。這個念頭一閃即逝。或許康納清理公寓時漏了什麼，被女友眼尖抓包了，或許是漏了一條口紅忘了藏，女友發現後腦補了一下，結果就是兩輛救護車停在正門口。這想法有趣歸有趣，但斐兒知道就算康納坦承自己劈腿，也只會換來一頓哭吼跟叫罵，頂多在公寓裡摔點東西，鬧到叫救護車應該不至於。

不論如何這反應都太快了。

救護人員衝到大門前，兩人聚精會神板著臉孔。斐兒推開門讓他們過。他們草草向她點頭致謝，一心都在手邊的工作上，因此沒有再多表示什麼。她看著他們推著病床在電梯門前按下按鈕，為了等電梯不得不放慢腳步。

斐兒步出大樓，一腳踏進市聲裡，圍觀者議論紛紛，比起大廳的靜謐，人行道外的車聲鋪天蓋地。天上依舊下著白紙，紙張優雅地左飛右撲，在微風中款款擺動，輕盈地飄落到地上。斐兒抬頭看看這團紙雲的雲頂，離地最遠的那幾張還在好幾層樓之上，背襯著晴朗的天空左搖右擺。她敞開雙手，微笑看著這精妙的罕事。一旁那兩輛安靜的救護車有種奇異的美，在那交錯閃爍的紅光和白光中，上百張白紙翻飛在圍觀的陌生人四周。

斐兒又喝了一大口水，一陣微風吹過，將一疊紙吹拂到人行道上。她正要擰上水壺蓋往街上走，手機忽然震動了。她從口袋裡抽出手機。

螢幕顯示「二號男」來電。她想了一下二號男是誰，暗下決心非要把通訊錄整理好不可，每次人家給她號碼，她總是輸入便於記憶的假名，其中幾個或許應該改成真名才是，上禮拜搞混「爸爸」之後就該改了，當時打來的是她親爸爸，不是在自助洗衣店碰到的那個老男人，早知道真是她爸，她接電話時就會得體一點。

她想起二號男是康納。

斐兒把手機拿到耳邊說：「嘿，康納。」

「我們不能再見面了。」他的聲音很壓抑。

她早就知道會這樣。剛才一邊下樓梯她就一邊跟自己講理：康納對待她和對待女友不一樣，遲早會捨棄她來挽留女友。她知道康納即將發現自己的愚蠢，離開時看他臉上懵懂的表情，就知道他的舉止說明了他的腦袋尚未了解的一切——他愛他女友，劈腿真是大錯特錯。

「我有點猜到這是遲早的事，」斐兒說：「我剛從大樓走出來，一張張白紙從天而降。好美。」她轉了一圈，將景色收進眼底。最後幾張白紙紛紛落地。幾位路人抬頭找尋這些紙是從哪裡來的，他們彎起手掌貼齊額頭擋住刺眼的天空。

「斐兒，我愛凱蒂。她發現了妳，現在恨死我了。」

「啊噢。那一定很難受，」斐兒說。

她真心同情康納，心想有一天等她準備好了，她也想有人這樣為她心碎。但不是近期的事，她心想，這是以後的事，她希望有人真心愛她，為了她跟其他女朋友分手。

「我沒關係，」斐兒說。她知道這輩子還會遇到其他康納，但她還是想挽留眼前的康納。他是很棒的玩物。「希望她再給你一次機會。你也有你好的地方。別刪掉我的電話吧？」

「對不起。我一定得刪。」康納說。

他的口氣很消沉——她心想——還是那是慚愧？

「說不定你哪天會需要喔，」她揶揄道。「欸，康納？」

「怎麼。」

「如果你找到我的內褲能不能跟我說一聲？我想我放在——」

斐兒往後跳了一步，有團黑壓壓的東西差一點砸到她的頭，就掉在她面前的人行道上。她抬頭看還有沒有其他驚喜從天而降，確定沒有才上前一步。是一團紫色的布。她彎腰撿起來。

是她的內褲。

「喂？」康納的聲音從電話另一頭傳來。

「喔，抱歉。不用費心了。我剛找到我的內褲了，」她說。「留著我的號碼吧？以防萬一。」

「我不會留著的。」他說。「再見，斐兒。」

「再見，康納。」她說。

斐兒把手機收回口袋，擰緊水壺蓋，抬頭看了看塞維亞大廈，思索內褲怎麼會跟紙雨一起落下？她聳一聳肩膀。

一轉身，差點跟一個衣著邋遢的矮冬瓜撞個正著。他跟她擦身而過，扭腰閃開了她，工地帽噹啷一聲掉到地上，順著慣性滾過人行道，但他卻繼續往前走。

「他媽的，走路不會看路啊，」斐兒對著他的背影喊道。

矮冬瓜摸找著鑰匙，斐兒聽他好像一邊衝進大廳一邊說：「抱歉，女友的氣球破了。」大門在他身後關上。她不確定自己有沒有聽錯，他確實說了這幾個字，但說得顛三倒四。

斐兒把內褲塞進後口袋，故意露出一角，像紫色的小旗子讓想看的人看。她拎著水壺，一邊甩一邊往洛克希街上走。

一條街後，她跟工地前的保全點頭擠眼。她覺得他好帥。他報以微笑，她留步問他時間，

他說他叫艾邁德。

第四十九章

希梅內斯發現忍受寂寞如同忍受水槽漏水，全都操之在己

希梅內斯盤腿坐在廚房地板上，扳手擱在膝頭，打量眼前身穿禮服的男人。那身行頭確實驚人——他不得不說——剪裁合身而美麗，但對於彪形大漢身穿華麗禮服，他還是花了一點時間才看得順眼。一旦看順眼了，他便認定眼前所見不過就是好看的男人穿著好看的禮服。而且禮服還不夠看，最有看頭的是他的鞋子。希梅內斯從沒想過男人穿起繞帶高跟鞋可以這麼合腳，但話說回來他也沒想過男人穿女人的禮服會那麼合身，更別說可以搭配得這麼好看。但事實明擺在眼前，真的很好看。

「我叫希梅內斯，」他說。「我看水槽底下沒什麼問題。」他比了比敞開的櫥櫃。

「我叫加爾仕，」禮服男說。「我確定水槽漏水了。」

「沒啦，」希梅內斯說。「只是水龍頭有點漏。」

加爾仕沒接話。希梅內斯又打量了加爾仕。他粗獷迷人，腳踝令人驚豔，禮服美得教希梅

內斯移不開眼。

「是胭脂紅嗎？」希梅內斯指著禮服問。「這個顏色？」

加爾仕臉一紅，點點頭。「對，謝謝，」說著他摸了摸禮服。

希梅內斯點點頭，拾起膝上的扳手「霍」地起身，彎腰把地上的手電筒撿起來套回腰帶上，把掉到屁股的工具腰帶往上拉。

「我借用了你的杯子和一點醋，」說著他拿起流理台上的酒杯。「希望你不會介意。」

「一點也不會。」

「只是橡皮墊上積了碳酸鈣，在這裡住久了都會這樣。」希梅內斯把橡皮墊從醋裡勾出來，用手指搓了搓，搓掉最後幾塊結塊，橡皮墊光潔溜溜。「因為這裡的水是硬水。」

「真有趣！」加爾仕倚著流理台說，眼睛興味盎然地看著希梅內斯。

「對啊，」希梅內斯說。「修這個很容易，比修理水管簡單多了，而且用不了多少錢。」

希梅內斯忙著把水龍頭裝回去，加爾仕在一旁興致勃勃地看著。裝好之後，水龍頭一點聲音也沒有，不見橡皮墊滲出半滴水。

「看，」希梅內斯說。「這不就好了。」

他把扳手掛回腰帶上。

「我要謝謝你，」加爾仕說。

「沒什麼。」希梅內斯用西班牙文說。「小事一樁。」

「不只是這件事，我發現你工作很認真，多虧了你，整棟大樓才得以運作順利。一定很辛苦吧？要維修那麼多東西。」

「總之別搭電梯就對了，」希梅內斯說著自顧自地笑了。他嘴巴上雖然這麼說，心裡頭卻感到受寵若驚，這是第一次有住戶向他道謝，或者說是注意到他的存在。馬帝偶爾也會感謝他——希梅內斯心想——但那大半是因為他是雇主。馬帝每年聖誕節都會額外給他一些好處，像是電影票或是餐廳抵用券，以示感謝。

希梅內斯又看了加爾仕一眼。他似乎有些不自在，站姿頗為尷尬，一手搭著流理台，一手搭著腰，好像不知道該怎麼站才好。希梅內斯覺得很可愛，看來加爾仕很難為情，臉從剛才就一直紅著，一路紅到耳根，甚至從鬍渣底下透出來。他的臉之所以這麼紅，或許是因為兩人都沒說話，而希梅內斯一直上下打量他。

「你的禮服好漂亮，」希梅內斯說。「穿在你身上很好看。」

「謝謝你，」加爾仕笑著說，喉頭有點哽住，嗓音因為激動而沙啞著。「真的很謝謝你。」

「在店裡買的？」

「不是，是訂製的，」加爾仕一邊說一邊低頭看著禮服。「我請人訂做的。除了這件之外還有兩三件。」

「喔，」希梅內斯說完頓了一下。「我找不到話說了。」

「沒關係。我也不知道要說什麼，」加爾仕說。「但聊聊天挺好的。」

「是啊。」

「你要不要喝點什麼？」加爾仕問。「有沒有空留下來多聊一下？還是你有別的事要忙？」

「我沒別的事，」希梅內斯說：「來杯水就可以了。」

「水，沒問題。」加爾仕說。「我們要不要去客廳聊？客廳比較舒服。」

「好。」

加爾仕和希梅內斯彼此尷尬地側身而過。希梅內斯走進客廳，忖度著沙發和扶手椅，兩張椅子之間隔著一張咖啡桌。他決定坐沙發。他解下工具腰帶放在身旁的地板上，耳邊傳來櫥櫃關上的聲音，自來水「嘩」地流了出來。希梅內斯揚起嘴角，看著咖啡桌上迪迪德雷克的《愛的秘密狙擊手》。

不一會兒，加爾仕轉過牆角現身，兩隻手各端著一只杯子。他停下腳步，看希梅內斯坐在沙發上，似乎也在忖度該怎麼坐才好，要拘謹的話就坐扶手椅，要拉近距離的話就坐沙發。他選擇了沙發，坐在離希梅內斯最遠的邊上。

「謝謝你，」希梅內斯接過水杯。「真的好渴。」

兩人坐著把水喝完，一邊喝一邊絞盡腦汁擠話來說。

希梅內斯先喝完，深吸了一口氣說：「真好。」

「謝謝，」加爾仕說。

希梅內斯向前傾，把杯子放到咖啡桌上。

「你喜歡這本書？」他一邊問一邊把書拿起來翻。

「我才剛開始看，」加爾仕說。「到目前為止還不錯。」

「迪迪德雷克是我最喜歡的作家之一，」希梅內斯說。他看了看書背，接著把書放了回去，眼神瞥向窗外，遲疑的目光如同胸中的感情。他雖然對加爾仕很感興趣，但這是他從未有過的經驗，讓他不太自在。「景色真美。比我那裡好多了。我住在三樓。窗外只有巷子。還有垃圾箱。」

「我當初就是看中這片窗景，」加爾仕的視線越過希梅內斯的肩頭看著窗外。他斜靠回沙發上，一手搭著沙發的扶手翹起了二郎腿。「我喜歡看著窗外，想像這城市裡充滿了人。當我一個人的時候，這讓我不會感到那麼孤單。」

希梅內斯仔細端詳了加爾仕一會兒。

「我懂你的意思，」他說。「有時候我忘了自己其實並不孤單。但這裡的人我一個也不認識。」

「你現在認識我啦，」加爾仕說。

「是啊。雖然還不熟，但我覺得你人很好。」接著是一陣沉默，希梅內斯藉此梳理了一下腦中想說的話。

「我忍不住想問你……」說著他把手搭在加爾仕的手上。「你不要生氣。」

加爾仕哈哈大笑，給人家這麼輕輕一碰，心裡頭小鹿亂撞。「這我沒辦法保證喔，畢竟還沒聽見問題嘛，但我可以保證我會盡量收住脾氣。」

「你為什麼要穿禮服？漂亮是漂亮，但我實在想不通。你是想當女人嗎？」

加爾仕再次哈哈大笑，希梅內斯揚起嘴角，笑得很靦腆，對自己問的問題有點不好意思。

「呼，」加爾仕說：「我還以為你要問什麼很難的問題。」他頓了一下，說：「我小時候很愛看老派的歌舞片。黛比·雷諾茲。愛琳·卡斯特爾。麗塔·海華絲。露普·薇勒茲。當時的我覺得這世上再也挑不出比她們更美麗的女人。漸漸長大後，我發現世界各地的女人都有相同的美。既優雅，又堅強。我不想當女人。我當男人當得很開心。但我真的很欣賞女人的美。我想這就是我做這身打扮的原因。」

希梅內斯看著加爾仕說出這整篇話，每說一個字，加爾仕就變得更沉穩也更有自信。他明白加爾仕的意思。他在加爾仕的身上看到了美。

希梅內斯覺得很遺憾，美的觀念被女性獨占並且遭到扭曲，優雅的力量蕩然無存，取而代之的是爆乳和扭臀，唯有如此才能賺得豔羨的目光。

加爾仕緊接著說：「我雖然美不起來，但是我懂得欣賞。」他看著希梅內斯的眼睛。「說說看？你有沒有什麼不為人知但想展現的地方？」

希梅內斯長嘆了一口氣，打量著窗外的市景。正當加爾仕死心不再追問時，希梅內斯開口了。

「我也好喜歡露普．薇勒茲，」希梅內斯說。「我喜歡跳舞。我會隨著那些老派歌舞片起舞，但我只在家裡面跳，從來沒有跳給其他人看過。」他用手比劃了一下自己的身材。「我雖然不是佛雷．亞斯坦，但我真的很愛跳舞。」

「你可以為我跳支舞嗎？」

「我沒辦法啦。」

這下換希梅內斯臉紅了。他從來沒有在別人面前跳過舞，每次不是在空蕩蕩的公寓裡面跳，就是在黑壓壓的人群裡面跳。他的心跳得好快，巴不得立刻抽腿躲回公寓。

「你當然有辦法，」加爾仕說：「我都秀給你看了。現在換你秀給我看了。」

希梅內斯再次看著窗外的城市。他知道城市裡有很多人，但他一個也看不到、一個也不認識。有人跟認識人是兩回事。

「可是沒有音樂啊。」

「你進門的時候不是在吹口哨？你可以一邊吹口哨一邊跳呀。」

希梅內斯知道自己如果就這麼走了，一切又會像從前一樣，唯一會等他的只有微波晚餐和面向垃圾箱的寂寞公寓。他永遠不會跟加爾仕變熟。加爾仕將只是這偌大城市裡任何一棟大樓中任何一扇窗子裡的任何一個人。如果希梅內斯死於電梯大火，還是找不到人執筆替他寫訃文。

希梅內斯一語不發站了起來，把咖啡桌挪近沙發騰出空間。加爾仕幫他一起挪，挪好後改坐在沙發正中央。

希梅內斯繞過咖啡桌，在客廳中央立定站好。

第五十章

加爾仕看見一絲眞愛的微光，幸福像一口熱可可在肚子裡蕩漾

加爾仕暈陶陶，期待希梅內斯為他跳支舞。興奮在他心底冒泡，非得費一番心力才能保持鎮定。

希梅內斯顯然很緊張，他的十指在發抖，掌心不時擦著褲子，費了一番周章把東西全都挪開，將地燈推到牆邊，接著又繞著客廳走了一圈，彷彿在丈量空間夠不夠，確定夠了才回到客廳中央，嘴裡不停自言自語，片片段段讓加爾仕聽了去。

「看起來一定很蠢……空間根本不夠……我到底在幹嘛？」等等。

終於，希梅內斯不再踱方步、不再甩手臂。地毯已經捲起來立在牆邊，底下陳舊的蜂蜜色拼花地板露在外面。咖啡桌收得離沙發很近，加爾仕只能側坐，因為沒有空間讓他端莊地正坐。

希梅內斯深吸一口氣，迅速把氣吐了出來。他把肩膀聳到耳邊再放下，然後文風不動地站

著。

扶手椅已經推到牆角，地燈也收在牆邊。剛才加爾仕還用地燈幫希梅內斯打光，起初希梅內斯還露出討饒的表情，後來也只能順著加爾仕，加爾仕忍不住咯咯笑，笑他跳個舞也這麼麻煩。如今希梅內斯就站在面前，準備跳舞給他看，加爾仕對他的勇氣感到肅然起敬。多令人惶恐啊！在別人面前展現真實的自我！

加爾仕看著這一幕，身著禮服和高跟鞋的心情頓時輕鬆自在許多。他翹著一條腿坐著，另一條腿夾在沙發和咖啡桌之間的窄小空隙裡。加爾仕好奇這是不是就是重點所在？他好奇希梅內斯是不是也明白？他之所以讓自己陷入窘境，就是為了跟加爾仕真心交換真心？加爾仕希望事實就是這樣，希望眼前這個大個子是為了展現風度才答應跳舞，為的就是讓他感到自在。

「我想沒有家具可以移了。」加爾仕呵呵笑道。

「我會搬回去的，」希梅內斯帶著歉意說。

「沒關係，」加爾仕說：「不用放在心上。」

「我只是不想把東西弄壞。我跳的不是很好。」

「你沒問題的，」加爾仕說。

多麼賞心悅目的畫面！希梅內斯帥氣沉著，原本窄小的公寓如今成了打光的舞台，他獨自站在舞台上，面前是一位觀眾，背後是午後陽光消逝的城市，市景在黯淡的光線中朦朧成布景，彷彿直接畫在畫布上，彷彿窗戶不存在一樣，希梅內斯即將在俯瞰城市的懸崖邊上起舞。希梅內斯腳下的拼花地板倒映著市景，亮光蠟在接縫處堆積，讓倒影起了漣漪。地燈投下了光影，在市景的逆光下，除了被地燈照亮的那一面，其餘都在深濃的陰影中。

已經沒有東西可以挪動了，希梅內斯站定在客廳中央，穿著襪子的腳一前一後站著，襪子破了個小孔，大拇指探了出來。他的腳跟朝內，腳趾朝外，膝蓋略略彎著，小腿和大腿呈現最大鈍角，準備開舞。他用手把頭髮往後梳露出額頭，接著甩了甩粗壯的手臂，把袖子挽到手肘，露出毛茸茸、肉呼呼的前臂。他雖然身材魁梧，兩條腿跟路燈一樣粗，但加爾仕在他的站姿裡看見了優雅。

「感覺好蠢，」希梅內斯說。

加爾仕笑了笑，比了比自己，手腕一彎、十指一張，往身上的禮服比畫。

「我或許不像你這麼勇敢，」希梅內斯說。

聽到這讚美，加爾仕臉上又是一熱，心想希梅內斯站得那麼遠，應該沒有看見吧？但轉念一下，比起過去十分鐘，臉紅又算得了什麼？不需要為臉紅感到不安。希梅內斯都願意無視這場邂逅的突兀怪誕，願意從中看見美善和價值，願意以真心回報真心。這個啤酒肚男的舞沒有理由跳得比那些受他景仰的歌舞片男星差。

「跳就對了，」加爾仕微笑道。

「沒有音樂。」希梅內斯玩弄著褲管。

「邊吹口哨邊跳呀。」

「哪有人這樣的。」

「跳舞不需要音樂，」加爾仕勸說道：「舞蹈可以純粹就是舞蹈。」

「有音樂比較好跳，」希梅內斯說。

加爾仕嘆了一口氣，勉強對希梅內斯擠出微笑，從沙發上站了起來，裊裊婷婷繞過咖啡桌，用手掌順了順裙襬。他走進臥室，拿起床頭櫃上的收音機鬧鐘，回到客廳插上電，螢幕閃現一排紅色的8。加爾仕將開關從「鬧鐘」切換到「ＦＭ」，稍稍轉一下旋鈕調準頻道，接著再調高音量。一條瘦瘦的歌從喇叭裡走出來。

「好啦，」加爾仕一邊說一邊坐回沙發上。「還需要什麼嗎？」

他忍不住笑希梅內斯的表情。沒有了。加爾仕認得這首歌——〈行軍瘋〉，但不是葛拉漢．納許灑狗血的原唱，而是美國民謠樂團「森林」的翻唱，輕快的中板搭配Lo-Fi美學，再配上新嬉皮幻想曲的慵懶鼓聲，一聲聲落在開滿野花的綠油油山坡上。

希梅內斯二話不說開始跳舞，剛開始舞步徐緩，一眨眼節奏已經比音樂的拍子快了一倍。單腳側點兩下，前腳腳尖點地交換步，換腳側點兩下，然後是輕快的搖擺步。

捷舞，加爾仕看出來了。單人捷舞。

希梅內斯用臀部帶動全身，腳踝如彈簧抵銷臀部的推力。左兩下，右兩下，搖擺步，腳跟落下。雙手揮左、腳右踢；雙手揮右、腳左踢。雙臂上舉，原地緊密追步，隨性來幾個查爾斯敦步，然後流暢地擺個臀，手肘貼腰，前臂左右打開，掌心朝下，十指優雅地翹起，扭動臀部畫圓，但上半身維持不動。加爾仕欣賞著整支即興獨舞，真是近乎完美、精彩絕倫。他看希梅內斯愈跳愈開心，這才發現他一直在看他。

希梅內斯因為賣力舞動而兩頰緋紅。他雖然出乎意料地敏捷，但終究是個大塊頭，一支舞還沒跳完就已經滿頭大汗。但他舞步不停，從客廳的窗台舞到廚房的櫥櫃，臉上始終朝著加爾仕微笑，加爾仕也報以笑顏，兩人就這樣對看了好一陣子。

歌播完了，希梅內斯收著腳步。

加爾仕鼓掌，希梅內斯微笑頷首，表示感謝。

電台ＤＪ哇啦哇啦報完了氣象，說「接下來要一路搖滾到底，不會有串場廣告」，緊接著要播放「獵鹿人」樂團的〈地下室場景〉。樂聲流瀉而出，希梅內斯朝加爾仕伸出了手。

「陪我跳一曲？」他問。

加爾仕搖搖頭。「你跳得太好，我配不上。」

「跳得好不好不是重點，」希梅內斯不死心。「來陪我跳。我教你。」他堅定不移，伸長了手邀請他。

加爾仕起身，再次裊裊婷婷繞過咖啡桌，眼角餘光瞥到一道陰影從窗外一閃而逝，他的目光被吸引過去，定睛一看，什麼也沒有，只有一望無垠的大廈和高樓。外面什麼都沒有，但是眼前——眼前是等著要跟他牽手的希梅內斯，等著與他在鬧鐘收音機播放的樂聲中共舞。

加爾仕牽起希梅內斯的手。他們一起在悠揚的歌聲和迷幻的間奏中搖擺，腳步從容地在拼花地板上點踏。加爾仕的頭靠著希梅內斯汗濕的肩膀，目光落在窗外不遠不近的迷濛市景上，鼻尖嗅著希梅內斯的古龍水，感覺幸福像一口熱可可在肚子裡蕩漾。

第五十一章

佩妮．大利拉吃到了該死的三明治冰淇淋

她的身體從來沒有這麼疲憊過。她的內心從來不曾那麼平靜過。佩妮．大利拉就這樣飄浮了一分鐘，那裡除了她的潛意識，除此之外什麼也沒有。她雙眼緊閉，沐浴在從薄薄眼皮透進來的暗紅光芒裡。

公寓裡的空氣溫暖舒適，聞起來有一股家的味道——是烤箱裡的鹹派。她躺在油氈上，背部感到舒緩又冰涼。持續不斷的精神壓力和身體壓力都過去了。

寶寶還活著。她聽見女兒在小男生的懷裡哭鬧。雖然她的手臂渴望擁抱寶寶，但她還想再等一等。

她還活著。她從眼皮看到自己還活著，血液餵養著身體，空氣在肺裡進出，一滴汗循著先前的汗跡往低處流，接著落定、蒸發、消失在空氣中。

克萊爾在跟接線員說話，兩個人在烤箱旁邊聊了開來，克萊爾在查看鹹派是否撐過了這場

苦難。

佩妮．大利拉睜開眼睛，掩不住滿臉的笑意。小男生跪在一旁，把寶寶抱在懷裡。

「她好小，」他說得很輕，每個字都穿透著驚奇。真是難得一見的孩子，佩妮．大利拉心想，他自己也是個寶寶，懷裡卻抱著她的寶寶，而且目不轉睛地盯著。看他一副快哭的模樣，她以為他會哭出來，但他的眼睛是乾的。她好奇他是不是有弟弟或是妹妹？但願真的是這樣，因為他一看就知道是個好哥哥。

寶寶身上裹著一條擦碗巾，其他髒毛巾皺巴巴地散在小男生的四周。他一定先用毛巾幫寶寶擦乾淨，才用擦碗巾把寶寶裹好。多虧了他，寶寶才能平安來到這世上，在他的懷裡咿咿呀呀。是他接生了寶寶。是他把寶寶帶離險境，佩妮．大利拉感覺到心中滿溢著對小男生的愛。她按著他的手臂。

「妳很想抱女兒吧，」小男生回應她的觸碰，但目光卻離不開懷裡的寶寶。

「我很想，」佩妮．大利拉說：「但你抱好再換我吧。」

小男生看了她一眼。佩妮．大利拉想起克萊爾喊他赫曼。

「赫曼，」她說：「你幾歲了？」

赫曼跪著湊上前，把寶寶遞給她，看到寶寶安穩地躺在她懷裡，他才開口回答。

「十一歲，」他說：「十一歲半。其實比較接近十二歲。」

佩妮．大利拉點頭。寶寶從茶巾的襁褓中往外瞧。茶巾是格紋的，繡著紫色的薰衣草圍繞著褐色的茶壺，壺嘴有幾條藍灰色繡線，歪歪扭扭，表示茶煙輕颺。

「赫曼，你是全世界第一個見到我女兒的人。她叫薰衣草。」佩妮．大利拉對他說。雖然還沒跟丹尼討論，但丹尼又不在這裡，她沒辦法忍受女兒沒有名字，一秒鐘都不行。他們之前就討論過取名字的事，但討論來討論去，選擇還是超過兩百個。對佩妮．大利拉來說，薰衣草這個名字既適合寶寶又符合當前的心境。丹尼只要答應就可以了。

赫曼露出微笑，湊上前用手指慢慢地撓著薰衣草的臉頰。

「還有，」佩妮．大利拉繼續說：「你是她的救命恩人。也是我的救命恩人。謝謝你，赫曼，你是我見過最勇敢的人。」佩妮．大利拉哭了出來，半是出自疲憊，半是出自欣慰。結束了。他們一起打了一場辛苦的仗，現在大家都安全了。

想法變成現實。

「你是我們家的一份子了，」佩妮．大利拉哽咽道：「你是薰衣草的哥哥，也是我的英雄。如果你有任何需要，只要我幫得上忙……」

赫曼跪坐回腳跟上，雙手擱在膝頭，十指交錯，坐立不安，嘴角垮了下來，目光直盯著手指頭看。

「我必須走了，」他說：「我還有別的事。」

赫曼引起克萊爾的注意，把爺爺的公寓號碼告訴她，請她幫忙再叫一輛救護車。

克萊爾揮一揮手，點一點頭，又指了指話筒，表示還在電話上。

赫曼見狀，便起身往外走。

佩妮・大利拉還來不及開口，赫曼就已經不見蹤影。過了一會兒，走廊上傳來逃生門的液壓臂「嘶」了一聲，門鎖「喀」地關上。

佩妮・大利拉會再找到赫曼。她想當他的朋友，她想跟他變熟，她想要他當薰衣草的哥哥，想要他們一起長大。她想要赫曼跟他們做一輩子的家人。她一定說到做到。

她聽著克萊爾單邊的談話，但一個字也沒聽進去，只純粹當作背景噪音。她看著薰衣草，突然心頭一震。晶咪說得沒錯，千年萬年來，婦女都在沒有現代醫學的幫助下生產。佩妮・大利拉確定不是每個人都像她這麼屎，但她確定自然產大多行得通。就算行不通，傷疤擦一擦，殘局收一收，盡人事，聽天命。

「嘿，」佩妮・大利拉喊克萊爾。

克萊爾挺直腰桿，手遮著送話口盼著佩妮・大利拉。

「妳這裡該不會有三明治冰淇淋吧？」

克萊爾一臉疑惑，接著點點頭，說：「有。」

她打開冰箱抽出三明治冰淇淋，走到廚房另一頭遞給佩妮．大利拉，然後再回到話機旁邊繼續講電話。

佩妮．大利拉不知道該怎麼吃這個三明治冰淇淋才好。是要細細品味呢？還是要狼吞虎嚥呢？她把薰衣草擱在肚皮上用手肘夾著，手指撫過冰淇淋的包裝，心裡盤算著該怎麼吃才好。冰涼的塑膠包裝如絲一般光滑，裡頭的三明治冰淇淋摸起來雖然硬，但輕輕一捏就凹了下去——沒有冰到硬透，佩妮．大利拉最喜歡吃這種的了。外層的餅乾入口軟Q，手指頭沾到巧克力變得黏答答的，太讚了。她用牙齒撕開包裝，兩眼發直看著裡頭的奇觀。救護人員到門口了。兩位彪形大漢穿著藍色制服高喊「一一九到了」。其中一個拖著病床，上頭擺著急救醫藥箱。

克萊爾朝佩妮．大利拉的方向揮了揮手，似乎怕救護人員沒看見她躺在門口，那手勢彷彿在說：「那裡！清乾淨。」她還在講電話。

佩妮．大利拉趕緊大啖三明治冰淇淋，想搶在他們開口制止之前把東西吃完。

救護人員訓練有素，從容不迫開始檢查她和薰衣草。他們量了血壓，聽了心跳，問了家族病史和用藥狀況，問她身上會不會痛？哪裡痛？佩妮．大利拉滿嘴三明治冰淇淋一一回答。她一邊舔包裝紙一邊被抬上病床，包裝紙不小心掉到地上。

她跟克萊爾揮揮手，被救護人員推到走廊盡頭的電梯門口。其中一位按下電梯鈕，兩人開始討論等等要去買披薩：「……還是你要吃沙威瑪？」電梯下降的聲響在門後愈來愈響。

「沙威瑪，」另一個說完看了看錶。

第一個點了點頭：「選得好。我們把兩位小妞送回去就去買。」

電梯「叮」了一聲。電梯燈熄滅，電梯門打開。電梯的地板比走廊高了三十公分，但兩位救護人員施了點巧勁兒，輕輕鬆鬆把病床推了進去。

佩妮．大利拉照了照鏡子。嘴角和手指上都沾滿了冰淇淋三明治。薰衣草乖乖地在休息，嘴巴雖然動來動去，但眼睛輕輕地閉著。佩妮．大利拉好奇寶寶會做夢了沒有。一切都沒事了。她當媽媽了。她滿臉堆笑。

一位救護人員將病床擺正，另一位按下大廳的按鈕，兩人背對著佩妮．大利拉，抬頭瞪著電梯門上的數字。電梯門滑上，電梯下降。

「有煙味，」其中一位救護人員說。

「真的，」另一位不以為然地搖搖頭。「有人抽菸。」

「不對，聞起來不像菸味，」第一位說。「我以前會抽菸，這不是菸的味道。比較像塑膠。」

「你以前會抽菸？」另一位說。

「對。」

「我怎麼都不曉得。」

「呃，對。那是過去的事了。」

「抽菸會害死人耶，你知道嗎。」

「呃，但我現在不抽啦。」

兩人一陣沉默，看著電梯門上的數字從六變成五。

「你有時候真令人擔心，」另一位說。「你太不怕死了。」

電梯車廂外傳來金屬摩擦的聲響，回音在電梯井上下迴盪。電梯震了一下，停在四樓左右的地方。

救護人員按了電梯鈕。沒有動靜。

第五十二章

宅在家的克萊爾找到工作和約會對象和公寓外面的新生活

「我叫傑森，」接線員說。

「傑森？豬？」克萊爾說：「是你？」

「對，」接著補上一句：「但拜託一下，通話紀錄會錄音。你可以叫我傑森。」

「好，」克萊爾說：「傑森，你知道我是誰嗎？」

「知道。我認得妳的聲音。」他壓低嗓子說：「我有時候會用休息時間打給妳。」

「我知道，」克萊爾說。

「我每次都希望是妳接的。我喜歡妳。」

門口傳來一陣騷動，寶寶開始哭鬧。一位救護人員對著夾在肩上的對講機說話。克萊爾聽不清楚他說了什麼。他站在門邊，下巴歪向肩膀，大拇指英雄似地勾著皮帶環。另一位救護人員在量佩妮・大利拉的血壓，一面將壓脈帶充氣一面捏住她的手腕，手指壓著她的大拇指下緣量脈搏。

佩妮．大利拉兩眼盯著寶寶，嘴巴動呀動，下巴左右擺，嘴唇閉著，正在大嚼三明治冰淇淋。她的眉毛微聳，額頭平滑，寶寶在懷裡扭呀扭地咯了幾聲，她揚起嘴角。

克萊爾環顧四下。跟她一起來的那個古怪小鬼不見了。該不會又在哪裡暈倒了。她望一望廚房中島四周，看有沒有人躺在地上，但都沒有瞧見。似乎沒有人發現他走了，也沒有人注意到她在說什麼。

克萊爾意識到自己需要找人傾訴。她需要找人傾訴已經有一段時間了，只是她一直極力忽略這個事實。通常她會打電話給媽媽發發一個禮拜來的小牢騷，增進一下母女的感情，但不會大吐苦水到讓媽媽擔心。克萊爾不願意增加媽媽的負擔，畢竟她年紀也大了。

媽媽不需要聽我訴苦，克萊爾心想，但這些心事我一直放在心裡放到現在……或許，傑森？

克萊爾想了一會兒，擔心這樣會太尷尬。但她把心一橫，說：「今天真是受夠了，傑森，我想我需要找個人說說話。」

「聽起來真可憐，」傑森說：「可以說給我聽嗎？」

「不知道耶。就是……這一陣子不太順，儘管我很努力跟自己說一切還是跟以前一樣。剛剛我說今天真是受夠了，其實我的意思是這幾年真是受夠了，」克萊爾說：「我似乎一直在讓日子井然有序，好讓失序的生活多一點秩序。我之前都沒發現這一點，但我想這就是問題所在。我什麼都守秩序，所以就不用去想也不用嘗試新事物。現在我看出問題了。我想要改變。但我不知道該怎麼做。」

傑森沒說話。

「在嗎？」她問。

「在啊。在聽。」

克萊爾欣賞他的沉默。她過去的男朋友老是想提供解答。每次她跟他們訴苦，才說不到一句，他們就會教她該怎麼怎麼做，然後把她的心事打發掉，既然現在已經有辦法了，她就應該自己去解決。他們老是把她的問題修一修丟回來，就這樣。她不用傑森幫她解決所有問題，她只想要他聽她說話，想要他了解她，或者再過分一點點——想要他可以諒解這些不完美。她欣賞他的沉默。

「有個女的今天在我家生了孩子。」克萊爾嘆了口氣。「我有兩個感覺。第一是害怕她在我家。第二是驕傲我家地板乾淨到可以幫她接生。我已經好幾年沒有出門了，也沒有任何人來過我家，而現在我卻瞪著三個陌生人，不對，是四個，還有寶寶，總共有四個陌生人在我家。

而我最擔心的是胎盤弄髒地板還有救護人員的鞋子不乾淨。」克萊爾的聲音啞了。「我知道我應該要擔心產婦和寶寶。我真的很害怕自己竟然要想自己應該擔心什麼。其他人應該連想都不用想吧？

「我應該直接開門，但我卻問了問題。我這禮拜應該要出門買東西，應該要去書店摸書架上每一本書的書脊，而不是擔心有誰碰過這本書，碰之前有沒有洗手。我不應該想要叫救護人員把鞋子脫在門口。我應該跟人接吻。已經好幾年沒有人碰我了。我應該去看我媽。我應該——」

「克萊爾，」傑森說：「沒事的。大家都沒事，但我想妳或許需要找人談談。妳先把一切都說給我聽，但之後妳一定要再找人談談。或許找這方面的專家。找個可以幫助妳的人。」

「我只是從沒想過我需要幫助，」克萊爾說。

「我知道，」傑森說。「但妳需要。」

他們聽了一會兒彼此的呼吸。

「我今天還丟了飯碗。派對盒子的電話業務要外包到馬尼拉，我們全部都被開除了，」她說。「今天真是受夠了。」

「克萊爾，」傑森說：「我們在找人，一一九客服中心在找人。我們還缺兩個總機。派對盒子用的是什麼系統？」

「Linksys 9000。」

「跟我們一樣，」傑森的口氣很興奮。「妳應該投履歷過來看看。我可以替妳說幾句好話。」

「好像不錯，但我學歷不符吧。」

「妳做過電話業務啊。這大大加分。妳抗壓性很強，這我可以替妳做擔保。當然啦，如果有犯罪或護理相關的專上教育背景最好，但這些培訓的時候都會教。」

「我主修理論人體解剖、輔修簡易管理會計，」克萊爾說。

「太好了。」傑森說。「妳把履歷寄過來，我幫妳轉給人資。如果得到面試機會，妳就得來客服中心一趟。」

「知道了。」

「妳可以嗎？」

「應該可以。」

克萊爾看著救護人員把佩妮·大利拉和寶寶抬上病床，幫她蓋好毯子，其中一位救護人員看了克萊爾一眼，跟她揮揮手。她揮了回去，他們就推出去了。其中一位又探頭進來，用唇語說了聲「謝謝」，接著把門帶上，走了。

「還有什麼想說的，克萊爾？」

克萊爾不再那麼激動了。她覺得跟之前的客戶宣洩心事很奇怪，頓時有些不自在起來。

「沒有了，傑森。謝謝你聽我說。」

「克萊爾，這麼說希望不會太失禮，但我想多認識妳。如果以後不能再打給妳，我真的不曉得該怎麼辦。如果現在不問，我一定無法原諒自己，」傑森說：「我們可以找個時間一起喝杯咖啡嗎？」

「呃，」克萊爾頓了一下，閉上眼睛。她的手在發抖，嘴唇前方的話筒顫抖得好厲害，她深吸了一口氣。「你幾點下班？」

「再過十五分鐘。」

「你喜歡鹹派嗎？」克萊爾問。

「喜歡，」傑森說。

「你想不想來我家吃點鹹派？」克萊爾問完趕緊補一句：「我知道這很突然。如果你沒有辦法，如果你已經有約了，那也沒關係，我懂，我們可以改天再聊，」接著又補上一句：「如果你想聊的話。」

「我想跟妳一起吃鹹派，」傑森說。「但我得先回家把制服換下來。」

「不用換，」克萊爾說：「穿制服也沒關係。不必換。」她瞥了一眼烤箱的倒數計時器。「鹹派再四分鐘就烤好了，放涼十分鐘之後就能享用。」

「我還要再四十五分鐘左右才能到妳那裡，」傑森說。「我沒辦法早走。我也很想提早走，但是沒辦法，我們人手不足。」

「沒關係的。鹹派不管冷熱都很好吃，」克萊爾說。

她環顧公寓。佩妮・大利拉的胎盤把玄關弄得又髒又黏。地上多出一堆濕答答的毛巾。救護人員進門時沒脫鞋，他們外表雖然乾淨，但再怎麼說那都是室外鞋。前後才差不到五分鐘，眼前所見跟先前完全兩樣，克萊爾懷疑以後還能不能像從前那樣舒舒服服住在這裡。接著她意識到自己不該再有這種想法。

她用發抖的聲音說：「太好了，傑森。我正好也要打掃一下家裡，」她說。「你知道地址嗎？」

「知道。系統裡面有，」傑森笑道。「我可以順道買瓶紅酒過去，如果妳想喝一杯的話。」

「好啊……豬。」克萊爾臉上浮現一抹微笑。

第五十三章
在家自學的赫曼告別了爺爺

走廊盡頭的電梯「叮」了一聲，赫曼走出805室。那聲響在他腦海裡，安靜，遙遠。

本來壞的，現在好了，赫曼想起在電梯裡的意外。於是一切又重新開始。

電梯門滑開，兩位救護人員衝了出來。領頭的那位絆了一下，因為電梯廂跟電梯框沒有對準。他指著地板的高低差，要另外一位小心。海軍藍褲子隨著跑動而竊竊私語，藍色打摺襯衫的起伏宛如蕩漾的水波。一個對著肩上的對講機在說話，另一個把滿載設備的病床拖在身後。兩人的頭轉來轉去，看看自己到底在哪裡，眼神裡閃耀著決心。突然間，他們看到赫曼。

「嘿，小朋友，」其中一個說。「805室在哪裡？」

赫曼頭也不回，手越過肩頭，比向剛才離開的門，接著便打開逃生門走了進去。

樓梯間的燈光昏黃陰暗，整個空間都籠罩著老照片的色調，空氣聞起來也很古老，受困在這上下延伸的樓梯井裡，彷彿從大樓建造之初就給困在這裡。赫曼還有七層樓要爬。他並不心急。他的家就在那裡，過去也在那裡，未來也在那裡。他一步一步有節奏地走。沒必要像之前那樣奔跑。就算需要奔跑，他也不確定自己還能不能跑。他的腿像鉛一樣重，一番奔波下來，他身上一點力氣也沒有。他用欄杆當作輔助，支撐他疲憊的雙腿。

「不要想成距離，」爺爺是這麼說那兩點之間的空白的：「想成時間。」

我沒有很長的路要走，只是有一段時間要走，赫曼心想。

感覺像上輩子的事了——在大廳的電梯裡醒來衝進樓梯間拔腿向上跑。他不曉得這件事究竟有沒有發生過，也不曉得自己還在不在樓梯間。他腦海中的一切都雜亂無章。他記得自己在電梯裡站起來，鏡中的身影往四周無限遠處縮小，在鏡子和鏡子之間來來回回地跳躍。

哪一個才是我？赫曼納悶。

接著他想通了：每一個都是我。

計算紙摺起來，赫曼跟赫曼相碰，所有赫曼都是赫曼。他動他們也跟著動，模仿他走出電梯，不同的赫曼離開不同的電梯走進不同的大廳。無限的赫曼分道揚鑣，他看不見他們，他們也看不見他。

幾段樓梯之上忽然傳來一陣嘈雜的聲響，而且離他愈來愈近、愈來愈響。他經過栓在牆上的「11樓」標誌，被一泡眼淚擠到一邊——那女的把他推到牆上，他彈了一下，決定在牆邊待著，四周比較堅固的好像也只有這堵牆。

女人從他身邊急奔而過，一路歇斯底里哭哭啼啼，完全無視於他的存在，赫曼不禁懷疑自己還在不在樓梯間。他倚著牆看著她踉踉蹌蹌轉過下一個轉角，然後就不見了。他繼續往上爬，等到哭聲漸漸低下去，「14樓」的標誌也映入眼簾，等到他按下門閂，打開門鎖，用肩膀頂開「15樓」的逃生門，哭聲已經完全聽不見。

逃生門的液壓臂「嘶」地把門帶上，赫曼在通往爺爺家的走廊上杵了一會兒，看著走廊深處被視線縮得好小好小。爺爺家的門是逃生門數過去第三扇，看起來比其他兩扇小了好多。

逃生門「喀」地闔上，走廊上只剩通風口呼氣的聲響，赫曼起步往爺爺家走，脖子上用鞋帶掛著鑰匙，但他懶得去掏。門沒鎖。他知道。這是他第一次感覺這麼踏實，彷彿雙腳在此時此地生根。他直接開門走進去。跟他上次出門時相比，外頭的天色暗了許多。他切開廚房的燈，從廚房走進客廳。些許天光從外頭照進來，但很熹微，被周圍的高樓遮蔽著。

赫曼站在客廳的沉默裡。這是真正的寂靜，是真實的悄然，並非失去意識前那虛妄的了無聲息。客廳在他面前鋪展開來，爺爺的扶手椅擺在牆邊，赫曼站在對邊的門框裡。

赫曼的手臂很沉，氣力全無，笨重得連肩膀都垮了下來。

發生了這麼多事，他覺得自己好渺小，什麼都掌控不了，只能任憑人生帶他去它想去的地方，照著它的速度，依著它的目標。人生為他下了錨，他就算想逃也逃不掉。這次不行，既無所謂指南，也無所謂意志，就算有指南也是過時的地圖，就算有意志也是奄奄一息的力量。世上同時存在著無限個赫曼，他乖乖地當著眼前這一個，細細端詳面前的景象。爺爺的扶手椅雖然近在咫尺，但似乎離他好遙遠。

赫曼心想：要是能回到過去，要是能扭轉一切，我一定會改寫結局。我會復甦術，我明明就學過。我知道爺爺的藥放在哪裡。我知道怎麼餵爺爺吃藥。我知道怎麼把爺爺從鬼門關前帶回來。這都是我的錯。

赫曼對爺爺毫無生氣的身軀投以注目，爺爺毫無生氣的身軀並未回禮，更別提其他動作。爺爺的眼睛睜著，但什麼也看不見。元氣沒了，血也停了。爺爺已經不在了。爺爺的皮囊還穿著藍色針織開衫，膝上蓋著心愛的鉤針編織毯，但爺爺已經走了。赫曼心裡明白：該來的還是會來，就算是急救和藥物也阻擋不了。這不是誰的錯，這是光陰的錯。爺爺歪歪地坐著，背微駝著，稍稍離開了椅背，一隻手搭著扶手，茶几上的茶杯不再冒煙，早就涼了。爺爺的膝頭披著一札報紙，其餘的全滑到地上，堆成了一個小圓丘。

就像看見薰衣草的出生一樣，赫曼看見了爺爺在黑夜裡誕生在農場上。爺爺跟赫曼提起那座農場提了好多次，多到赫曼都會背了。他看見爺爺小時候站在家門前的石子路上，四周被盛夏的黃色麥田包圍著，用疙疙瘩瘩的手臂朝木樁扔石子，但扔不準，跟目標差得遠了。爺爺的脖子很細，貌似頂不住頭，眼看就要斷了，但仍舊隨著投擲石子的動作擺動著。

赫曼感覺到爺爺在木造小教堂跟奶奶邂逅時有多麼興奮。爺爺和奶奶同個教區，十多歲初識，十九歲結婚。兩人目睹了電力的普及、電話的神奇、汽車的魔術、太空旅行的不可思議。不勝枚舉。赫曼看見他們相視而笑迎接大女兒的誕生。他把當時和現在想像成爺爺在計算紙上畫的兩個點，只要把計算紙對摺，兩點相碰，開始就是結束。於是一切又重新開始。

「再見，爺爺，」赫曼說。客廳回以沉默。

一條金線從窗外直貫而下，赫曼嚇了一跳，從白日夢中驚醒過來，目光追了上去，但腦子轉得不夠快，分辨不出是什麼東西。赫曼直覺跑過客廳衝向窗前，但才起腳，那金光便一閃而逝，等到跑到窗邊，只看見人行道上圍著一群小人，第二輛救護車靠邊停了下來。

這台是來載爺爺的，赫曼心想。救護人員正在大樓的某處，爬上樓來到這寂寞的公寓。

金線消失了。

第五十四章

伊恩開始並結束了恐怖的墜落

這裡是一切的起點，故事以金魚伊恩在魚缸裡作結。水螺特洛伊也在，正在吸壁藻。

伊恩從一頭游到另一頭，順時鐘沿著魚缸轉，輕輕切開水，將水就往兩側劃開，一時幻想自己是肉食魚，譬如鯊魚，譬如梭魚。

伊恩游過特洛伊。

特洛伊昂嗚昂嗚嚼著壁藻。

伊恩看著外頭的城市，一排一排的大樓在明媚的午後陽光裡在水中搖擺。底下幾層樓的太陽已經西沉。九樓以下已是黃昏。

伊恩有點糊塗起來——本來順時鐘游得好好的，怎麼一下子變成逆時鐘了？他思索這是怎麼一回事。如果我本來游的是另一個方向，伊恩心想，掉頭時我總該有感覺吧？他想了一會兒想不透，連自己在困惑什麼都忘記了。

喲？他心想。我這是在幹嘛？

不管他順時鐘游還是逆時鐘游，魚缸的中央都是一座粉紅色城堡。城堡蓋在粉紅色和天藍色的鵝卵石上，吊橋放了下來，門閘敞開，城池寬敞而堅固，總共有四座堡壘，堡壘上有城堞，甚至還有小小的望台、小小的樑托、小小的槍眼，稱得上是精雕細琢。雕鏤在粉紅城垛的磚頭邊緣漆成了紫色，讓磚縫的凹凸更明顯逼真。伊恩這輩子從沒看過這麼逼真的粉紅色城堡，算他好運，可以把這座城堡當作家，大勝沉在水底的大帆船或冒著泡泡的寶藏箱，只是比起城堡，大帆船或寶藏箱或許更適合水底世界。

俗氣的便宜貨，伊恩心想。

他游過水螺特洛伊。

喲？他心想。我這是在幹嘛？

那日以繼夜的咀嚼聲真是會把魚逼瘋！真的！特洛伊日以繼夜齧食著他的斬獲，那教魚難以專心的瑣細沙沙聲在水裡傳播著，把水也變得粗粗沙沙，直透到他的魚肉裡面去。

伊恩啄了一下特洛伊。

特洛伊沒感覺，依舊昂嗚昂嗚地嚼。

那聲音到處都是——乾乾的，像扯開一顆棉球，像摩擦兩塊石頭。

伊恩又啄了特洛伊幾下，經過一番努力，總算把他從缸壁上啄下來。四周一片安靜。特洛伊像一片樹葉在水裡來回擺盪，像翹翹板一樣高高低低，終於沉到水底。這安靜雖然是到底了，但不會永遠安靜下去。特洛伊遲早會爬回缸壁上，昂嗚昂嗚個沒完沒了。

伊恩繞著魚缸打轉。

他不記得叫罵聲是從什麼時候開始的。他正在重新發現魚缸裡的新天地，那聲聲叫罵引起了他的注意。他雖然不記得罵的內容，但可以感覺到有人在叫罵。雖然他不明白罵這些話的意思，但可以從聲音中感覺到緊張。隨著音頻愈來愈高，振動愈來愈頻繁，焦慮和衝突的波長在水中傳播，讓伊恩一時也激動起來。

他看見水中起了漣漪，看見水缸外面有個東西——很大的東西。敞開的陽台門裡冒出了兩個人影在水裡搖曳，一個朝向這一邊，一個朝向另一邊。兩個人影接著走出來站到陽台上，站得很近，上身向前傾，氣憤地比手畫腳。伊恩看了看，覺得隔著水幕看這長達數秒的戲很沒趣。他把尾巴對著陽台門，背對著那對情侶。

城市在他面前鋪展開來，好美，好大。比起這方陽台小角落，外面的世界遼闊太多。比起這四公升的水缸，他的小泡泡外面還有更多可觀的，有著好多可能、好多機會。伊恩渴望看遍整個世界、沉浸在整個世界，而不是在他的小小世界裡動彈不得，永遠只能當個局外人。

伊恩從思緒中驚醒，水中的振動變得更加猛烈。他轉過身。一個人影快速接近，看著像一團顏色和光影。伊恩很害怕，但在四公升的水缸裡又能逃到哪裡去？哐噹一聲，咖啡杯砸在陽台上。伊恩看著白紙一頁一頁在微風中舒展開來，魚缸頓時亮了不少。擋住魚缸口的論文不見了，出口出現了。伊恩花了一些時間才發現魚缸口大開，至於一些時間是多長，他不曉得，因為他沒有時間觀念。不過他一發現出口，就立刻把握住機會。

他繞了魚缸一圈助跑，接著尾巴一彈、魚身一扭，奮力躍出水面奔向自由。他輕易躍過魚缸邊緣，卻意外發現陽台的欄杆也從眼皮底下溜過。除了離開魚缸之外，他沒有別的計畫，就算有計畫，也萬萬想不到自己會在二十七層樓高的地方，底下就是堅硬的水泥地——這感覺很詭異，伊恩打了個哆嗦，魚身發抖，發現自己穿過一層又一層翩翩起舞的白紙，而且墜落的速度愈來愈快。

對一條金魚來說，從二十七樓墜落到水泥地上，前後花不到四秒鐘。一閃而逝。這是你打開大門的時間。是你讀一到兩句話的時間。但對伊恩而言，這是一生的驚嘆。

起初他像闖進了新世界，一切都是那麼的新奇，身處在翩翩白紙之中多麼地美妙，這是他第一次掙脫束縛，沒有魚缸、沒有塑膠袋、沒有水族箱。水缸的外面一直都另有天地，在此之前都被他視為顫顫巍巍的背景，如今他身在其間，視野清晰，與整個世界互動。

伊恩像沒有降落傘的跳傘員，像帶著曬傷乘著火箭從軌道返回地球的太空人，他朝著陸地直奔而去。最初的欣喜消退了，伊恩恍悟自己失控墜落，唯一確定的只有墜落的方向和一秒一秒增加的速率。失控的感覺既令人興奮又教人害怕。這教人從何保持信念？被這樣從天上推到地面，而且不能回頭，永遠回不去了。墜落歷程的終點就在底下，就在那裡。唯一肯定的是他會一直往下墜，而且免不了在頃刻後撞上人行道。

墜落的速度愈來愈快，帶來的迷惑愈來愈多。眼看著事情漸成定局，能夠掌控的變數愈來愈少，不如原先看起來的那樣操之在己。伊恩眼睜睜看著終點逼近，人行道愈來愈大，迅速籠罩了整個視野。他並非像宿命論者那樣聽天由命，而是帶著實用主義者的逆來順受迎向終點。

伊恩看見洛克希街塞維亞大廈的大門打開，斐兒步了出來，拿起廣口運動水壺喝了一大口水。斐兒在講電話，沒發現伊恩噗通掉進水裡。他的頭撞到水壺底部，一時眼冒金星，等等還要頭痛一整天，幸好他腦袋小，損傷並不大。

伊恩深吸了幾口氣；水從魚鰓流過。

斐兒擰上水壺蓋，渾然不知裡頭多了個偷渡客。

水壺蓋擰上，伊恩墜入黑暗。

喲？他心想。我這是在幹嘛？

第五十五章
我們告別洛克希街塞維亞大廈的住戶，來到故事的終點

以上是箱子裡的一瞥。時光繼續前進，一秒一秒鐘著人生的累積，一層一層在箱子裡疊著薄薄的閱歷，一個個瞬間按住時鐘的指針，一層一層無限堆疊上去。每一層閱歷都很薄，每一個瞬間都很短，因此箱子永遠填不滿，只是依次相疊，為時光的推移所編纂。於是內容龐大起來，但終究沒有完整或完成的一天。剩餘的閱歷如同彩色的玻璃紙，在大樓管理員走動颳起的微風裡翻飛，在生死交替的呼吸中飄蕩。

自從凱蒂踏出兩條街外的藥妝店走上洛克希街，至今不過三十分鐘。在這半個鐘頭裡，丹尼和加爾仕色咪咪地打量了凱蒂，接著兩人分道揚鑣，丹尼去喝啤酒，佩妮·大利拉的寶寶決定挑這時候出世，並且選了一條艱難的路走。赫曼暈了幾回、醒了幾回，倒也跟平常緊張的日子一樣。十五樓的公寓裡，一條生命平靜地結束。儘管爺爺過得充實又愉快，但他的器官累了、停了。除了身軀之外，爺爺一切如舊，昇華成另一種生命形式在記憶裡存活。

自從希梅內斯離開塞維亞大廈地下鍋爐室旁的窄小泛黃辦公室，至今不過三十分鐘。他面臨了設備故障、黑暗、自焚、水管漏水，並且優雅地倖存下來。明天他又要重新來過一次，因為總要有人讓大樓順利運作。

加爾仕從洛克希街班斯敦大廈工地走回塞維亞大廈，在樓梯間盯著寂寞的中心，在新行頭裡找到了慰藉，在夕陽西下時發現被人接受的幸福不斷滋長。希梅內斯也找到人填補了空虛，因為知道加爾仕也住在同一棟大樓，他那補貼租金位在垃圾箱上方的單人房公寓似乎熱鬧了一點。

金魚伊恩花不到四秒鐘，就從魚缸墜落到水壺裡。在這四秒之間，我們見證了一見鍾情的神奇，也感受到愛情凋零的痛心。在這四秒之間，我們體驗了慾火焚身的快感，也經歷了家人過世的悲哀。有人實現了自我，有人懷疑了自己，有新生命的誕生，也有修好電梯的喜悅。有火災的威脅，也有代代相傳的鹹派秘訣。不勝枚舉。一個人要花一輩子去經歷的，洛克希街塞維亞大廈的住戶花了四秒鐘把一輩子都經歷了。在這裡我們只看了幾個瞬間，在整棟大樓整座城市裡，還有好多好多的瞬間。只要光陰還在，這些瞬間就會一再重演。

有人喜歡變裝，有人恐懼廣場，有洩密的粉紅色睡衣。有墜落的金魚，有為了寶寶拚命的母親，有還沒準備好面對人生的小傢伙，但仍然漂亮地打了一仗。忠誠的誓言通過了考驗。同樣的誓言卻失了約。

在這四秒之間，看似陷入絕望險境的金魚在意想不到的地方得到了救贖。是奇蹟還是巧合？或許既是奇蹟也是巧合，兩者可以並存、互不相斥，是奇蹟般的巧合。

在這四秒之間，人人順其自然，盡其本份，沒有人是主宰——並不盡然。雖然說事出必有因，但未必都是好的因。這個因是選擇，是機會，是命運，或者什麼都不是。

寫到這裡，故事又開始在塞維亞大廈重演。細節也許不同，但都是新的冒險。

也許宅在家的克萊爾會打開窗戶，作為向世界重新介紹自己的第一步。畢竟她得準備一下，豬馬上要來赴約了。接下來她得考慮要不要離開公寓去面試，但……一步一步慢慢來。

也許希梅內斯和加爾仕正坐在陽台上同抽一根菸，兩人穿著相配的居家袍，腰上繫著綁帶，對著向晚露出圓滾滾、毛茸茸的肚子。他們或許會討論要不要同居，但或許不會那麼快，也是在觀望這新試驗的走向。

也許佩妮．大利拉會和丹尼計畫再生一個孩子。或許現在考慮這個還太早。不過赫曼很有可能會跟他們一起住，因為他沒有地方可以去。只要他開口，佩妮．大利拉一定會答應。他遲早會開口。當然啦，佩妮．大利拉和救護人員必須先離開故障的電梯才行。

也許大反派康納．萊德利明白了花心很傷人，對下一任女朋友會用情專一，讓她享受女朋友該有的待遇。或許不會。但即便他痛改前非，也無法彌補他對凱蒂鑄下的不幸。

凱蒂絕對會再次戀愛。她就是這樣。愛是她的超能力。但她下次會小心一點。以後凱蒂會理性和感性並用，這真是全世界的損失，因為愛是為了感性將理性輕率地拋棄。她的下一任男朋友對她很好，會跟她一邊吃浪漫的晚餐一邊聊天，她試穿新外套時會幫忙提包包，看到她就常常揚起嘴角。她的愛會持續，但不會永久。

事出必有因。有時這個因是我們的選擇，有時是可遇不可求，有時是天賜的奇蹟，但這些都微不足道，因為人生總以奔流不息作為回應。事出必有因，但往往是當局者迷。

該發生的通常就會發生，根本無從掌控——並不盡然。人可以選擇咖啡豆和玉米片，只是不能選擇不吃不喝。人可以選擇伴侶、選擇信仰、選擇車款，只是不能選擇不愛、不信、不朽。

有時候只能順其自然。

也許伊恩會展開新的冒險，前提是斐兒喝水之前得發現水壺裡有偷渡客。但這目前不在伊恩的掌握之中。他縱身躍到了水壺裡，此刻他必須留在裡頭。

真不錯，知道伊恩此時此刻正在這世上的某個角落，無憂無慮地受困在斐兒的水壺裡，但頭有些疼倒是真的。伊恩之所以沒有煩惱有兩個理由。第一，魚沒有煩惱的能力。第二，伊恩知道金魚的能力有限，反正船到橋頭自然直，就看生命如何擺佈。也許擺佈得好，也許擺佈得不好，管他的，不過就是為生命的光輝陶醉一會兒，或者為生命的忽略而受苦一會兒。

只有洛克希街塞維亞大廈知道過去和未來發生的一切，在它的四壁之間，在它的屋頂之下，在它的車庫之上。塞維亞大廈矗立在落日餘暉中，跟腳邊的影子一起銬上腳鐐，見證了人並非各過各的，每個人都活在別人的生命之中。公寓是一聲不吭的哨兵，什麼事都看在他眼裡。他每隔幾十年會粉刷新的油漆，偶爾這裡漏水，偶爾那裡漏水，漏了就補，補了又漏。牆角會坍壞，鍋爐會換新，水管會翻修。

這附近遲早會變差，但隨後又會轉好。未來塞維亞大廈會有先進的絕緣建材和保全系統。有一天公寓會人去樓空，隔幾年又有住戶搬來。

但眼前公寓就矗立在那裡，相隔兩條街就是洛克希街班斯敦大廈，明年春天完工，一百八十戶精品套房現正出售，上頭黏著一張紙，紙張邊角捲起，寫著四成完售。

推薦文

窗子裡的人生故事

陳慧翎

有一段時間，我每天搭台北捷運淡水線往返，最喜歡在黑幕降臨返回城裡時，看著刷過窗外由點拉成線的光暈讓思緒蔓延。每一扇窗，有一個故事，那故事裡的人們又有各自的故事，淌在時間流裡。

那透著溫暖色燈光的一盞窗，裡面是否已經備好三菜一湯，等待返家的人上座享用；暗淡的老公寓的頂樓晾著破舊的T恤和工作褲，屋裡一片闇黑只透出電視機螢光藍的閃爍，剛下工回家的獨居男人站在天台抽著煙，煙頭一閃一滅地傳遞寂寞的訊號。那一個個箱子，有些人渴望著想進來，有些人被困住了想出去，有些人獨佔著不被打擾，有些人孤單好久想找伴。

通勤時水平移動的我只能揣想，而一心想經歷偉大冒險的金魚伊恩，卻從金魚缸一躍而出，在垂直墜地前四秒看到了這片風景。

於是，一個動作的發生牽引了另一個動作，像是蝴蝶效應一般，這些被箱子承載原本互不相干的人，他們停滯的生命掀起了巨浪，那浪劈開了一條路，雖不知通往哪裡，但是有一條路。

走上樓梯的女孩，尋求一個解答，可惜愛情不是考卷，從來沒有標準答案；待在箱子裡的英俊大反派，在幾分鐘的內心交戰中領悟出了一個真理，然而愛情沒有真理，你說了別人不一定接受，別人要的往往你也給不起。心懷秘密的多毛壯碩工人讓不被人注意的管理員注意了，快樂其實很簡單，只消一個鼓起勇氣的邀請，和一個鼓起勇氣的回應。有人來敲門時，不要害怕，別急著拒絕，或許打開門之後，你的舉手之勞拉了別人一把也拯救了自己。

「壞掉的人生能不能重來？」這是最近正在追的日劇的中心命題，我在布萊德利的小說中，跟著金魚伊恩看到了一條路，我慶幸我不是金魚，記憶力比伊恩好得多，我會記得有路就得走，不走，未來就不會來。

譯跋

張思婷

在開譯《金魚缸》之前，剛譯完一本場景跨越三大洲、時間橫亙三十年的小說。相較之下，《金魚缸》的小說時間僅半個鐘頭，場景不出兩條街，卻在三百頁的篇幅裡寫盡人生百態：佩妮．大利拉是生命的喜悅，赫曼是成長的苦澀，凱蒂的心碎、斐兒的功利和康納的執迷是愛情的況味。在人生的道路上，我們都曾像希梅內斯流下沉默的汗水，像加爾仕按捺住難以告人的秘密，像克萊爾青春散場自我封閉，像伊恩不計後果縱身一躍。全書看似文字清淺，最是耐人尋味。作者筆力深厚，由此可見。

原作厚積，譯作薄發。中英兩種語言各有其文化脈絡，翻譯雖然在雙重脈絡底下進行，但譯本終是在中文土壤上誕生，好些底蘊只怕就此入土，故盼在此藉跋還魂。底下一談回目，二敘典故。先說回目。《金魚缸》多線敘事，謀篇布局取法後現代，架構卻恰似古典小說——正文前有楔子，猶如斐爾汀（Henry Fielding，1707-1754）《湯姆．瓊斯》（*The History of Tom Jones*），文末交代角色下落，譬如珍．奧斯汀（Jane Austen，1775-1817）《傲慢與偏見》（*Pride and Prejudice*），各章以回目標舉情節梗概，一如現代小說開山之作《唐吉訶德》（*Don Quixote de la Mancha*）。原著讀來古典與現代交錯，內容與架構互相輝映：一敘寫亙古世情，一貫穿古今小說筆法。譯作雖再現原作的楔子和尾聲，但於回目卻力有餘而心不足，縱擬以對句翻譯各章標題，卻因顧忌讀者品味僅以白描帶過，頗有愧對原作之憾，對喜愛章回體的讀者也覺歉然。

再談典故。翻譯小說自晚清盛行至今，翻譯規範幾經遞嬗，民初譯者伍光建（1866-1943）亦譯亦批的評點傳統現今已屬罕見，譬如伍氏翻譯《伽利華遊記》（*Gulliver's Travels*，今譯《格列佛遊記》），小人國的國王才出場，伍氏就以夾註揭示作者意在諷刺——「據說這是說英王佐治第一」。在英文的脈絡中，《金魚缸》的曲筆和隱文不在《格列佛遊記》之下，但當前的翻譯規範已不容譯者在字裡行間喧嘩，倘若讀者不嫌蛇足，尚請再往下讀一分鐘。

《聖經》是西方傳統的源流，在文學領域裡，聖經故事向為歷代作家重新詮釋，每每彰顯各時各地對生命的省思。佩妮．大利拉是《金魚缸》裡唯一連名帶姓出現的角色。「大利拉」典出《聖經．士師記》，為了錢四度出賣情人，解經家多視為蕩婦，但《金魚缸》裡的大利拉卻是為愛裝傻的良家婦女，無意間在床底下發現的保險套，影射她在感情裡遭到的背叛。作者對典故的援引和顛覆不僅於此。文藝復興是現代西方文明的濫觴，當時的文學三傑之一但丁（Dante Alighieri，1265-1321）批判宗教守舊思想，其巨著《神曲》原名《喜劇》（*La Commedia*），因其開端森嚴而結尾歡快，《金魚缸》於首尾亦然，而加爾仕和希梅內斯從社會底層攀升至公寓高樓，一如但丁在《神曲》〈境界篇〉從山腳升至地上樂園，斐兒和伊恩雙雙墜落，象徵但丁遊歷地獄，地獄的底層是深潭（想想斐兒的廣口瓶），專懲背信棄義的叛徒（想想背棄主人的金魚）。值得玩味的是，「魚」（ΙΧΘΥΣ）是基督教的象徵符號，「Ι」代表「耶穌」，「Χ」表示「基督」，「Θ」是「神」，「Υ」是「子」，「Σ」意為「救世主」——他背負世人的罪，他在黑暗裡復活，他無所不視，他無所不在。

國家圖書館出版品預行編目資料

金魚缸 / 布萊德利．桑默（Bradley Somer）著；張思婷譯. -- 初版. -- 臺北市 : 遠流, 2015.12
面； 公分
譯自 : Fishbowl: A Novel
ISBN 978-957-32-7750-7(平裝)

874.57 104024838

金魚缸

Fishbowl: A Novel

作　　者 布萊德利・桑默（Bradley Somer）
譯　　者 張思婷
總 編 輯 汪若蘭
執行編輯 陳希林、陳思穎
行銷企劃 李雙如
封面設計 陳文德
版面構成 陳健美

發行人 王榮文
出版發行 遠流出版事業股份有限公司
地址 臺北市南昌路2段81號6樓
客服電話 02-2392-6899
傳真 02-2392-6658
郵撥 0189456-1
著作權顧問 蕭雄淋律師

2015年12月01日 初版一刷
定價 平裝新台幣300元（如有缺頁或破損，請寄回更換）

ISBN 978-957-32-7750-7
ylib 遠流博識網 http://www.ylib.com E-mail: ylib@ylib.com
